2023年河南文学作品选

冯杰 主编

张晓林 编

小小说卷

郑州大学出版社

图书在版编目(CIP)数据

2023 年河南文学作品选. 小小说卷 / 冯杰主编；张晓林编. -- 郑州：郑州大学出版社，2024.10
ISBN 978-7-5773-0368-0

Ⅰ. ①2… Ⅱ. ①冯… ②张… Ⅲ. ①中国文学-当代文学-作品综合集-河南②小小说-小说集-中国-当代
Ⅳ. ①I218.61②I247.82

中国国家版本馆 CIP 数据核字 (2024) 第 105139 号

2023年河南文学作品选·小小说卷
2023 NIAN HENAN WENXUE ZUOPINXUAN XIAOXIAOSHUO JUAN

策　　划	李勇军	封面设计	小　花
责任编辑	王晓鸽	版式设计	小　花
责任校对	孙精精	责任监制	李瑞卿

出版发行	郑州大学出版社(http://www.zzup.cn)
地　　址	郑州市大学路 40 号(450052)
出 版 人	卢纪富
发行电话	0371-66966070
经　　销	全国新华书店
印　　刷	河南新华印刷集团有限公司
开　　本	890 mm×1 240 mm　1 / 32
总 印 张	65.625
总 字 数	1 440 千字
版　　次	2024 年 10 月第 1 版
印　　次	2024 年 10 月第 1 次印刷

书　　号	ISBN 978-7-5773-0368-0　　总 定 价:198.00 元(共六册)

目 录

5

历史性的偶遇

赵大河

毕加索路过斯泰因的住所。他要进去喝一杯，放松放松。斯泰因这里是艺术家、作家聚集之地。

他看到亨利·马蒂斯。在艺术上能让他嫉妒的，只有马蒂斯。他与马蒂斯暗中较劲，竞争"最伟大的艺术家"这一称号。

"嘿——"他冲马蒂斯打招呼。

马蒂斯心不在焉地回应了一下。

"干吗那么紧张，亨利？"毕加索调侃道。

"没有……没……没紧张。"马蒂斯说。

他看上去可不是这样。他的神思仿佛在另一个世界。他在想什么呢？来这里应该就是喝一杯，聊会儿天，吹吹牛，或者说说八卦，哈哈一笑，没必要把自己弄得像个思想家似的。

瞧，他的手，紧紧攥着衣襟，还说不紧张……不应该呀，这位大师总是泰然自若，他何曾紧张过，再说了，有什么能让他紧张呢？

他的衣服下面有东西。

那是什么？

他为什么秘不示人？

他也许在想他该走了，他没有与你交谈的兴致。是你叫他紧张吗？不……也许，不、不，双重的否定等于肯定。不能让他走了。你一定要知晓秘密。毕加索向他发问：

"你手里拿的是什么？"

"没什么……真的，没什么……什么也不是……"

"真的吗？"

"嗯，是，真的……算不上什么，只是……只是一个小玩意儿……"

"小玩意儿？"

"嗯，小玩意儿，一个傻乎乎的非洲木雕。"

"让我看看。"

毕加索伸手索要，马蒂斯犹豫了一下，把东西递给毕加索。毕加索一下子惊呆了，世上还有这样的东西？多么自由，多么夸张，多么有力，仿佛有灵魂住在其中……

"你在哪里发现的？"

"我来的路上，在一个小古玩店里看到这玩意儿，我觉得好玩，就买下来……"

毕加索"嗯"了一声。他也该掩饰掩饰自己的失态了。他刚才的震惊一定没逃过马蒂斯的眼睛。马蒂斯这会儿说不定正在后悔呢。

"它使人想起埃及艺术。"马蒂斯说。这会儿，他放松了，想谈谈艺术。毕加索说过，艺术家不剽窃，艺术家偷盗。毕加索既然看到了，他必定会偷盗。"线条和形状，和那些法老的艺术很相似，不是吗？"马蒂斯要强调自己的发现，他想，与其让你偷盗，不如赠予。毕加索总是偷盗别人的灵感，让人防不胜防。

毕加索仔细打量着木雕，一言不发。他能说什么呢？这个非洲木雕，为什么令他震撼？它，身上到底藏着什么秘密？显然马蒂斯是知道的，要不，他不会那么紧张。他是怕你偷盗他的灵感。这个木雕，有灵性吗？是超现实的吗？它，蕴藏着非洲大陆的黑暗力量。它是自由和野性的象征。此刻，你们互相凝视，彼此照亮。你的灵魂快被它吸进去了。艺术啊，艺术啊，是什么像焰火一样绽放？

毕加索知道他不能将这个非洲木雕据为己有，马蒂斯不会放手的。他将木雕还给马蒂斯，找个借口离开了。这多少有些失礼，因为马蒂斯正在和他谈艺术。

毕加索沿着马蒂斯来时的路，一家一家古玩店去找，终于找到了马蒂斯买非洲木雕那一家。

"还有吗？"

"没了。"

"哪里会有？"

"你去民族志博物馆看看吧。"

于是，毕加索冲进民族志博物馆，在那里待了几个小时，一直到博物馆关门。多年后，他回忆这个下午，总结说："我知道了一件很重要的事，那就是：有些事情将在我身上发生。"接着，又补充道："我也明白了我为什么要当画家。"就是在那时，《亚威农少女》在毕加索心里埋下了种子。正是《亚威农少女》促使了立体主义的出现，从而预示了未来主义、抽象主义，等等。

再说马蒂斯。他看毕加索借故走了，便也没多停留。他和斯泰因打声招呼，也离开了。一路上，他紧紧攥着他的非洲木雕，生怕它被谁抢去。他既兴奋又懊恼。兴奋，是因为他偶然得到的这个非洲木雕深深地打动他，让他深入地思考一些东西，比如：何为艺术？艺术怎样才能获得真正的解放？等等。懊恼，是因为他正在思考时，毕加索出现了，这家伙是那时候他最不想见到的人。毕加索是个天才，他能偷盗一切灵感，甚至是还没降临的灵感。瞧，毕加索也被打动了，不，说震撼更恰当。马蒂斯晓得有些事正在发生，在他身上发生，也将在毕加索身上发生。此时，野兽派最狂放的作品《舞蹈》已埋下了种子。

艺术史家喜欢用"爆炸"一词来形容艺术史上引起突变的时刻。这个下午，那个小小的非洲木雕确确实实引发了一次"大爆炸"。

（选自《作品》2023 年第 10 期）

在希望的田野上

侯发山

花珠马上就要大学毕业了，在实习的问题上与妈妈桂兰产生了分歧。花珠在上海读的大学，桂兰希望花珠能在上海找个单位实习，将来有机会留在上海。花珠呢，却想回河南老家。

两人虽然远隔千里，但有了微信便近在眼前，丝毫不耽误交流。

花珠说："妈，上海这地方，大学生多了去了，显不着咱，还不如回去。"

桂兰心里荡漾了一下，她知道花珠的心思，担心自己一个人在家孤单。花珠四岁那年，她爸出车祸走了，是自己累死累活把她养大的，她比一般的孩子更懂得感恩和孝顺，说的话就很顺耳，像个痒痒挠，挠的尽是痒痒处。但是，当妈的还是希望自己的子女像雄鹰一样飞出去，能飞多远就飞多远，能飞多高就飞多高。想到这里，桂兰稳定了一下情绪，说："人往高处走，水往低处流。傻闺女，好不容易走出去了，咋能再回来呢？"

"妈，人往高处走，其实高处不胜寒；水往低处流，其实海能纳百川。您一直没走出村，不也是过了大半辈子?"

"别跟妈贫嘴! 妈吃的苦你知道? 脸朝黄土背朝天，风里来雨里去……"

"妈，都是老皇历了，我的耳朵都听出茧子了，就别再提了。"

其实，大前年，村里的土地都流转给了希望，希望每个月给大家颇丰的租金。这比种地还划算，家里有好几亩地，自己不用操心，一年还白落好多钱。

桂兰不吭声了。

花珠说:"妈，希望哥租一千多亩地，都弄啥哩?"

桂兰说:"啥子观光农业园，说是种菜都不用土。嗐，妈也搞不明白。需要钱不? 妈给你转。今年的地租，希望前天转给我了。"

花珠说:"妈，给您说过，我在大学勤工俭学，有奖学金，用不着。对了，现在不种地了，家里也没啥事，您可以出去转转看看啊。"

"我天天转，天天看，还不花钱。"桂兰说着把手机的摄像头对准桌子上的地球仪，这个地球仪还是花珠上初中时她给花珠买的。

花珠"扑哧"笑了，说:"妈，我给您说正经的。"

"妈听你的，出去旅游; 但你也得听妈的，就在上海实习，不要胡思乱想。"

"好，好，好。"花珠忙不迭地答应了。

一星期后的一个晚上，花珠跟桂兰视频聊天。桂兰看到花珠是在火车的卧铺车厢里，忙问："闺女，你这是去哪儿？"

"妈，我在火车上实习。"

"啊？你学的是农业，咋在火车上实习？"

"妈，您不是让我留在上海吗？我没有找到合适的单位，只好找了个在火车上实习的机会，乘务员，也不是很累……不过，白天忙，不能聊天，只能晚上啊。"

"好好好，妈天天晚上跟你聊。"

就这样，每天晚上，花珠和桂兰都视频聊天。桂兰看到，每一次，花珠都是在火车的卧铺车厢里，这倒也好，风吹不着，雨淋不到。不过，实习结束后干啥呢？当乘务员？桂兰想从花珠的话里套出话来，可是，花珠说话每次都是断断续续的，像吝啬鬼发红包似的，一次说一点，一次比一次的信息量少。

桂兰在家闲着无事，就到希望的农业园找了个事，干保洁。上班的第一天，大约是上午十一点，桂兰正在农业园的草坪里捡拾垃圾，忽然接到花珠微信视频聊天的请求，她忙挂断了。她东张西望了一番，有了主意。她跑到那个水泥站台上，两边停放的是火车——希望买了几节报废的火车车厢，简单装修了一下，让员工以及来这里拓展训练的客人当宿舍用。桂兰押了押衣服，拍打了两下裤腿——其实上面也没有尘土，之后，她打开了跟花珠的视频聊天。

"妈，您干啥呢？"花珠还是在火车的卧铺车厢里。

"你不是说让我出去旅游吗？瞧，我在站台上。"桂兰说罢，用手机的摄像头照了照身前身后的火车。

"妈，您这是要到哪儿旅游？"

"北京，妈还没去过北京呢。"

"妈，您是不是上错站台了？"

"没有啊，就在县城的火车站，巴掌大的小站我还能上错？"

花珠忍住笑，说："妈，您看看您身后的站牌。"

桂兰扭头一看，只见后边竖着的站牌上写着"希望站（起点）—幸福站（终点）"。她不自然地笑了，然后对着手机说："花珠，这是希望的现代农业园，我来这里真长见识了，大棚里的豆角两米多长，吊在架子上像蛇……听希望说，他这里来了一个科班院校的实习生，之前就是人家给谋划的。"

"妈！"花珠推开"车厢"的门下来了——就是旁边停放着的火车。在阳光的照射下，她的脸蛋如花朵般绽放。

桂兰又惊又喜，一下子似乎什么都明白了。

（选自《文艺报》2023 年 12 月 13 日）

守正

刘建超

正经的红木条几上，亮着一盏不正经的橘红色的西式台灯，屋子里弥漫着些许暧昧的味道。这味道马梳理用高挺的鼻子嗅出来了，用裸露的双臂感触到了。这感觉如缓缓溜过肌肤的风，熨帖，还夹杂悄悄莫名的慌张。

马梳理懒散地坐在宽大柔软的沙发上，心不在焉地盯着电视，支棱着耳朵听从洗浴间传出的流水声，花洒下是欣怡丰腴的胴体。

电视里在预报本市的天气，白天到傍晚，多云转阴，西北风3~4级。

马梳理抬起屁股，走到窗前。落地窗外，城市的霓虹灯光怪陆离，闪烁着不知献媚于谁的迷茫。

这是自己的城市。

马梳理的家在农村，虽然在地图上他的家也属于这个城市，但他的家与城市的喧嚣还隔着一百三十公里的距离。

从他出生的小村子到城区，每天只发一趟的城乡大巴要颠簸大半天，骑自行车要十几个小时。马梳理读初三放暑假，去

城里看他喜爱的明星出演的电影，为了省下五元车费，他步行了一天一夜。

为了能在自己的城市里立身，他打拼了二十年。

大学毕业的马梳理豪情万丈，整天兴奋得如同拴在他家柴房的驴驹子，上楼下楼都是蹦跶着走。

出租屋里开水煮面条，撒盐，丢几棵菠菜，滴一滴香油，剥几瓣大蒜，呼噜得汤水不剩。奢侈的时候还给自己打个鸡蛋，添只鸡腿。持之以恒的饮食爱好，同事进办公室门闻到满屋的大蒜味，就知道是马梳理已经到了。

马梳理的信心爆棚是因为在办公室无意中看到了公司的花名册，花名册的第一页全是公司领导的排列，他只是扫了学历行，几乎是清一色的高中、中专学历。他心里一颤，立马觉得自己的两只胳膊变成了翅膀，呼呼闪闪要飞起来。

集团组织新入职员工培训，马梳理每个科目都是优秀。开饭，马梳理的餐盘都堆得如小山，他狼吞虎咽，吃得干干净净。

培训结业的典礼上，学员代表马梳理就说出了几乎影响他半辈子的扯淡格言：今天我们还是小白、菜鸟，十年后我们将会是总经理、董事长。

有篡权夺位志向的马梳理被分配到远离公司的偏远分理处。

人事处处长枯皱的脸上挂着意味深长的笑，实践证明年轻人下去锻炼是个好办法，能认清自己的位置，掂量掂量自己有几斤几两。

梳理，把卧室的紫色毛巾递给我。浴室门伸出一只湿漉漉的胳膊。

马梳理把毛巾递过去，接过毛巾的手迟疑片刻，收了回去。

隔着雾面玻璃，婀娜的身子影影绰绰。

欣怡在马梳理最沮丧的日子里，出现在他的面前。如同黑云深处射出的一道阳光，驱散了裹缠在马梳理周身的阴霾。

马梳理入职的分理处就三个人，主任也就管着即将退休的老刘和马梳理。

管着两个人的主任也处处颐指气使，有事没事就劈头盖脸地骂人。

老刘是要退了等儿子接班，对主任的谩骂赔着笑脸，摆出自己就该骂的姿态。

马梳理却别扭得很，总是要反驳辩解理论，呛得主任的鱼泡眼瞪得更吓人。

主任工作的点子不多，摆治人的办法多的是。马梳理在三个人的世界里也被整治得灰头土脸，毫无办法。

欣怡带着心情沮丧的马梳理去泡咖啡厅，去蹲茶社。清静优雅的气氛中，欣怡轻轻搅动着杯中的咖啡，听了马梳理两个星期的倾诉，直到马梳理对着欣怡再无话可说。

你人可以被限制在分理处，可谁也限制不住你的思想啊，谁也限制不住你手中的笔啊。

听了欣怡的建议，马梳理着手给集团办的内刊投稿。马梳理的文笔好，很快就在集团的刊物上发表了文章，还在集团的征文中得了一等奖。

马梳理要去领奖，主任左推右推就是不给假。集团的副总打电话到分理处，直接把主任骂了个狗血喷头。

马梳理捧回了一等奖的获奖证书。他把证书装裱了，摆在宿舍桌子上兴奋了好几天。

马梳理被调入集团宣传部，临行前，他把自己装裱的获奖证书送给了欣怡。

五年后，马梳理坐到了原公司总经理的位置上，体验到前呼后拥的快感。

满脸核桃皮的人事处处长拐弯抹角地打探自己的去向。

马梳理慢悠悠地说，实践证明下去锻炼是个好办法，多跟基层的人打打交道有利于进步，也知道自己几斤几两。

马梳理和欣怡有了各自的家庭，各自的生活圈子。他们都欣赏着对方，从没有打破朋友的界限。

欣怡老公有了新欢，留给欣怡一笔钱，带着新欢出国了。

今天是欣怡的生日。

马梳理和欣怡两人一起在"午夜时光"吃过饭，喝了咖啡，闲聊中有了种说不清的微妙变化。

欣怡说，到我那儿坐坐。两人心照不宣，似乎都等待着这一天的结果。

浴室的水流声停歇了。

马梳理踱到书架前，看到自己送给欣怡的那张获奖证书还摆放在显眼的位置。他轻轻摇摇头，他已经记不清自己获得过多少各种各样的证书了。

电话铃声响了，是外地的一个朋友打来的。

朋友告诉马梳理，你的一篇文章在征文中得奖。奖金已经汇到了卡上，还要不要获奖证书？不要就不寄了，省了快递钱。许多获奖的作者只要奖金不要证书。

马梳理也是同样的想法，获奖的兴奋早已淡泊了。在公司自己可以呼风唤雨，似乎没有什么事情能使他感到振奋了。

朋友还在说，我真搞不明白了，现在的人得表彰了没见怎么兴奋，挨批评了也没见怎么沮丧。如同橡胶人，麻木得没羞没臊没感觉了。

马梳理抚摸着手中的证书，心中一颤，久违的说不清的情绪浮上心头。

他对朋友说，我当然要获奖证书，必须寄来。

欣怡头发裹着紫色的毛巾出了浴室，客厅中却不见了马梳理。

电视里又在追踪着本市的天气，今天夜里多云转晴。

窗外，月光洒落进来。

（选自《牡丹》2023 年第 23 期）

最后一课

范子平

李老师是路屯小学的"老民办"教师。

我舅家就是路屯的。路屯村子不大，小学也小，学生最多时有三四个老师授课，那时李老师被称作校长。但他带两个班，教学任务量仍是最大，后来慢慢就剩他一个老师了，复式班，李老师教课照样出成绩，乡里统考成绩排序没有落后过。

小学就在村东边路口。我小时候，有一次随母亲来舅家走亲戚，跟同路来的姨家表哥追逐打闹，一直打闹到学校院子里边，忽然眼前就耸起一座山，仰脸望去是个一脸严肃的高个子，后来才知道就是李老师。他不怒自威，压低声音道："上课时间不得喧哗！"那声音像电视台播新闻的，把我们"镇"得一下子老实了，绷住嘴赶紧一溜儿小跑回舅家。

李老师被他妻子戏称为"两面派"。在家里穿着旧布衫，干农活儿一把好手，挽起裤腿下田地，锄草打药，收秋种麦，样样精通。一说去学校，他必定换上熨得服服帖帖的衬衫、打着褶子的裤子，穿上擦得锃亮的皮鞋，戴好玳瑁眼镜，梳好头发，全身上下规规矩矩干干净净，好像刚从城市大机关过来一样。

在家里地里，满嘴方言和俗言俚语，可一到学校，他言谈举止温文尔雅，讲课交谈，都是道地的普通话。对学生他也这样严格要求。全县的中小学普通话大赛，路屯小学每一届都拿名次。那年县教育局教研室有新分配来的大学生，深入乡村来这里调研，对李老师的普通话水平佩服得五体投地，盯着李老师疑惑地问："李老师，您是——从小在北京长大的吧？"

李老师在路屯教书，一晃二十五六年了，模样慢慢变老了，头发稀了，眉毛淡了，脸皮糙了，唯有那一口标准的普通话，依旧洪亮动听，经常穿过学校教室的后窗传到大路上。

前年，我在路屯办了个文具厂，这以后跟李老师碰头磕面次数就多了，有空我也去学校，慢慢就很熟了。路屯跟周边村子一样，村民都争着出来打工，学校学生越来越少。李老师提起来长吁短叹。这个我也有感觉，有的庄稼地荒了，村子大街小巷上，感觉越来越冷清了。有的家院长期关门闭户，开着门的也多是倚门坐着的老头老太太。李老师也迂执，每次见面，不仅给你说学生走掉几个，还要细细给你介绍走掉的学生的情况，他们的名字、学习成绩，还有爱好和特点。比如说到张攀同学，李老师说："他小名叫有才，我给他爹叮嘱了，他是真有才呀！一点就透！那课文你讲半截他就全会了，从一年级到五年级，全乡统考就没有下来过前十来名。要是能不耽搁，能一直上到高中，考大学肯定'985'，现在跟他爹娘往深圳去了。我说过他爹，你要是光说挣钱，不顾孩子上学，那不是捡芝麻丢西瓜，是捡芝麻丢灵芝啊！"

这天从小学经过，正好下课铃响。我见李老师一手揽着一个学生从学校走出来。我打招呼说："放学了，李老师？"李老师点点头。把两个学生送出校门，李老师回过头苦笑着说："就剩他俩了。可，两个也得叫有学上啊！"

以后每当从学校路过，听见李老师讲课，声音高低错落地从教室后窗传出来，我心里都生出一股肃穆的感觉，站定不想移步。听着他清风扑面的讲课声，能叫你杂芜烦躁的心顿时静下来。

这次去南方谈生意好久才回，我到厂办处理了一些杂事，又休息了一会儿，就信步出门，鬼使神差就来到路屯小学的校园。我脚步轻轻的，恐怕打扰了李老师讲课。

也许跟我自己的心绪有关系，我觉得今天李老师的声音尤其激昂，后音还带有一种悲壮感，传入我的耳膜，重重地敲打在我的心房：

"……谁来讲讲这几个词语的意思？好，讲得很好，谁来补充？'居然'和'竟然'意思相近，都是出乎意料之外的意思，可细细比较，用法也略有差别。谁来辨析一下？说得对，在许多语境里它们可以换用的。'竟然'使用范围更广，'居然'更书面语。好，谁用'居然'造一个句子？很好。

"同学们，上次咱学的岁寒三友，指什么呀？对，松、竹、梅，其实是很普通很常见的植物，为什么被推崇呢？是因为拿来比喻和象征人的品格高尚、意志坚强……

"在咱们课外阅读里，还有什么以物喻人的呢？对，莲花，菊花，牡丹，杨树，柳树，蜡炬，高山，大海……说得很好！我们今天学的课文，是以花生喻人的。

"作者围绕花生写了几件事？对的——种花生、收花生、尝花生、谈花生……谈了哪几个方面？对！归纳起来，就是要做有用的人，不能做只讲体面而对别人没有好处的人！好了！同学们，这是最后一课，你们到家要自己学呀。"

最后一课？我被吸引着，不由自主地走进教室。李老师昂立在讲台上，背后黑板上是一行行漂亮的板书，粉笔末飘满他的肩膀，一只手还紧紧握住一个粉笔头。那方正寡瘦的脸上淌着汗水，一绺头发散落下来粘在额头上，眼镜已经从鼻梁上掉下半截，透过眼镜的目光，他满怀希冀地望着讲台前边。

我顺着他的目光望去，教室里空空如也，一个学生也没有！我惊呆了，说："李老师，您……"

李老师喃喃自语："备好的课总要讲完吧……姜大明和吴小花也走了！"

我说："咱小学没学生了？"

李老师转过头来对我说："他们的爹妈，都在大城市打工，他们的孩子去了，不会辍学吧？"

我犹豫了一下，说："不会的。"

李老师说："你说得对！他们的爹娘都知道，不上学是不会有出息的！"

（选自《小说林》2023年第1期）

庖丁解牛

胡　炎

有人请庖丁解牛。

其时庖丁刚刚睡醒，正在细细梳发。近午的日光斜照窗棂，在墙壁上投下朦胧的光影。庖丁站在光影里，形销骨立。他听到了来人的声音，不急，衣冠整齐后，这才打了个哈欠，缓步出门。

上午睡觉，是庖丁的习惯。

来人奉上酬银。庖丁瞟一眼，一面肃然。酬银自是不菲，这是庖丁的身价。

"有劳了!"来人赔笑，拱手。

"申时到。"庖丁说。

来人点头，告辞。

"好草好料，别委屈了牛。"庖丁唤住他，叮嘱。

来人诺诺。

庖丁坐在院中石桌旁。石桌一尘不染，光华如砥。石桌的上方，是一棵老杏树，疏枝繁叶，有鸟雀啄着青杏，自在鸣啭。庖丁沏了菊花茶，轻啜慢品。清苦中的淡香，入喉便浸染了灵魂。再吃几块茶点，便做午餐了。

庖丁只吃素食，从不食肉。

然后，磨刀。磨得很细、很轻。磨刀声如风行水上，有绵长的乐感。用抹布擦拭干净，刀映着日光，有如明镜。庖丁在刀背上看自己的脸，眉似弯弓，目如悬月。庖丁微微笑了笑，又以食指试刀刃，似触未触间，一粒血珠饱满如豆。

庖丁把食指含在嘴里，吮了。

牛很壮硕，毛色黄亮。庖丁端详一阵，甚是满意。院中早拥了一众看客，引颈翘足，观赏庖丁的绝技。

庖丁仍不急，柔柔地抚摸牛脊。良久，再抚牛的面颊。庖丁的手柔若无骨，分明不是拿刀的手。牛一动不动，眼神迷离。庖丁退后一步，对牛说："我们开始吧。"

牛眨了下眼睛，有泪花闪动。

"不怕。"庖丁笑笑，取出刀来。

众看客屏息敛声，四下静得落发可闻。

刀抖碎了日光，走进牛的肌肤。绵延时，宛似游龙；迅疾时，寒光四溅。酉时，刀入鞘内，庖丁背着手，看眼前的牛。

牛依旧站立着，尚有鼻息。

"刽子手！"牛哞的叫了一声，说。

庖丁一愣，这是他平生第一次听到牛说人话。日已偏西，夕阳里有血光。牛被血光涂染，徒增了几分悲壮。

"你说什么？"

"刽子手！"

庖丁说:"不,我是艺术家。"

牛拼尽了最后一丝气力:"刽子手从不说自己是刽子手。"

话落,牛身体分作两半,轰然倒地。

暮色黏稠,庖丁在暝晦的路上独行。外物皆似隐去,唯余那头会说话的牛。庖丁看到自己的刀在牛身上开花。美,美极了!打他将解牛技艺练到炉火纯青起,这"花"已开了二十余年。

可是,牛说他是刽子手。

庖丁忽而泪湿双目,世间,终是知音难觅。月色清寒,浴着落泪的庖丁。庖丁感到很委屈,也很孤独。

牛说:"上山吧。"

"为何?"

"你曾是我们的朋友。"

山道崎岖,草莽在月色中匍匐。有虫鸣和溪涧之声传来,辽远空明。满天繁星童谣般闪烁。草香雾气一样缭绕,让庖丁有些恍惚。

庖丁看到一个少年,剃着瓦块头,骑在牛背上,口含柳叶,吹着清亮的柳笛。山雀在柳笛中舞蹈,甚而有胆大者,落在他的肩上,与他戏耍。

庖丁恍然想起,自己曾是个牧童。

影影绰绰中,果然有一群牛。这些牛中,有他牧养过的,也有它们的亲人、子孙和朋友。庖丁心头一热,加快了脚步。近了,群牛化作一团乱影,消逝得无影无踪。

庖丁怅然四望,心底忽而生出一股苍凉。

月光漫泻、收拢，在他眼前站成了一面银镜。镜中人气质卓然，向他微笑。

"以解牛之技而冠天下者，非庖丁莫属。"镜中人说。

庖丁拱手一揖："谬赞了。"

镜中人庄重了神色，道："既可解牛，则人宜可解，不错吧?"

庖丁震了一下，无话。

"这般沉默，是不能，还是不敢?"镜中人冷笑，兀自脱了衣服，亮出清朗的肌体。

庖丁也冷笑了。抽出刀，以神遇而不以目视，对着镜中人，若笔走龙蛇，舞得潇洒自如，舞得狂放不羁。不消半个时辰，庖丁收手，掷刀于地上，发出叮当脆音。

"你是个真正的艺术家。"镜中人说。

须臾，头颅坠落，镜中人全身化作千百碎块落入草丛，噗噗有声。

是夜，牛哞雄浑，响彻夜空。公牛、母牛、大牛、小牛，用哞唱庆贺一个仇人的死亡。

然而不久，它们便后悔了。它们迎来了笨拙的屠夫，那些屠夫的技艺不仅拙劣，而且足够凶狠。

活着的牛们，开始深深地怀念庖丁，怀念那些死在庖丁手里的牛——那样幸福而优雅的死亡，已成这世间的绝唱。

不过，也有人说，庖丁没死，午夜时分，他在月色里磨刀。

（选自《微型小说选刊》2023年第23期）

爱的凭证

左海伯

春天的一天早上，样式早已落后可仍然摆放在客厅的那张老式沙发，背靠上一根有着流线形的木撑，赫然脱落在了室内的地板上。冯老太前去探看，发现木撑的一头已被蛀虫蛀空。她突然想起几十年前丈夫修理沙发背靠的情景。她双手摩挲着那根木条，深陷岁月流年的回忆当中。

冯老太突然有了惊人的发现。那岁月中传奇一般的存折，居然安详地躺在那沙发木靠下端的榫眼里！

她用镊子将存折夹了上来，慢慢地展开，像是在打开一段尘封已久的岁月记忆。她看不清那上面的数字，赶忙找来了老花镜。

哦！400 元！1977 年 5 月 20 日存的，10 年期存款，月息2 厘。

冯老太的眼泪出来了。爱像排山倒海的浪潮，向她心头汹涌而来。她看着丈夫的遗像，不禁哭了起来。

丈夫是 1977 年秋天去世的，患的是胃癌，去世前与胃痛抗争了五六个年头。他视钱如命，每一分钱都想掰成两半花，为自己也舍不得多花一分钱。从确诊到离去，只两个月时间，就撒手人寰了。

丈夫是个工人，她不知道他还存有 400 元钱。那是他拒绝治疗在家弥留之际，才断续含混地告诉她的。

丈夫走后，她翻遍了家中角角落落，都没见那存折的影子！几十年了，冯老太始终相信，那存折应该在家中某个地方。丈夫一生，没有说过一句妄语、假话。

足足一个小时，冯老太才从往事的苦痛泥淖中拔出双脚。

捡起滑落在地的存折，根据上面的存款金额，冯老太禁不住浮想联翩。1977 年，400 元，可以做一个大衣柜，再买一辆自行车，购一台缝纫机……如买茅台酒，可买五十瓶呢。想到这里，她不禁激动起来了，她以为这是一笔巨大的财富。

她拿起手机，拨打儿媳梅兰的电话。

梅兰还在上班的公交车上。车上人多，有些喧闹，梅兰听得有些吃力，但最终还是听清了婆婆报告的消息。

这天傍晚，梅兰下班回家，婆婆一如往常，已把晚餐端上了餐桌。

照例是两个小菜。不同的是，婆婆用高脚酒杯，斟了两杯色泽暗红的桑葚酒，等在那里。

"兰兰，真没想到，那时那么困难，你公公还存了 400 元钱！这个存折上的营业地点，我上午出门寻了半天，都没找到！它还能取出钱吗？"冯老太说着，举起酒杯，"来，喝一个！"

白天都快过去了，婆婆还沉浸在发现存折的喜悦里。

"当然能取钱。这是国家信用问题，可在中国人民银行营业网点兑取本息。"梅兰啜了一小口酒道。

"你已经打听了吗？"

"是的。现在本息全部取出，才 833 元。"

"你说什么？"冯老太的嘴，张成了圆形。

"妈妈，月息 2 厘，这么多年，总体算下来，就是这个数哦。"

冯老太不相信，她离开餐桌，找来计算器，"嘀嘀嘀"，紧张地算了一阵。

"哎呀，这个死老头子，当年咋不晓得去买点茅台存着呢！今年茅台，涨到 2000 元一瓶了吧？"冯老太突然像患了心绞痛。说罢，她闭了眼，脸上呈现无比痛惜的表情，像是刚刚错过了一股财富浪潮的洗礼。

"妈妈，你不必惋惜！"梅兰往婆婆的碗中一边夹菜，一边安慰她。

冯老太睁开眼，一脸疑惑地看着梅兰。

"你想哦，谁家里还能有 20 世纪 70 年代的存折呢！"梅兰说，"它的价值不在于现在的现金价值，它是我们家的文物，是公公对你、对我们，爱的凭证。"

"说得不错。"冯老太说，"没想到你认识这么高。可我一想到他舍不得为自己花一分钱，一开始就给自己判死刑，我就心如刀绞。"

梅兰一时无言以对，两人陷入沉默。

夜幕已然降临。窗外行道树上的霓虹灯开始明明灭灭地闪烁起来，举目所及，城市被笼罩在一种童话般的意境中。

"妈，别为过去的事费神了。"梅兰把目光收回，举杯道，"来，干了！为这爱的凭证！"

在餐厅的暖光中，两个高脚酒杯轻轻地碰在了一起。

冯老太仰脖把酒干了，放下酒杯，神色黯然道："兰兰，与你公公相比，我有愧呀！目前，我没为你们存下一分钱。"

"妈，瞧你说的！你退休这么多年，不吃药，不打针，没住院，独立、健康、快乐地活着，实际上给我们、给国家存了不少的钱呢！"

冯老太听着听着，眼眶湿润了。她受到了鼓舞，起身拿起酒瓶："兰兰，这么多年了，我从来没像今天这样高兴——来，与妈妈再干一杯！干一杯……"

（选自《北方文学》2023 年第 7 期）

顺拐

奚同发

不知道从何时起，李臻夜间走路成顺拐了。

那是居家多日后的一个晚间，实在忍不住，李臻换上棉拖鞋开了屋门，轻手轻脚在楼梯间或上或下地做运动。结果有一次下到一层，发现单元门并没有真的锁住，轻轻一推，便开了。这个意外，把她惊喜到了。当然不敢上大道，小区内即使夜半，也是路灯长明，她走的是树丛，而且躲着摄像头——她很清楚院里哪些地方有。回到屋里，长出一口气，心里爽快极了。从此，每日白天睡觉，待到子夜，各家窗口灯光渐熄后，神不知鬼不觉地独自在树丛阴影中溜达成了她的一个秘密。

如此昼伏夜出七八天后的一个夜晚，蹑手蹑脚的她，突然意识到自己走姿不得劲，却一时间找不出问题。于是回屋，依着屋内最长的纵线，由北向南走九步，由南向北也是九步。如果第九步小一些，勉强可以凑出十步，但是凑第十步时，常常感到不得劲。此刻她的惊天发现是，这种不得劲与夜幕下树丛中的行走感觉类似。到底哪里不得劲，又说不上来。如此反复了两天，也没搞清楚从哪天起出现的这种不得劲。后来把手机支在树杈间自拍，揭开了谜底，原来是顺拐了。

李臻觉得可能是半夜走路惹的祸，便放弃了自己的秘密行动。

过了几天，她实在忍不住，毕竟经过前些天的夜行，她已经完全摸清现在整夜没有巡逻，而小区"不进不出"之前，保安晚间隔三个小时要巡逻一趟。值班室的人也不会把眼睛一直盯在监视器上，估计早躺下睡啦。那么，她的夜间出没，根本没人注意。何况，她还特意躲过地面、树上、电线杆上、墙角的各种摄像头。

白天睡得足，晚上特精神。李臻意识到，夜行时虽然顺拐，毕竟一回屋就正常了。既如此，便无所谓了。先不管顺不顺拐，能出来走走，呼吸呼吸屋外的空气，在树丛里坐坐，也是以前被忽略的幸福的觉醒。往常的日子，天天忙得跟陀螺似的。一大早没睡醒便要起床，然后是各种排队，挤地铁，换公交，买早餐，包括坐电梯、上厕所……等出了商务楼，天都黑了，然后重复各种排队……回到屋里，简单洗漱后筋疲力尽倒头便睡，一夜连梦都没力气做。不仅不知道这个生活、工作了半年的城市的模样，连小区里的各种存在也视而不见。夜幕下，她一一认出桂树、石榴树、樱花树、杏树、西府海棠、蜡梅，还有冬青、黄栌、黄荆、对节白蜡、红叶李、卫矛、小叶女贞、紫薇、黄杨、蔷薇、石楠……树影婆娑，月光清冷。

这种日子是被另一个晚间开门后的眼前景象打断的——门外除了隔些日子配送的蔬菜包，还有一张字条、一张出入证。

字条上说，三天前发的出入证她一直没领，便跟这最后一次送的菜包顺道送来。出入证背面文字说明，每户自即日（三天前）起，可以出小区一小时采买东西。

李臻兴奋得喊了一声。

本计划次日起个大早，显然并没有如愿，醒来时太阳已升在半空。隔窗外望，小区的院里并不见其他人。难道出入证只是一个梦？

李臻慌忙在桌面寻找，却没有。记忆中千真万确放在桌上了啊！再朝门口一望，菜包还在，向她证明昨夜开门后的所见其实不虚。桌面，抽屉里，缝隙，几乎能找的地方都找遍了，汗没少出，时间没少费，已过去两个多小时，还是找不到那个绿色的出入证。她似乎还记得出入证背面清明地写着"一家一户，丢失不补"。

见鬼了，她好泄气！

更让她泄气的是，她并没有看到有人朝小区的大门走去。多少天了，她根本没注意这个情况，因为之前不看也知道是她早看烦了的门卫晃来晃去的影子。她突然决定，下楼，去实地考察。

虽然太阳高照，她还是习惯性蹑手蹑脚，怕惊动了谁似的。不料刚出单元门，对面便有一人过来，她立刻把头低下，小步加快频率离开人行道，顺着墙边走，心里突突直跳……

外面街道静如旷野，不见行人，昔日，总被交警贴条的路两边停着各种车辆，落在车身上的树叶一堆儿一堆儿的。邻街店铺依然贴着封条。这是梦吗？不像呀！可她感觉到还是哪儿不对劲。原来自己又顺拐了。匆匆离开人行道，重新走到树后，依然顺拐……

李臻彻底惊诧了，转身回跑，跑的姿势也不得劲，也是顺拐。顾不得这些，一路狂奔，进了屋，用背顶上门，叫了一声"妈呀"！

此时她才来得及纳闷，自己刚刚是怎么走出小区的？起初不是见了院里有三两个人影，自己顺墙根溜着吗？怎么就到了街上？

虽然没弄清楚，她手抚咚咚跳的胸口，还是觉得不出小区为好，似乎一切只有回到这个由南向北或由北向南走九步的屋内，才会正常起来。突然又想到，刚才进出都没见到门卫。

以后的几天，李臻意识到，自从有了出入证，好像院里走动的人多了起来，但出小区门的人并不多。她虽然没找到那个证，也下过几次楼，终因顺拐担心引起别人注意，仍改作夜半下楼。高兴的事是，自从那个白天顺拐后，她半夜出行不再顺拐了。

〔选自《大观》（东京文学）2023 年第 1 期〕

兄弟

顾振威

当小草从地下冒出头来，给大地铺上一层绿毯的时候；当桃花羞红了脸，蝴蝶在春光中翩翩起舞的时候；当天晴日暖，鸟儿在渐渐稠密的枝叶间竞相放歌的时候；你听，小小的乡村就会蓦地亮起浑厚粗犷的吆喝声："都快来呀，赊鸡雏的来啦！"

于是，在被春风打扫得干干净净的大槐树下，卖鸡雏的梁秋风放下挑了一路的两个大箩筐。没等他喊第二遍，钻出来了挎着竹篮的村里人。他们或蹲或站，把箩筐围得风也探不进去。

梁秋风蹲坐在地上，用草帽扇着汗津津的脸。

王天良拿着皱巴巴的本子跑过来了，趔着身子挤到箩筐前。此时，鲜嫩的槐叶还没在春阳里染成浓绿，被王天良的大嗓门震得颤颤抖着。

"都别慌，都别忙，咱们还按规矩办。先报数来再抓鸡雏，一个挨着一个来。"

看着箩筐里鸡雏那嫩黄的绒毛，金黄的爪子，晶亮的小眼，黄嫩的小嘴，众人七嘴八舌地嚷嚷着："我要十只。""我要八只。""我要十二只。"

王天良的耳畔萦绕着或尖细或欢快或柔软或甜美的嗓音。

"二婶子，你先来十只。"

"账记好了，翠花，你捉八只。"

很快，两箩筐鸡雏就被竹篮带进了一个个农家小院。

人群散去，嘈杂拥挤的场地顿显空旷了。王天良嘴里叼着纸烟，很快算好了账："一共一百三十九只鸡雏，按每只两毛五算，共三十四块七毛五。"

梁秋风戴上草帽，沉吟着说："低了，每只想收十块。"

王天良吃惊地问："哥，家里揭不开锅了？"

梁秋风摇了摇头："今年秋后我不来收账了。"

"那你什么时候收账？"

"等到红薯片子涨到一块五一斤的时候。"

王天良嘿嘿笑了："红薯片子两毛钱一斤，我看这辈子也不会涨到一块五一斤。"

在王天良家吃过饭后，梁秋风摇晃着王天良的双手说："兄弟，我们那里分了地，秋后，我真不来收账了。"

"你们那里分了地？"

"是啊，俺一家五口人，分了六亩地。我估计你们这儿也快分田到户了。"

赊鸡雏的人家都主动把鸡钱交给了王天良，梁秋风秋后却真的没来收账。快半年不见，王天良有些想梁秋风了，就怀揣三十四块七毛五分钱，骑着从队长家借的自行车，哼着小曲上路了。

梁秋风这次没要鸡钱，王天良把鸡钱还给了赊鸡的农户。

三年后，王天良骑着刚买的摩托车去送鸡钱，梁秋风还是不要。

每次去都是好烟好酒好菜招待，王天良不敢去了。

时光总是催人老，转眼间王天良头上的白发已像是秋风吹动的茅草了。当年赊鸡雏的村里人，已经有几户搬到了城里，他们的鸡钱，只能由王天良垫付了。王天良让孙子开车带着他，再一次还钱。

两双枯树皮一样的老手紧紧握在了一起，王天良嘴唇哆嗦着说："老哥，红薯片子已经涨到一块五一斤了，你再不收钱，就没理由了吧？"

梁秋风的眼圈红红的："兄弟，我早就说过，那些年没少在你家吃饭，村里人也没少买我的鸡雏。为报答你们，我压根儿就没想要那些鸡钱。"

又是好菜，缺了牙的嘴，吃不多了。又是好酒，上了岁数的人，喝不多了。一句句暖心暖肺的话，稠得像天上星星。

"老哥，我想你呀，咱换一换羽绒袄吧，穿着你的袄，我心里暖暖的。"王天良说。

于是王天良穿上了梁秋风身上的黑色羽绒袄，梁秋风穿上了王天良身上的蓝色羽绒袄。

坐在车上，王天良嘿嘿笑了："老哥，你不是不收钱吗？你没想到我会把钱装在袄兜里吧？"

在车上闭着眼睛眯了一会儿后，王天良把手插到袄兜里，像是烫着一样打了一个激灵，兜子里竟然装着钱。哆嗦着手指数了三遍，还真是一千三百九十块钱。

打开老年手机，按下一串数字，王天良问："老哥，你啥时候学会的变戏法？"

梁秋风嘿嘿笑了："在送你上车，咱哥俩抱在一起的时候。"

"老哥，你说，有下辈子吗？"

"可能有吧。"

"那好，下辈子，咱们还做兄弟。"

（选自《小说选刊》2023 年第 7 期）

河上有风之朱某辰

非　鱼

那是一个有雨的下午。

拐角小馆子里灯光迷离，煮茶的一星烛火闪烁。甜点，咖啡，茶，波希米亚风的桌布，背景音乐若有若无。

置身于这种氛围中，要么一个人，一言不发，要么三五个人，必须说点儿什么。我们是四个人，只能选择后者。

发起这次聚会的是朱某辰。他给我打电话的时候，我正处于焦虑之中，莫名其妙无所适从的焦虑。

再过几个月，我三年的硕士研究生学习就要结束了，这几个月，基本上没有多少事可做，导师在忙他申报的一个省级社科项目，我的学弟学妹们逐渐接替我的工作。我既无所事事，脑子里又满满当当。何去何从？虽不能想，却又无时无刻在想。

朱某辰是我在一个徒步群里认识的，另一所学校新入职的老师。他教思政，却对文学、心理学无比热爱。我们熟悉了以后，我说他人格分裂，他说，谁不是矛盾统一体？一片叶子还分正反两面，一天还要有昼和夜。为此话题，我们就着一盘毛豆，干了一瓶白酒，面红耳赤地聊到月上中天。显然，他是个很有意思的人。

在电话里我都能听出他的兴奋。哎，听我说，必须聚一下，得聊聊曼倩卡这个人。

曼倩卡？谁啊？是你女朋友吗？

不是，汉嘉，是汉嘉的女朋友。

他说汉嘉，我想起来了，那个干了三十五年的旧书和废纸打包工，因为热爱那些书，最后把自己也"打"进了一个包里，但曼倩卡我可没印象，我只记得他有过一个"茨冈小姑娘"。

和朱某辰一起来的还有一男一女两个人。男的是乔哥，他同事；女的是周周，乔哥的朋友，一个文学爱好者。他说，他们想感受一下所谓的高层次人才的聊天氛围，就一起来了。我笑，你是高层次，我还在进阶中。

乔哥说，我们是蹭聊，学习为主。今天所有的消费我买单，大家只管点。周周的姿态显然受过专业训练，脖子和腰背挺直，双手浅握，巧笑倩兮，美目盼兮。谢谢乔哥，我要一杯热美式。

从落座到把桌子摆满，半个小时过去了，朱某辰的曼倩卡还没有说出口，他看起来有点着急，但话题还盘旋在咖啡和茶上。

你们知道吧，喝咖啡对心脑血管好，可以降低心脑血管疾病患病概率，尤其是女性。周周说。

什么好不好的，我觉得还是喝茶符合中国人的习惯。咖啡我真喝不惯，苦哈哈的。喝茶多好，我最近一直是老白茶加陈皮。乔哥说。

和你讲不清楚的,你哪是在喝茶,明明是在牛饮。周周白了乔哥一眼。

好吧,跟你比确实是牛饮。你那一套忒复杂我学不会。乔哥说。

朱某辰,你不是想说说曼倩卡的吗?有什么新发现?我见缝插针赶紧挑一下话头。

对,曼倩卡。可太有意思了。朱某辰试图切入。

谁啊?你们学校的吗?周周用两根手指捏着勺子,轻轻搅着并没有加糖也没有加奶的热美式,微微侧脸,充满好奇。

听这名字就不是,肯定是网友。乔哥说,对了,上次周周给你介绍的那个女孩不错,你们聊咋样?

朱某辰面露尴尬地说,聊了几次,感觉不在一个频道上,好像是两条平行线,不太好找交点。

乔哥说,可以再了解了解嘛。要是都像周周这样,各方面都完美的,确实不好找。可惜啊,你和周周不来电。

周周轻轻推了乔哥一下,乔哥,不带这样的。是人家朱老师看不上我。

朱某辰连忙摆手,没有、没有,是我不敢高攀,你条件太好了。

朱某辰的曼倩卡又消失了。话题回到了他要找什么样的女朋友,以及我有没有女朋友上。关于我的女朋友左某癸,那个像美人儿蕾梅黛丝一样飞走了的左某癸,我永远不会再提。他似乎也不想多提,但热心的乔哥揪着不放。

乔哥说，你们都自视甚高，小心拖成大龄剩男。

朱某辰说，嘻，这种事，顺其自然。

又试图努力过两次后，朱某辰似乎彻底放弃了。于是，我们的话题像漫灌的水一样，流到哪儿算哪儿。我记得他电话里兴奋的状态，总归有点不甘心。哎，还是说说你的曼倩卡。

他摆摆手，算了、算了。

周周说，就是，你还没告诉我们曼倩卡是谁。

我邻居。朱某辰说。

你邻居怎么了？你们肯定有故事，你是不是爱上人家了？说说呗。

真没故事。算了，不说她了。

那个有雨的美好的下午匆匆而过，最终，在乔哥的坚持下，以换了个地方喝一顿酒收场。从酒馆出来，周周上了乔哥的车，朱某辰说头有点儿晕，要和我一起沿河走走，醒醒酒。

雨已经停了，四周散发出湿漉漉的泥腥味儿和鱼腥味儿，河面宽阔平静，隐约可以看到对岸起伏的中条山和星星点点的灯火，新修的沿黄生态廊道空无一人。

朱某辰始终一言不发，踢踢踏踏晃晃荡荡走着，我看不清他的表情。想象得到，他在为他的曼倩卡委屈、难过。我们走到了桥下，平日呼啸而过的大货车在我们头顶轰隆作响，桥上桥下，一喧嚣一静谧，仿佛两个世界。

真可笑。他说。

谁？乔哥还是周周？

我。还有曼倩卡。

（选自《小小说选刊》2023 年第 6 期）

祝你万事如意

尹 聿

他：一天不走路是什么滋味

和树站在一起，看着别人的脚在动，而自己只有叶子和头发一起被风骚扰；

和房子泡在一起，看着家人进进出出，而自己坐在沙发上和时间一起被书消磨；

和自己较劲，他的腿脚软绵无力，他想坐在水里，顺水而下，走到大海，任自然随意摆弄，没有籍贯，只有流水的意志，一直走，一直漂，一直没有目的……

他是这样的生活。唉，她那样最终的决定，他改变不了。他徒劳地看着时代的脚步，看着她的身影背对自己而去。

她的背影仍然迷人。

他：终于成孤儿了

"终于成孤儿了"，他长舒了一口气：终于，终于啊……

他望着空寂的大屋，灰尘在阳光里弥漫着，格外显眼，像明亮的小虫四处乱撞。

他解脱了，但空虚得难受，找不到打击对象来发泄自己的痛苦。他突然意识到：

他"被"——被抛弃了。

她：活着的感觉

"我不断提醒自己，我会在不知什么时候死去。否则我就不会有活着的感觉。"

因为我知道自己不知何时会死去，所以我才每时每刻有活着的感觉。或者说，有了对死的恐惧，我才时时体会到活着。

可为什么这种活着的体会中，除了痛苦和恐惧，没有一点儿爱的温暖呢？

她在 QQ 签名里写着：最重要的是活着。

难道，活着就那么重要？

他：依依多情的明月

"临进大门，我不禁又回头瞥了一眼依依多情的明月，只见月轮渐满，银辉皎皎。"

明月依依多情，可惜只挂夜空，见不得白天。我不总生活在夜晚，况且夜晚在我一生中多是休息时间，梦也很少。

我的生活，在看得见一切美好的人间。请在白天见我，请在白天多情。

它希望我们的生活这样。我何尝不愿意如此这般生活？我不想属于夜晚。

她：就那么简单

"说起来也简单，世界并不是因为我而存在。所以，不幸降临的概率是绝不会变的，也是自己所不能决定的。"

选择？无法选择。无法选择，或者不选择，也都是一种选择。这好像出于每个人的意愿。

错了。你想选择这个世界看似很容易，其实很难，甚至无法做到。最终决定的不是你，是这个世界。

而我，我要作出选择。我想活着。

他会永远祝福我的。

她：何时闲着没事

"在过去，人与人的关系不就是这样吗？大家总有时间，真诚坦率。"而现在都现代化了，人反而没有空闲了？这是怎么啦？追求现代化，不就是解放人自身吗？

能够坐下来想到这个问题的人，总也想不明白，而还想把它弄明白。因此苦恼着。

我想了很久，除了对他说，谁会听进去？难道他会听进去吗？

自己都无法把握，怎能把握了别人？他还是一个总说爱你的人。

他说自己闲着总在想我。但他为什么不想想活？难道一个耳光就能让人活下了吗？

耳光就是钱吗？

旁白：人生难逢一次卖自己

她最终决定把自己卖了。心里只是斗争了一番，没有什么特别的痛苦。书上说，要学会怎样使用自己的身体。她可能理解错了，但是即使错了，也要按照自己的理解去做一次。作为女人，人生难逢一次卖自己。

把自己卖了，得到的会是什么呢？她没有考虑过，反正会得到什么的，同时也会失去什么。对于会失去什么，她更是没有过多去想。她不过想把自己卖掉，一次也可以。

就这样。

（选自《人生与伴侣》2023 年第 4 期）

万家宝树

李广贤

乡下老家有棵杏树,我上初二了还抱不过来呢。它那苍郁的冠宛如一把巨伞,把偌大个四合院几乎罩住了。爷爷曾告诉我,这棵杏树,是百年前他的爷爷从师学医那年栽下的。果子长熟后,呈白色,香甜可口,所以叫香白杏。每年麦黄时,爷爷都会打电话催我回家,为我敲打那变白的杏子。爷爷虽说八十岁了,但还能挥动那长长的竹竿。妈说:"这与他接诊的患者多有关系。"我问:"啥关系?"妈说:"亲手为那么多患者接骨,是不是很能锻炼身体呀?"我一想也是。爷爷的"万氏骨科"虽然在乡下,设施简陋,接诊的患者却比爸在县城里开办的"现代骨科"还多。

可是,往后爷爷再也不能为我敲打杏子了,因为今春的一天,他在连续为两个患者接骨后,不幸晕倒,再没醒过来。

葬爷爷那天,老家的院子里来了好多人。我惊讶地发现,他们大都流泪了,有的比我哭得还痛。更让我惊讶的是,棺材被抬出堂屋时,忽然刮来了一阵风,摇落了好多的杏花,地上,人头上,粉粉白白的,好似着了孝一般。

爸也被惊着了。爷爷入土后，一连两三个晚上，他从医院回到家中，都是一副心神不安的样子，偶尔还自言自语："树摇花落，是老天有意，还是杏树有情？"

这早，爸去了集市。出乎意料的是，他并没像往常一样买回菜来，而是扛回了三棵小杏树。饭后，他便领着妈和我到了他的医院。爸负责刨坑，我负责扶树，妈则往坑里回填土。浇完水，爸长出了口气，脸上终于现出了一丝笑意。

哪知好景不长，心神不安又爬回了爸的脸，且伴有唉声叹气。

"又咋了？"妈问。

"奇了怪了，爹走半月多了，现代骨科接诊的患者咋还不见多呢？你说，我一个骨科专业毕业的硕士，要 CT 有 CT，要钛合金夹板有钛合金夹板，咋就不如他一个只靠双手和木夹板的土郎中呢？"爸的眼睛里流露出了说不清的委屈。

妈说："老爷子正骨扶伤数十载，闻名遐迩，这叫软实力，你有吗？方圆百里之内，有谁不知道你们老万家那棵百年香杏？大多数患者都是奔着它去的。明白吗？"

"明白。"爸抬眼盯住妈，等待着下文。

"你也许明白那么一点点，不然你不会买来那三棵杏树栽到医院里。不过，你明白的是表象。我觉着，你不妨学学古人，让患者及其家属能够主动买来杏树，栽到你的医院里。长此以往，现代骨科的名声就会慢慢传播开来。"

爸先是愣了一下，但很快竖起了大拇指："是个主意。"

一个月后，现代骨科医院那块教室般大小的空地里，栽满了小杏树。可问题来了：接诊的患者是比以前多了，但收入减少了。于是，爸的心神不安变成了忧心忡忡："长此下去，我和职工非喝西北风不可。"

"你不如把医院迁到乡下老宅去，那棵百年香杏不仅是金字招牌，还能让你悟出诸多人生哲理。"会写小说的妈，想象力真是让我佩服。

"回到那巴掌大的院子里，我的现代化设备哪里放？科室哪里摆？还有，我的事业何以得到拓展？"

妈耸耸肩，摊开两只手，一副无话可说的样子。

也就在这天夜里，熟睡的我被急急的敲门声惊醒了。门开后，一个非本地口音的男子问我爸："您可是万氏骨科万老医生的儿子小万医生？"我爸回："是呀。"随之听到了跪地的声响："万医生，俺摸了半夜，总算找到了那棵百年老杏树。可是，俺叫门时却发现是上了锁的。后来是您好心的邻居跟俺说，万老医生过世了。于是俺就拉着受伤的儿子到了您的现代骨科。谁知值班医生嫌俺带的钱少，他做不了主，就让俺来您家了。""快快起来，老哥，我这就去医院，先安排你儿子住下院再说。"长这么大，这是我听爸说出的一句最感人的话。

次日午间，爸一脸疲惫地回到了家里。他往饭桌前一坐，出神良久，嘴里突然蹦出了两个字："移植。"妈连忙问："昨晚那人的儿子还需骨移植？"爸怔了一下回道："嗯嗯。"

春尽夏来。这天，我和妈骑着自行车回到了乡下老宅，想看看香白杏长多大了。一到门前，我俩同时吃惊地张大了嘴巴，因为我们发现爸，还有几个生面孔，正一人扶着一把铁锹立在院中，一脸沉思地仰望着我们老万家的那棵百年宝树发呆……

（选自《安徽文学》2023 年第 6 期）

州桥明月

曹洪蔚

那时候，汴梁城还没通自来水，吃水，全靠肩担手提。据说，整个汴梁城有大大小小的水井六百多眼，分布在"七角八巷七十二胡同"里头。最有名的井有三眼井、花井、海眼井、老公公井等十多个。

州桥附近的胡同里也有一眼井，叫甜水井，因水质清冽甘甜而得名。尤其是夏季，那水打出来清凉纯净，饮之，甘甜如冰糖化水，解渴降暑，好不爽快。

负责管理这眼井的叫大眼儿，一个壮壮实实的汉子。虽说叫大眼儿，俩眼却并不大，一条裂开的缝缝而已，胡同里的老老少少，谁都没见过他眼珠子长啥样。有人还编派他，说他刚生下来的时候没有眼睛，那头像半个冬瓜，他娘见了，急中生智，折了一段床上的秫秸篾子，划了两个道道，才有了眼，盼着那眼能慢慢长大，给他取名字叫大眼儿。有好事的人问，是这么回事吗，大眼儿？大眼儿听了也不恼，回答说，五黄六月下大雪，鸡蛋撞碎石碾盘，你信吗？

甜水井在一棵大槐树下，方形井口，四周砌有青石。大眼儿当水井管理员后，做了一个木盖子，安有锁扣。有了木盖子，树叶杂物落不到井里，水质始终清洁。上了锁，可防有人乱取水，破坏水质。有段时间，听说甜水井的水好喝，不光城里人，连乡下的也要赶过来取一桶，很无序。

除了维护取水秩序，大眼儿还有一个职责，就是给胡同里有需求的人家送水。大槐树下，停着一架独轮木车，那是大眼儿的送水车。车上可并排放八只木桶。每日，天刚麻麻亮，大眼儿就开始打水装车，独轮车的吱呀声灌满一个胡同。放下水，收了水牌，再去往下一家。夏天的时候，大眼儿穿一件无领无袖的白粗布褂子，脖上挂一条蓝粗布毛巾，两只胳膊粗硬如棒槌，暴着一棱一棱的肌块，双手驾把，虎步生风，成为胡同一景。

这天，日近正午，大眼儿送完最后一趟水，返回井边，忽见井锁被撬，井口大开。正狐疑，一个掂着小木桶的毛头小伙款款走来，一副挑衅的模样。

大眼儿问他，你干的？

毛头小伙懒得搭腔，对着大眼儿挤挤眼点点头，算是回答。

为啥？大眼儿的犟脾气上来了。

毛头小伙终于开口了，为啥？你说为啥，我问你，这井是你家打的？这水是你引出来的？

大眼儿说，不是。

那你为什么把井口锁起来，谁给你的权力？

我是这眼水井的管理员，权力是胡同里的全体居民给的，我要为他们负责。

你问过我同意不同意没？

你同意是五八，不同意是四十，想取这眼井里的水，得按规矩来。

今天就让你看看我的规矩！

毛头小伙说着，开始下桶取水。水刚掂上来，大眼儿一把抢过，兜头浇在了毛头小伙头上，还没等他睁开眼，一个扫堂腿将他打趴下去。毛头小伙翻身跃起，来个饿虎捕食，招式还没展开，就被大眼儿另一只扫堂腿掀翻，弄了个嘴啃泥。大眼儿把一只脚踩上去，像踏着一只泄气的蛤蟆。

大眼儿说，知道你正在东京武校练功，学过几招。听说过汴京镖局吗？老子在那里做过二十年镖头。

毛头小伙听了，突然呜咽起来，叔，我错了，是我有眼不识泰山，饶了我吧，叔。大眼儿把那只脚拿下来，说，小子，记住，行武之人，讲义气，守规矩，才能立身。不然，武功越强，祸害越大。

毛头小伙点头如小鸡啄米，之后，深鞠一躬，狼狈而去。

天好热。大槐树上的知了喊哑了嗓子，靠在墙角的老黄狗舌根子都吐出来了。大眼儿送完水，刚在井边蹲下，看见毛头小伙走来了，浑身透湿，像刚从水里捞出。毛头小伙递过一个水牌，说，叔，我刚练功回来，热得很，也渴得很，给我取一桶水吧。大眼儿收了水牌，打上来一桶水。毛头小伙正要低头喝水，忽见大眼儿打裤兜里掏出一把麦糠，撒在清凉凉的水面上，头一下子大了。他在乡下的时候，看见过爷爷给牲口饮水时总爱在水面上撒一层麦糠。这不是把自己当牲口待吗？还当过镖头，心眼儿也忒小了吧！

实在是又热又渴，毛头小伙吹一下，喝一口，屈辱的泪一滴一滴洒落下来，融进井水里。

从这天起，大眼儿再没看见过那个练武功的毛头小伙。

通自来水后，甜水井被封了井口。大眼儿就在胡同口摆了个茶水摊儿，两分一碗五分一碗地卖茶。胡同斜对着古州桥遗地，好多时候，大眼儿坐在茶摊儿的躺椅上，看见月亮从汴河水里探出头来，慢慢升到树梢头。一时间，汴水潺潺，银波点点，皎月隐隐。大眼儿抿一口茶，哼唱起歌谣来："万家灯火古州桥，红袖歌残水上绕。几度有人吹凤管，清风明月伴天晓。"

正入神，看见眼前的大碗茶里，被人丢进一层麦糠，飘飘悠悠。大眼儿睁开小眼儿一看，猛然大笑起来。

好小子，知道你会来，来寻仇是吧？武功定是练得差不多了。好吧，听我把话说完再动手不迟。那回你去井边喝水，前日胡同里死了个人，你听说了吗？这人叫个箩头，拉脚的。那天，他从南关火车站拉了一车盐包，送完货，又是热，又是渴，趁我不在，悄悄取了一桶水，一口气喝个底朝天。到家，人就躺倒不中了。凉井水，激炸了五脏六腑，人还能活得成吗？你年纪轻轻的，我可不忍你去走箩头的路，就在水里撒了麦糠，好让你慢慢饮，细细喝。

大眼儿说罢，再睁开眼时，看见大碗里的水被倒掉了，又续了一碗新的，清清亮亮。再看那个来寻仇的人，已消失在州桥遗地边来往的人流中。

这晚，州桥明月分外皎洁，那般亮丽，那般纯净。

〔选自《大观》（东京文学）2023 年第 7 期〕

长江大桥

李天奇

窗外的风，吹卷着荆楚大地。

陈诚拖着行李箱，踯躅在落满银杏叶的人行道上。眼前，是都市的万家灯火，和他单薄的身体形成鲜明对比。陈诚第一次感到都市里的寂寞与空虚。

刚来大学时，他享受一切新奇的事物。打台球、泡网吧、逛夜店，一切在他认为时髦的事物，都被一一揽进自己的青春。他感受到前所未有的充实，也终于邂逅了自己的爱情——方青。

他和方青，是在一次体育课上认识的。那天，他正在课上打篮球，接球、躲闪，最后三步上篮。在周围观众接连发出的赞叹声中，他看到一个羊驼般可爱的女孩朝自己掷来炽热的目光。

课后，他学着电视里的模样，抱着篮球走到方青面前，要到了她的微信，接着牵手，慢慢向蜜饯味的情侣关系中走去。

对于陈诚来说，方青的出现，成为他寄居都市游离生活里的船锚，让他开始重新去回顾现实，正视他们之间的家庭沟壑。他知道，方青是个稳重的女孩，她不会陪自己作出那些类似私奔的傻事。而自己，也只有更努力，才能配上优秀的她。

走在回寝室的风中，陈诚盘算起自己近来的花销。谈恋爱以来，他几乎整天在寝室靠泡面度日，甚至连买件体面的衣服都要掂量一番。又想到自己欠下的日益增长的账单，陈诚逐渐有些入不敷出。尽管朋友们依旧会叫上他去网吧，但他知道，自己和他们已经是两个世界的人。

最初，他还尽力去缓和与方青之间的关系，直到一天夜里他突发急性肠胃炎被送进医院，才不得不承认，对于这段感情来说，自己的坚持是多么徒劳。于是他开始放下所谓的"面子"，去送外卖、找兼职，包括准备分手。

方青知道他不容易，常在他送完餐后去看他，有时会拎些包子，或是偷偷给他的口袋里塞钱。每当他发现后，就尽快将钱还给她，任由她心疼，闹得死去活来。

犹记得那天，他将方青送到寝室楼下，正准备离开时，接到了一个电话，是方青父亲打来的。

"小子，你听着，尽快离开我女儿，我们家是不会找你这种人当女婿的，你配不上我女儿。再纠缠她，我就来学校找你麻烦……"

陈诚刚想开口，电话那头便传来"嘟嘟嘟"的声音。他看着眼前灰白的水泥地，仿佛有一扇门，正在将他与方青隔开。

那晚，陈诚一反常态地买了许多酒。他坐在教学楼的天台上，第一次感觉武汉的春天这么寒冷。

他再也忍受不住方青闺蜜们异样的眼神，每次和方青走在路上，也总要受到旁人异样的嘲讽，尽管这些不愉快方青从未在他面前提及。

许久过后，他忍着痛苦提出了分手。农村的穷小子和城市的白天鹅，仿佛有道无垠的鸿沟，将他们隔开在生活的两侧。

接下来的日子，陈诚通过打工还完了自己所欠下的借款。债务还完那天，他感到那么轻松，一瞬间，仿佛有万条雨丝打在他的身上，酥麻，带有自由的气息。只是偶尔走在路上的时候，看见方青，两个人只是相互点头微笑而已。他知道，她应当有属于自己的生活。

他和她，逐渐成为熟悉的陌生人。这也让他越发讨厌这个城市，讨厌大学。在后来与同伴的交谈中，他发现他们竟也有这种想法。城市宛若围城，外面的人想进来，里面的人却感到异常孤独。

风卷起落在地上的枯叶，陈诚打着伞，走在空荡的校园中。他第一次感到这么清爽，回家的路仿佛是通往乌托邦的路，那里的田野，才是属于自己的世界。他飞快地跑着，想逃离什么似的。

雨丝拍打右侧的窗户，陈诚用手指在潮气中画出自己和方青名字的缩写，然后用爱心框上，好像这样就有了特定的魔法。

陈诚打开手机，看着微信朋友圈里琳琅满目的照片，有抱怨的，有兴奋的，还有秀恩爱的。忽然，陈诚的动作停了下来，泪水喷涌而出，滴落在手机屏幕的照片上。

照片中，方青抱着布偶熊，走在他们约定过的地方——武汉长江大桥。

记得分手那天，他搂着她在庭廊里看星星，突然向她问起："如果有一天分开了，我去哪儿找你？"

方青并没有回答，只是在下次见面时送了他一张字条，上面写着："那我就去长江大桥上等你。"

时过境迁，陈诚抬头看向窗户外的长江，想到自己第一次来到武汉的场景。一瞬间，眼泪决堤，他感觉自己仿佛也是一座大桥，横亘于夜晚的长江之上。

他暗自下定决心，一定要混出个名堂！

（选自《微型小说选刊》2023 年第 8 期）

除害

江红斌

有天接到一项工作，让我去护理李庄镇病重不能下床的疯兰兰。我听了差点蹦起来，结结巴巴地说，她……她……她有刀……

仁爱路各家门前空地上种的蔬菜经常被偷，大家知道是疯兰兰所为，纷纷找她理论。疯兰兰永远不搭话，从身上掏出经常携带的水果刀恶狠狠地指着来人，眼里冒出怒火，让人们见了胆寒。

尽管多年过去，我仍清楚记得，疯女人兰兰刚被她父亲送回李庄镇时，她的口袋里就装着一把明晃晃的水果刀。而且，那次她父亲回省城时，她趁其不备，用那把刀在她父亲脸上划了好几个口子。那情景让我每每想起来都不寒而栗。

后来我转念一想，疯兰兰已经病得在床上起不来，哪里还会握刀子捅人！况且，我一个粗壮结实的男子汉难道还怕一把小小的水果刀？再说了，我这人极富爱心，岂有见死不救的道理？于是，我释然了，接下了这个工作。

疯兰兰的家在仁爱路上。她全家人早已随她父亲迁居省城，留下一所旧房子。疯兰兰自从患了躁狂型精神病后，赤身上房，见人就杀，危害四邻。父亲管不住，才把她送回老家，让她独自生活，大有让其自生自灭的意图。由于疯兰兰不是李庄镇人，镇里只能临时救助她，给些米、面和油，却不能按时供应蔬菜。无奈，疯兰兰只好在仁爱路路边偷菜吃，偷到就吃，偷不到就忍。经过几年，在饥一顿饱一顿的岁月煎熬下，本就瘦削的疯兰兰变得像一张薄纸，走在李庄镇的街道上，仿佛一阵风就能把她吹跑似的。

与李庄镇其他街道喧嚣热闹的氛围截然不同，仁爱路寂寞冷清。每个院落的漂亮大门都死死关着，听不到惯常的鸡鸣狗叫，阒寂的街巷落下一片树叶都能让人心惊肉跳。偶尔，某个临街的门被人打开一条小缝，只见那人做贼一样露出头，左右看看没情况，倏然跳出门外，迅速锁上门，逃也似的消失在仁爱路的尽头。我经过仁爱路的时候，大门后的锁眼里一只只独眼怒视着我，眼睛里喷着火，令我的后背发紧。仁爱路散发着肃杀的戾气。

疯兰兰的家在仁爱路中间，斑驳陆离、锈蚀严重的两扇木门在邻居豪华气派的门楼衬托下越发显得寒酸破烂。木门虚掩着，转动十分艰涩，我使出好大力气才推开半扇门挤了进去。

碎砖块铺就的坎坷小路直通堂屋。堂屋门虚掩着，我推开门，一股闷热腐败的味道扑鼻而来，让我浑身一激灵。凭多年护理濒危病人的经验，我嗅到了死亡的味道。偌大的堂屋空旷而寂寥，几件破家具胡乱摆着，靠后墙的老式木床上堆着一堆破布。光线太暗，经过仔细辨认，我才在破布里发现一颗毛茸茸的头颅和一具破劈柴一样的身躯。

这就是疯兰兰吗？我不敢相信自己的眼睛。记得疯兰兰刚被父亲送来时，袅袅婷婷，林黛玉一样的身材，在李庄镇粗笨的街巷里十分显眼。尤其是她那张忧郁的清瘦面庞，让人瞬间记起金庸笔下的梅超风或《雷雨》里的繁漪。

疯兰兰的乌黑长发不知道什么时候剪掉了，蓬乱短发纠结一起垫在脑后，好像她的头枕着一只鸟巢。鸟巢上横着一张拖鞋底似的瘦脸，双眼半闭，眼窝塌陷，嘴唇皱裂，结着厚厚的干痂，让人想到了死鱼。凭我多年护理经验判断，疯兰兰重度脱水了，必须迅速补水，否则马上会有生命危险。

我从随身水杯里倒出水，把水碗放在她的嘴边。疯兰兰感觉到了，使老大的劲儿撑着眼皮。她的眼睛晦暗无光，眼皮一眨不眨，死死瞪着我，很吓人。她就是不张口喝水。饮水自救是人的天性，她反行其道，令我疑惑。

我动了恻隐之心，一心一意伺候床上这具木乃伊似的、行将就木的疯子。为了让她迅速补水，我一趟趟到超市去买蜂蜜、鸡蛋、白糖、奶粉，忙碌让我无暇理会仁爱路大门里向我投来的怒视目光。我变着花样做好各种饮品端给她；她始终咬紧牙关不张嘴，只用眼睛死死瞪着我，眼里冒着火。那火仿佛会把一切燃烧。

一连几天，我徒劳地工作着，眼里喷火的她日见衰竭。死神离她越来越近，我心痛不已，只恨自己没有起死回生的本领。终于有一天，在我眼睁睁的注视之下，疯兰兰熬干身体里的最后一滴水,永远闭上了那双喷射火焰的眼睛。

既然拦不住死神,我只有给疯兰兰找个妥善的归宿,才能心安。没有人要求我去办,但我要义无反顾干这个事情。

疯兰兰入土为安后,我却很烦躁,心里一直放不下她。我时常回忆起她最后时刻的冒火目光,在心里无数遍咒骂疯兰兰的父亲。这个在省城街头贩卖半辈子蔬菜、没文化的老顽固,在女儿与心爱的人私奔后,千不该万不该,不该把疯兰兰吊起来往死里打!想起这些,我的身体仿佛被皮带抽过似的疼痛战栗,身不由己来到仁爱路,祈盼还能看到疯兰兰,想为她做些什么。

与我初来那天截然不同,仁爱路一下子热闹起来。各家的街门洞开,主妇们端着碗,站在街中心,嘴角溢满唾沫、扯着嗓子与邻居们大声说笑,仿佛要把几十年该说而没说的话一股脑儿说完似的。尤其是见到我来到仁爱路的时候,她们更是一个个激动万分,按捺不住喜悦的心情纷纷跟我打招呼,把我当成为民除害的大英雄一样,夸我太了不起,终于把疯兰兰从仁爱路上弄走了。

也不知是受宠若惊,还是受之有愧,我听了热血上涌,有挥刀捅人的冲动。

(选自《山西文学》2023 年第 12 期)

另一种可能

非花非雾

阳光从落地玻璃窗墙照进门岗室，落在两个七十余岁的老男人身上，烟雾从他们指间飘起，像翩翩的舞女的裙，到了高处又弥散开来，屋里的空气就变成了灰蓝色。穿保安服的是老李，穿没有标志的旧式军官服的是老鲍，他们的腰杆都挺得笔直。

从深圳回来的那一年冬天起，老鲍和妻就不在家里召集麻将局了。妻比老鲍小十六岁，更年期早过了，爱唠叨的毛病却加重了，连饭稀饭稠都能跟他吵一架。春节还没到，突然疫情来了，家家关门闭户，不串门，不聚集，小区也门禁森严，不让人随意进出了。

妻除了化妆与唠叨，还有两大爱好——打麻将和跳广场舞。现在出不了门，每天睁开眼，便忽喜忽怒，喜怒全由意识流带着随机触发。正在炫耀女儿嫁到深圳，婆家大富，自己去帮带两年孩子多享福多长见识，马上转到埋怨保姆工资要得多高，管做饭的不管打扫卫生，管打扫卫生的抱一下娃儿都不肯……妻一边嘴不停，一边打扮一番，开了手机，学跳广场舞。老鲍在家待不住了，就装上一盒烟打开门踱出去。

院里很寂静，只有宣传疫情防控的喇叭孤独地叫喊着。

"口罩戴上，说你呢。"一名保安戴着红袖标，远远地对着老鲍叫，看清是老鲍，忙解释道："上边要求得紧，不让在院里逗留。"

老鲍笑着，凑上去递了一支烟："老李，值班呢。"烟的牌子和老李手上的一样，"十渠"，就是十块钱一盒的"红旗渠"。在豫西小县城里，这种烟又叫"待客烟"，家里有红白事，买来几大箱，分发给客人和帮忙的亲友。消费价位应该是中下等。老鲍工资卡一直在妻手里，每月一到账，妻就给他批发能抽一个月的"十渠"，预留下家中的水电、饭菜费，给上大学的儿子打去一千五百块生活费，余下的都存起来。她说自己每个月添置的时尚高档衣服，都是女儿给买的。女儿却常劝她别穿这大红大紫的贵妇装，本来父亲就比她大那么多，这样一比，显得更老了。老鲍却很欣赏妻的年轻和华丽，他常说，烟再贵也是一阵火星就没有了。他在西藏阿里的时候，冬季断烟、断粮的困难都遇到过，带着连队去温泉炸鱼，碰到山崩，差点牺牲了。带着团队去平暴，暴徒一枪打来，擦着耳朵飞过去，现在他右耳朵上还有一个大豁口，右耳常常耳鸣听不清。他喜欢穿那些旧军装，呢料瓷实、压风，一穿上，与众不同的身份就显示出来了。

老李也早留意到小区这么一位常年穿旧军服的老人，还有他那花枝招展的年轻妻子、上着大学的儿子、单位给他订的报刊。

同一价位的烟，拉近了两个人的距离，老李套近乎："我老家邻村叫鲍村，十有八家都姓鲍。"

老鲍说："那咱是老乡，我正是鲍村人。我娘生了四儿两女，我是老四。男娃吃得多，一开春饿得哇哇叫。不到十七岁，我就当兵走了。"

老李说："我娘当年就生我一个独苗，爷和爹死活不让我出来，当兵不让，工作也不中。在农村混这半辈子。这不，老人都下世了，儿和女都来城里工作了，孩他妈来带孙子，分的农田流转给农业公司种茶菊了，我在老家也没事，就跟来了。孩子们工资都不高，还得还房贷。我心里合计还得出来找个事做。你们都退休享福了，我这才上岗工作。我这工资，还没您退休金高呢。"一边说一边自嘲地笑。

老鲍自豪地笑着："不是我不谦虚，我的退休工资，加上伤残补贴、军人补贴，在县城里能比上的没几个。你工资跟我爱人退休金差不多。她是工人，退休早。"

那一年小区里月季怒放的时节，疫情缓解了，人们开始成群结队地走步健身，妻一早一晚都要出门去走一万步，非要位列微信运动排行榜榜首才罢。唠叨的话题变成"走友"们的长长短短。

没想到第二年疫情比第一年来得更早，去得更迟，反反复复的。儿子从大学回来，也滞留家里，实习也泡汤了。母子俩一屋一个躺着玩手机，儿子玩的是手游，妻玩上了抖音。老鲍的糖尿病也重起来，每天按时打完胰岛素，就做饭，照顾着妻儿。

闲下来时，老鲍依旧找老李，坐在门岗室看自己的报纸。

疫情到了第三年的夏末秋初，他见到老李的妻子来送饭，纤瘦温婉，衣着朴素得体，脸面上干干净净，年近七十，也并不显老。恍惚地，他就想起病故的前妻，还有后来那个年龄相当的女医生。如果现在和她们生活在一起，会怎样呢？那平常而温馨的家庭生活，曾让他在边疆没有后顾之忧。他怅然若失，手里的烟已烧到手指。

初见青春明艳的妻和她八岁女儿的情景悠然跳出脑海，妻蓬勃的活力、不与平庸生活妥协的劲头一下子征服了他。他想："如果没有她，我的中年生活会像一场精彩纷呈的酒局吗？"

他抬头望了望时钟，拿起报纸往家走，该打胰岛素、该给妻儿做饭了。

（选自《小说月刊》2023 年第 1 期）

砸钢筋的老人

潘新日

午后的阳光和河底的钢钎一起闪耀着火花，让本该沉寂的断桥有了一丝生机。

老人蹲在垮塌的水泥桥废墟上，有节奏地一锤一锤地砸着，砸包在水泥和石子里的钢筋。荒郊野外，老人的身影有些孤独，渴了就喝一口水，饿了就啃一口馍，草帽下，浑身尽是汗渍和盐霜，但他全然不顾，他脑子里只有凝固在水泥里的钢筋。

这下面埋了两个人，是一对父子。就在桥刚竣工不久，他们刚好撑着船从桥下过，扒出来的时候，父子俩惨不忍睹。至那以后，人们便称断桥为鬼桥。

没有人敢去，觉得那地方邪乎。

也有人说老头财迷，都这大把年纪了，还起早贪黑地在鬼不下蛋的地方砸钢筋。谁不知道这是豆腐渣工程，偷工减料的，一天也砸不出几根。没有人知道他叫啥，住在哪儿，只知道他这两年都在这里砸钢筋，天一亮就来，天一黑就走，佝偻着的背上总是驮着铁锤和钢筋。

不过，几年下来，人们都已习惯了老人，他像落在残垣废墟上的一只黑鸟，每天"叮叮咣咣"地砸着。偶尔，也会有放牛的老人和他搭讪，老人似乎不甚健谈，嘴角上会漾起一丝笑容，之后，便又专注地砸他的钢筋，仿佛除了砸钢筋，周围的一切都与他无关。

镇上收废品的老王头算是最了解老人的人了，他每天都要等到老人卖完钢筋才关门，也没有几句话，问多了老人也不说。要是两天看不到老人，老王头准知道老人要么是回老家了，要么生病了。

生活就像这断桥下的流水，平静而自然，没有人去在意一个整天敲敲打打的老人，人们各忙各的，都在自己扮演的角色里奔忙。人就是这样，只要还有一口气，就不会停下来。

突然有一天，人们感觉少了点什么。那是一场大雪过后，镇上收废品的老王头问起赶集的人看没看到那个砸钢筋的老人，经他一打听，人们才发现好几天没有听到老人砸钢筋的声音了。这时，人们才有意识地到断桥上看了看，这一看不要紧，大家一个个都惊呆了。

老人已经走了，手握铁锤和钢钎走了，平静得像一场雪。

整理遗物时，人们发现了一大沓汇款单和一封信。汇款单上的钱是汇给村子里被砸死的那爷俩家的，共 55 笔，3 万多元。

"好人啊！好人啊！"一个老妇牵着孙子、孙女跪了下来，"天天打听，天天打听，就是打听不出谁汇的钱，原来是你呀，好心人！"老妇哭着，人们的眼角都湿润了。

"这里还有一封信。"有人说。

这是一封没有寄出的信，是老人写给儿子的。

王军吾儿：

　　培养你这么多年，想不到你为乡亲们修了一个断桥，还砸死了人，你有罪啊！

　　人家孤儿寡母，日子不好过啊！你在监狱里帮不了人家，也只好由我代劳了。

　　这么多天砸钢筋，我也在想，其实，还是挺结实的，怎么会塌呢？

　　爹老了，也只能替你做这些为你赎罪，希望能得到受害家属的原谅……

　　好好改造，爹等着你！

读着读着，周围的人不自觉地抹起了眼泪……

（选自《信阳晚报》2023 年 6 月 5 日）

稻香

陈来峰

轰隆隆的雷声响了一夜，五叔在床上烙饼似的翻了一夜。临近黎明的时候，大雨哗啦啦地终于砸下来，噼里啪啦地将五叔也砸了起来。

五叔揉着惺忪的眼睛，望着窗外如注的大雨，迈着六亲不认的步伐，便喜滋滋地张开了怀抱，他张开怀抱跑出去拥抱着雨水。他的衣襟瞬间便湿透了，就连颔下那几缕胡须也浸上了水珠。接下来的事就顺理成章了，五叔随便扣了一顶破草帽，便跌跌撞撞向村外走去。

听到动静的五婶迷迷糊糊地起来，发现五叔不见了，便急慌慌叫醒了正含着微笑做梦的儿子小林，小林极不情愿地揉揉眼睛，翻身下床。

然而，五叔还是不见了。雨这么大，他会去哪里？

去寻短见？为那点儿事？不至于，真的是不至于。五婶思忖着。

昨天，小林的高考分数下来了，632 分。这可是个天大的好消息。得到消息的五叔捋着胡子，端着旱烟袋，将这好消息送到了村子的角角落落，甚至连墙角圈里的鸡也通知到了。想想，在农村这个犄角旮旯的地方，能考出这么高的分数，肯定能上一个大城市的好学校，虽然北大清华咱够不着，但是稍逊的学校还是大把大把的。想到这，五叔的脸上便荡漾着胜利般的微笑。

村里人更是对五叔赞不绝口。五叔的大小子大林前几年考上了上海的一所重点大学，没几年，这二小子又长江后浪推前浪，考出了比哥哥还好的成绩来。五叔家的好事真的是一件接一件的。

然而，五叔昨儿上午还乐颠颠的，中午还饶有兴致地自个儿灌了自个儿几口"猫尿"（酒）。可是下午，他的脸便黑得像天上的乌云，吓得五婶和小林不敢靠近他，更不敢询问他。五叔是担心小林的学费？这个倒不是。如今农村的生活也越来越好了，五叔家十几亩水稻每年也能给家里带来不少收入，再加上大林已经在上海参加了工作，时不时给五叔汇钱来。可是，这……

带着疑问，五婶和小林打着伞走向了村外。喊声高高低低，氤氲在这漫无边际的天幕中。

沿着崎岖的小路，左拐右拐，探进一片绿油油的稻田。雨滴密密麻麻浸润在禾苗的上上下下，爽快地给它们洗澡。禾苗欢快的笑声萦绕在无边的田野里。

一个黑黢黢的身影，蜷缩在田边，望着天真无邪的禾苗，情不自禁地给它们鼓掌。

笑声与泥土的清香飘向远方。

终于找到你了！你个死老头子！大雨天，跑这里干吗？

五叔没回头，也没应声，只是痴痴地对着田里笑。

小林围上来，指着爹瞟一眼娘，说，爹是不是疯了！

疯了的爹突然站起身，差点摔一个趔趄，叫道，疯？我不疯，你们才疯了呢！

说着话，又敞开双臂，作出一个拥抱大自然的动作。

不就是不想让我出省上学吗？不就是不想让我跟我哥一样留在上海不回来吗？可是，我这么高的分数岂不是白瞎了！

白瞎就白瞎！反正你哥出去了，你就不能再出去了，必须留在我们身边，最多去上一个咱省最好的农业大学。

这……这叫什么道理嘛！娘，你说呢？

五婶弱弱地看看小林，又心疼地瞅瞅五叔，无奈地叹息。

轰隆隆几声闷雷，雨渐渐停了。三个人静静地立在田边，像一幅水墨画。

你不就是担心这几亩稻田嘛！大不了以后我挣钱了咱就不种田了，我和哥会给你们多寄钱的啊！小林说。

不是这！五叔应着。

那，等你们老了，我们给你们送最好的养老院，绝对不会亏待你们的。小林又说。

不是这！五叔又应。

那，大不了你们去城里跟我们住嘛！我哥在上海，我在北京，你们南边住住北边跑跑，多滋润啊！

不是这！不是这！

那是什么？为什么就不让我出省上学呢！我想去北京上学，去首都。

五叔退了一步，一只手指着天空说，这样吧，去北京可以，你必须学农业，上中国最好的农业大学。

小林说，可以。

五叔的眼神突然暧昧起来，脸上掠过一丝喜悦，接着小声说，毕业后必须回来！回到咱们家乡，建设咱们的家乡，这个你可做到？

这个……

你不要忘本啊！咱们是农民啊！咱们这里世世代代以水稻为生，没有水稻，你和你哥能活到现在？能上大学？……

天晴了。一缕缕七彩的阳光洋洋洒洒飘下来，落在了香喷喷的稻田里，落在了小林的心里。

（选自《微型小说选刊》2023年第15期）

同林鸟

刘加军

马叔查出了毛病，还不是小病，可能是癌症。

马叔一把抢过女儿手中的报告单，走出乡卫生院，黑着脸。

"说啥也要到大医院再查查。"女儿不依不饶，"就算查出问题，早发现，早治好！"

马叔低声吼道："我吃得香，睡得香，你是嫌钱没地方扔了！回家别乱说！"

"那机器是照着玩儿的吗？你说没事儿就没事儿？"躺在床上的马婶，拍着床沿鼻涕一把泪一把地数落着马叔，"我这个样子，你再有个三长两短的，这个家咋办？"

马婶体弱，离不开中药罐子。见马叔一天天地拖，马婶急了，说："再不去检查，我也不吃药了！"马叔这才跟女儿、女婿到县医院检查。

医生说，暂时没多大事儿，疑似有癌，建议到大医院做活检。

马叔问医生："做活检的结果准吗？"

"很准确。"

"很贵吧?"

"不贵,有点麻烦,先住院观察一段时间,等合适的时候再做。"

"我哪有空儿呢?"马叔像是自语。

"没事儿,"马叔把报告单递给马婶,笑呵呵地说,"医生说没多大事儿。"

马婶不放心,问女儿、女婿。女儿、女婿说:"还是到大医院检查检查吧,如果有问题,耽搁了,不就更麻烦了吗?"

马婶劝马叔多次,马叔都说没事儿,问急了,马叔就发火了:"说了没事儿没事儿,你咋揪住不放呢?你是不是想我真有事儿?眼看忙季到了,哪还有闲心瞎折腾!"

这个家确实离不开他,马婶没有更好的办法,见马叔忙时下地,闲时帮人砌墙、粉刷干杂活儿,依然乐呵呵的,跟没病的人似的,心里也踏实了一些。

春耕夏耘,一晃到了年底。

那天,马叔帮人上梁,被东家留下来喝杯喜酒,饭后骑电瓶车回家,半路上胃疼得车都没法骑了,打电话让女婿送他去县医院。

检查结果,马叔十有八九是胃癌,必须到大医院找专家复查。

转到市里医院,确诊是贲门癌,一家人一下子傻眼了。

专家建议先化疗，然后看看是否能手术。

马叔问专家："那不得好几万块啊？"

"八万、十万、二十万都有可能，得看化疗效果、手术难易以及后期恢复情况。"专家微笑着说，"想治好病，还怕花钱哪？"

马叔愣了几秒，然后想了想，说："听说那家伙不能照，三照两照，头发没了，魂也没了，还是不化疗了吧？"

"你很会开玩笑。"专家依然微笑着，"你和家人好好商量商量吧。"

女儿、女婿和马叔商量，转到北京再检查，如果可以做手术，立马做。

马叔更不乐意了："那一刀下去，假如跟劁猪一样，摘不干净，阎王爷看不下去，也会召见我呢。罪受了，钱也没了。"

不知是听信了马叔的话，还是马叔的病不需要做手术，专家也同意给马叔开一些药，先回家保守治疗一段时间看看。

"说过一百遍，就是不听话！"躺在床上的马婶拍着床沿鼻涕一把泪一把地数落着马叔，"有病早来医，那是拖的事儿吗？"

"听说白鲢鱼的胡子熬水喝能治病，那些偏方，说不定比医院里的针针水水更有奇效。"马叔安慰马婶，"何况，医院里不是人待的地方，哪哪儿都是怪味，每天不就是吃吃药、量量体温、挂个吊针吗？在医院待这些天，浑身僵硬，不舒服，闲得急死个人……"

马叔向马婶诉苦时，一脸痛苦的样子。

马婶指着马叔的鼻子，"你"了半天，没说出第二个字。

"你俩是小孩子吗？也不叫人省心！咋不劝你爹住院好好治呢？砸锅卖铁也要治啊！"马婶拍着床沿鼻涕一把泪一把地数落着女儿、女婿，"你爹要有个三长两短，我也不活了！"

"劝过，咋没劝，下跪了也没用！"女儿、女婿垂着头。

"不用你们砸锅卖铁，砸了你们喝西北风啊！"马叔很坚决地说，"我回老宅拾掇拾掇，种种菜、养养鸡，活动活动筋骨，说不定很快就好了。"

马婶差女儿、女婿常去看他，他精神头儿很好，却日渐消瘦。女儿、女婿不敢全说实话。

马叔再次住进医院，已是三个月以后了。这次，两眼塌陷的马叔终于肯安安静静地躺在病床上了。

这次，马叔不仅是贲门癌恶化，还感染上了新冠肺炎。疼痛时，额头直冒虚汗；闷气时，脸憋得通红；气顺了，又笑呵呵的，邻铺的病人都说马叔绝对是最先出院的。

过了两天，马叔吵着要出院，一家人再也不听他的了，不治好绝不出院。

可没几天，马叔安详地闭上了眼睛。马婶哭得死去活来。

按照马叔的遗愿，马叔睡在山沟沟里，要长久地陪伴他的父母。

事后，马婶又是一场哭。然而，马婶不知道的是，当马叔知道自己得了贲门癌时，偷偷地恳求专家同意自己回家保守治疗，说："我不想在自己身上浪费钱了，老伴儿的病能治好，要好好治；我自己的病，治不好也治不起，就不治了，听天由命吧。"

马叔最后对专家说："孩子都大了，没爹没多大事儿，万万不能没了娘，有娘才叫家啊！"

一旁的小护士听后也眼含泪花。

（选自《小说月刊》2023 年第 5 期）

废墟里的麻雀

曹险峰

昏黄的阳光笼罩着废墟，废墟中间的一小片空地上，支着一个破箩筐，箩筐下的积雪被清理得干干净净，几粒窝头屑撒在那里。废墟旁的杨树树枝上落着两只麻雀。杨树叶子早已被捋得精光，就连刚刚泛青的树皮也被饥饿的人们剥下来充饥了，光秃秃的枝丫上，这两只麻雀有些显眼。

废墟残败的矮墙后面，一领破草席下藏着一个少年。少年黑瘦黑瘦，眼窝深陷，清澈的大眼睛好像蒙上了一层雾气，黯淡无光，两只干细的胳膊伸向前方，鸡爪一样嶙峋的小手里紧紧地攥着一根细绳。

少年晃一晃脑袋，抵御了刚刚袭来的一阵晕眩，一双黑溜溜的眼睛紧紧盯着枝丫上的两只麻雀，整个身体好像又恢复了生机。他缩回一只土黄色、纤弱的手臂，用黑黢黢的小手搓搓冻得僵硬的脸，再换回另外一只胳膊，活动活动伸得时间太长而麻木的手臂，蜷进怀里，摸摸怀里的布袋，脸上生出暖风拂动莲花花瓣一样的微笑。布袋里有一个已经碎成几块的杂面窝头。少年的小手在布袋外面摩挲着，最终还是伸进布袋，摸出一个指头肚大小的碎馍块，塞进嘴里。他已经很久没有尝到粮食的滋味了，真香呀。少年把窝头含在嘴巴里，舍不得咀嚼，唾液在嘴里丰盈起来，馍块慢慢在嘴里融化，随着不住吞咽的口水缓缓地流进喉咙。

夕阳一点点地坠落，两只麻雀在依旧光秃秃的树枝上"啾啾"地叫着。突然，一只麻雀如离弦之箭直射而下，另外一只略略停顿，也紧随其后，落在了箩筐边上。先飞落的那只麻雀要蹦进箩筐，尾随飞下的那只麻雀却蹦着阻拦它。两只麻雀在箩筐边上蹦来蹦去，像在死亡边缘跳舞的精灵。先飞落的那只麻雀最终冲破了另一只麻雀的阻拦，猛然蹦到了箩筐下面！

少年攥着绳子的手一抖，差一点拉动了绳子。他屏住呼吸，咽一口唾沫，心里不停地对自己说，别慌、别慌，要等两只麻雀都进入箩筐。

另一只麻雀却没有跟着进入箩筐。它"啾啾"叫着，好像在责骂那只闯入箩筐下的麻雀。闯入箩筐的那只麻雀接下来的行动令少年惊诧不已！它衔起一块馍屑，立刻蹦到了箩筐外面，把嘴里的馍屑喂进箩筐外面责骂自己的那只麻雀嘴里，然后蹦转身，再蹦回箩筐下面，衔起一块馍屑，又蹦到箩筐外面，把馍屑喂进箩筐外面的那只麻雀嘴里。

少年用惊异的目光仔细观察，两只麻雀都非常瘦小，箩筐外面的那只麻雀的腹部微微有点鼓，也许怀了小宝宝吧？进入箩筐的那只麻雀更瘦弱，它已经做好了随时被捉住、牺牲自己生命的准备，在箩筐内外来来回回地忙碌着，像一个在阴阳两界穿梭的搬运工。

少年眼睛里泛起了泪花。他没有拉动绳子，也没有惊扰它们。那只在笹筐内外进进出出的麻雀，把笹筐下的馍屑衔走、喂完，在笹筐外面愣了一下，和它的伴侣一起飞走了。

少年爬起身，活动活动僵硬麻木的身体，拖着疲惫的身子回家了。到家的时候，天空已经收起了最后一抹晚霞。"妈妈。"少年轻声呼唤自己的母亲。躺卧在床上的母亲用一只胳膊支起软弱无力的身子，用怜惜的目光迎接着自己亲爱的儿子。少年从怀里掏出装着窝头碎块的布袋递给妈妈。母亲怀着身孕，月份已经很大了，她撑起身子接过布袋，从里面拿出一块窝头递给少年。"有人哄抢馍摊，我捡了两个窝头，回家路上已经吃过一个了。"少年推开窝头，坐在妈妈身边。母亲爱抚地摸摸坐在床边的少年的脑袋："再吃一块吧，你走了一天的路了。"少年因为瘦弱而显得硕大的脑袋轻轻贴在妈妈挺起的肚子上，他把头侧转过来，微笑着迎接妈妈温柔的目光，轻声细语地说："我不饿。"晚上，少年在床里侧，挨着妈妈无声无息地睡着了。

第二天早晨，少年没有像平日那样天一亮就出门讨饭。母亲轻声呼唤他，没有回应，再大声喊他，还是没有反应。母亲慌了，少年的爸爸就是这样没有的，她抓着少年的身子拼命摇晃，嘶心裂肺地呼喊着，少年的身子软软的，依旧没有反应。母亲跌跌撞撞地冲出屋子，向邻居救助。邻居来了，摸摸少年的身子："身子还是软的，要是有碗面糊糊也许能救过来，可现在……"邻居叹了口气。母亲的心死了，她没有哭喊，愣怔地抱着少年，一直抱到天黑，又从天黑抱到天明。天又擦黑了，邻居过来，从母亲怀里抱过身子早已凉透的少年，找个地方挖了一个浅坑，草草埋了。

母亲活了下来，母亲怀着的孩子也出生了，并且神奇地活了下来。恍恍惚惚，母亲总会看到少年瘦弱的身子支着大脑袋冲自己微笑，金黄、明亮的光芒笼罩着少年祥和、恬静的笑容。母亲伸手捧起少年的脸庞仔细端详，少年的脸庞在金光里慢慢淡化，在母亲的指缝间消失，变成了一只麻雀，"啾啾"地叫着，"扑棱"一下飞进了亮金色的光晕里，消失了。

（选自《小说月刊》2023 年第 8 期）

歌唱

飞　鸟

这是一件真事。

按老家辈分论，她是我拐了好几个弯的表婶。

去年春节，我在亲戚家碰见了她。她与母亲叙谈，似乎她的境况不好，丈夫几年前酒驾意外离世，她与儿媳又合不来。她说过完年想出外打工，怕年龄大（四十七八岁）、没文化（小学上过两年半），不好找活儿。母亲是热心的人，转头喊我："辉，操操心，帮你表婶找个活儿。"我打量表婶——短发，圆脸，衣着整齐，黑棉靴不沾一点尘污，眼神干净。我点点头，给后勤部林经理打了个拜年电话。

过完正月十五，我回京时带上了表婶。她在后勤部填表格时，我才知道她的名字——高大霞（"霞"字她照着身份证抄写，还是写错了）。林经理对她的工作很满意，说她认真、负责、勤快，试用期没结束，林经理就给她办了转正手续。

表婶还有一副好歌喉，这是老江告诉我的。有天下班，我在电梯里碰见老江，他说："焦经理，咱们楼层那位保洁大姐，唱歌特别好听。"我点点头，没做其他表示。老江还想说什么，电梯门开了，进来几个人，他就停住了话头。

　　说说老江吧。我是出版部经理，老江是我的下属，做校对工作。年会马上到了，人力资源下了任务，出版部必须出个节目。本来我想让一个策划编辑报个诗朗诵，老江来我办公室，我开玩笑说："老江，年会要不要来个节目？"老江挠挠稀疏的头发，答："中。"老江五十来岁，原来在一家杂志社当编辑，还发过我写的小说，后来杂志社经营不善，他就到我这里做图书校对工作了。

　　老江说要在年会上唱一首歌，他声音浑厚，我相信他唱歌能出彩。我觉得他一定会唱一首有年代感的歌，没想到他选的是首流行歌。老江每天中午吃过饭就找地方偷偷排练，我想他每天晚上也一定在租住屋里引吭高歌，甚至想象他唱歌扰民被敲门的窘状。我可不是胡乱猜测，我了解老江，他做任何事都非常认真，认真到较真的地步。

　　临近年会，老江来办公室找我。他双手扭在一起，手指互相纠缠着，左边嘴角的肉有些颤抖，说："焦经理，我想在年会上表演男女合唱。"我揉揉终审书稿累疼的眼，问："合唱可以，女的是谁？"

　　"高大霞。"

　　"谁？"

　　"焦经理，我知道高大霞不是咱们部门的，但是她唱歌特别好听，我们一起排练好几次了，我觉得——请您批准——所以——"

我心里一动，忍不住笑了，说："同意。"

老江的老伴儿患癌症去世四五年了。

年会上，老江蓝色西装，白色暗花衬衣，红色领带，脚上的皮鞋锃亮；表婶化了淡妆，蓝色长裙，胸前戴一朵鲜艳的红梅花。

老江唱："……可不可以爱你，我从来不曾歇息……"

表婶唱："……我还是一样喜欢你，只为你的温柔……"

掌声雷动。

我也被老江和表婶优美的歌声感动得热泪盈眶，泪水模糊里，一个穿白裙的女孩慢慢浮现。女孩名叫云娴——她望你的时候是单眼皮，垂下眼睛，是双眼皮，眼神清澈，睫毛又长又密……

我抹了把泪，使劲鼓掌。

我觉得老江和表婶之间会有故事发生，也许故事已经开始了，我期待故事会有个圆满美好的结果，也许，观看他们合唱的很多人也这样认为。可是正像开头时我说的这是一件真事，我不想虚构，老江和表婶合唱结束后，他俩又彼此平静如水，如死水，他们像平行线，延伸再长也没有交汇。

节假日，我去朋友公司谈事，晚上回来路过老江住的地方，忽然想去看看老江。我来过老江住的地方，就直接上楼找他。走到门口，突然听见老江屋里有表婶的声音，我忙站住了。

"……可不可以爱你，我从来不曾歇息……"

"……我还是一样喜欢你，只为你的温柔……"

掌声雷动，其中还有我的叫好声。

　　我在老江那里吃的饭，还喝了点酒。我问："老江，你别偷偷看合唱视频了，可以考虑再进一步。"老江叹口气，喝尽杯中酒，说："虽然在歌声里能彼此心灵相通，但生活不是歌唱那么简单……"

　　"虽然歌声短暂，但真能听懂歌声，那也是一刹千年，一念一生。"这句话我没有说出口。

　　我满上酒，一饮而尽……眼前浮现出穿白裙的云娴……可能是喝猛了，我呛出了泪水……

　　　　　　　　　　　　（选自《微型小说选刊》2023 年第 5 期）

站岗

赵长春

那时候，抗日战争到了相持阶段。

那时候，根据地缺衣少食，提出了"自己动手、丰衣足食"的口号。

那时候，大家都参加大生产运动，从上到下，好多人都会纺棉花、种菜、耕田。

那时候，"烂泥湾"刚更名为"南泥湾"。这里土地肥沃，水林丰茂，军民团结如一人，正在努力打造为陕北的好江南。

这年5月的一天，老总通知小李，带上几名警卫员，趁空去看看南泥湾。正值春耕大生产，一年之计在于春，农时误不得。因为处理了一些其他事儿，耽误了时间，老总要求努力往前赶路。就骑马，从总部出发，能多赶一点儿路就多赶一点儿，争取第二天就返回，因为还有很多工作。

嗒嗒嗒！黄土高原的沟壑中，几匹快马、几身灰军装，腾跃在淡绿浅青的春色中。中午简单打尖后，傍晚，到了南泥湾地界。

"报告！前方已经是南泥湾。再有三十来里地，就到驻地了。建议先让区公所接应一下，赶到南泥湾。请首长指示！"小李从前面折返回来，挺立马背上，向老总致礼。

陕北春短。看看天色将晚，老总决定先找个避风的地方住一宿，不去打扰部队了，"更不能打扰地方"。老总的意思是，直接到驻地的话，还得临时做饭、找房子，影响驻地人员的正常作息。

"是！"小李心有不甘，但坚决执行了命令。作为一名警卫员，小李深知老总太累。望着比实际年龄苍老的老总，特别是他憨厚的笑容，小李到底也没有提出自己的反对意见，就马上和其他同志顺沟找地方。这里窑洞好建，人们随挖随住，加上前两年不安定，废弃的窑洞多。很快，大家找到了两个废弃的窑洞，清扫后，铺垫了简单的床铺，一起吃了点炒小米，喝点水，就休息了。

老总说："这多好！简单朴素，心安理得；自己动手，丰衣足食！"

按照工作要求，留下岗哨后，小李陪老总住一个窑洞里，其他人睡在另外一孔窑洞里。小李给大家分配好任务，特意交代值岗的："老总年纪大，骑马又跑了快一天，晚上，他睡窑洞里床，我在外边挨洞口的床铺上睡。这样，半夜换岗也方便。"

大家就都睡下了。

小李进窑洞，看看还在看书的老总，就悄然坐在一边。老总身子一欠，说："好好躺下，晚上你还得换岗。"

"得令！"小李很听话，很快就入了梦乡……

小李再醒来，是被另一位警卫员叫醒的。一个激灵，小李就摸床头的枪:"该我了!"可是没有摸到枪。

警卫员说:"天明了!你看看是谁在站岗?!"

小李跑出来,晨风中,老总执枪,站在哨位上!

原来,夜里换岗的时候到了,警卫战士来到老总和小李住的那个窑洞口,按照原来的约定,怕惊动老总,就悄悄地推了一下靠洞口睡觉的"小李":"起来吧,换岗了!"说完,便回到自己窑洞里睡觉了。

可他不知道,老总看完书,睡觉前,悄悄地睡在了外铺,将小李让在了里面!

所以,第二天一大早,最早醒来的警卫员出了窑洞,看到老总在站岗,就跑步过来:"首长,您起这么早来站岗,没有睡?"

老总一笑,枪往背上一紧:"哈哈,你们站岗放哨,还睡觉呀?"

警卫员脸一红,赶忙朝老总睡的那孔窑洞跑去,而小李正睡得香……原来,老总给大家站了下半夜的岗。

为这事儿,赶往南泥湾的路上,大家在马上开展了自我批评。老总说:"没有规定我不能站岗!这才是官兵一致。"最终的决议是,小李回去后给老总的那片菜地浇水两次。

这个站岗的故事,知道的人不多。原因在于老总不让讲:"这本就是正常的事儿。"

还有个原因,也是老总要求的。在小李离开老总时,老总说:"感谢你为我服务这么多年。到新的岗位了,继续安心工作，不许提在我身边工作的事。"

小李就记住了。关于与老总在一起的日子，他从不提。他觉得，老总这样要求，那就一定有他的道理。

不过，小李把这件事记下来了，记在心里，成为一种深刻的记忆。等小李成了老李，春节时一家人吃饭，孙子、孙女让他讲讲自己的革命故事，老李就讲了这个站岗的故事。

老李说："我们得记住，共产党就是这样干出来的。"

于是，春节聚会，老李的这个革命故事，成为必讲的保留节目。

再后来，老李走了。家人们整理他的遗物，发现一本老旧的日记本中，原汁原味地记载着这个故事。有些细节很深刻，比如那个晚春的风，比如窑畔的一株野桃摇曳着明媚的花。以此为背景，老总背枪，站得笔直。

故事以书信的形式，说给了自己的家人："好好记住，传下去！"

其中，有这样一句话："我很骄傲，很自豪！老总替我站岗……"

这个故事，发生在 1941 年 5 月。

老总名朱德。当年，他和大家一起挑粮，留下了《朱德的扁担》这一故事。

（选自《百花园》2023 年第 5 期）

当大风来临

刘　瑞

　　阿菊出门时，黑妞带着几个孩子在楼顶的大平台上玩。正是三月，阳光明媚，春风拂面。楼顶上的月季花开得正艳，空气里流动着一股清香。

　　黑妞的几个孩子围着那盆月季花，嬉戏打闹，不时地为了争抢什么闹个小矛盾，但下一秒就又和好了。黑妞在一旁看着这些孩子，有时也会参与到孩子的游戏之中，享受着天伦之乐。

　　黑妞自从有了这几个孩子，就整日与孩子黏在一起，操心着孩子的吃喝冷暖，把好吃好喝的都留给孩子。为了几个孩子，黑妞已经瘦得皮包骨了。

　　曾经的黑妞多美呀，有一种天然的冷艳气质。那大概是黑妞一生中最美的时光了。柔美的身体线条，优雅的走路姿态，以及那双顾盼生辉的眼睛，让豆豆和大白眼睛都看直了。豆豆和大白一天到晚跟在黑妞后面献殷勤，甚至因为争风吃醋大打出手。

　　自从黑妞当了妈妈，就完全变了。黑妞不但不注意自己的形象了，还变得自私贪婪。

在美食面前，黑妞完全失去了礼让风范，所谓的吃着碗里看着锅里，就是黑妞的真实写照。

黑妞一双眼睛滴溜溜地转动着，只要看到有好吃的，便去抢上一把，再迅速回到孩子身边，护着孩子吃刚刚抢来的美味。

孩子们太小了，不知道心疼妈妈，只顾各吃各的，一个个吃得圆滚滚肥嘟嘟的。吃饱喝足后，便亦步亦趋地跟着妈妈，整日欢快地围着妈妈玩耍。

阿菊出门走到菜市场时，感觉起风了，她这才想起，天气预报两天前就说今天有沙尘暴。天说翻脸就翻脸了，刚才还阳光明媚的，突然就阴云密布了。

一股风裹着尘土横扫过来，行人纷纷停下脚步，背过脸，用手捂着口鼻。咣咣当当，噼里啪啦，东西倒地的声音夹杂着树被折断的声音，以及呼呼的风声盖过了一切。

阿菊办完事，回到家第一件事就是去楼顶看黑妞和黑妞的孩子。推开往楼顶去的门，一眼看见月季花盆被风刮倒了，花瓣和断枝零落一地。

没见黑妞，也没见黑妞的孩子。

那么大的风，黑妞或许带着孩子去楼顶的小阁楼躲风了。阿菊快步走到小阁楼，推开半掩着的门，并没有看见黑妞和孩子们。阿菊不死心，走进阁楼，啪地打开灯，仍没见黑妞和孩子们。

阿菊突然想起阁楼和墙壁之间的那个夹道——一个避风又挡雨的地方，平时黑妞和孩子们也爱在这里玩，或许黑妞和几个孩子都在夹道里呢，阿菊不由得松了一口气，三步并作两步，奔到夹道，夹道里却空空的。

又是一股狂风刮过来，在风力的推动下，月季花盆咕咕噜噜转了一个圈，撞到了墙上。阿菊心里越发焦急。黑妞和几个孩子到底去了哪里呢？黑妞瘦得能被风吹倒，几个孩子又那么小。

在阿菊连对面邻居的楼顶都找过一遍，仍找不到黑妞时，一个可怕的念头闯进阿菊的头脑。天啊，黑妞和几个孩子难道全被风卷到楼底下了？这可是八楼啊！

阿菊的心咚咚咚地跳着，她趴到楼栏杆处往下看。阿菊头晕目眩，什么也看不到。

黑妞带着孩子会不会躲到了楼道？阿菊灵光一闪，突然兴奋起来，转身往楼道走去。她从八层楼的顶楼沿着步梯，一级一级往下走。

高跟鞋尖细的跟一下一下地敲击着楼梯台阶，回响在空无一人的楼道。每下一层楼，阿菊都探着身子往更下面一层看去，嘴上喊着，黑妞，黑妞。平时都是乘电梯上下楼，步梯基本算是摆设，所以，每家每户的门对主人以外的同一单元的其他人来说，都是陌生的。

阿菊经过一扇扇陌生的门，在心里祈祷着，黑妞和孩子们或许就在下一个门口玩呢，直到一步步走完八层楼，阿菊才死心。不，阿菊还是不死心，她又去小区绿化带里扒开密布的冬青，希望能看到黑妞。可是，没有，除跳出一只猫外，冬青丛里什么都没有。

黑妞和那几个可爱的孩子真的不见了，难道真是被传说中的黄鼠狼吃了吗？这简直太可怕了。

阿菊的老公前些天还说，夜里听见有黄鼠狼的动静，第二天一早，邻居家的鸡少了两只。可是，这是大白天啊，黄鼠狼真是胆大包天。

阿菊算了算，自己从离开家到回到家不足两个小时，黄鼠狼怎么那么聪明？怎么就算准了自己这会儿不在家呢？如果不是被黄鼠狼吃了，那黑妞和孩子们到底去哪里了呢？

阿菊给女儿打电话，说黑妞和黑妞的孩子全不见了。女儿说，你别急，我现在就回去帮你找。

挂了电话，阿菊又去了楼顶。

突然，从哪里传来啾啾啾的叫声。刚开始，阿菊以为是鸟叫。当啾啾啾的叫声持续传到阿菊的耳朵里时，阿菊突然反应过来，这是黑妞的孩子在叫。

阿菊全身的神经瞬间绷紧，她屏气凝神，寻找声音的来源。楼顶空空旷旷，哪有黑妞和几个孩子的影子！

正在阿菊怀疑自己听错了时，啾啾啾的叫声又响起来了，那声音分明就在自己身边，可身边除了一个用铁丝网围成的鸡笼和鸡笼里面的两只鸡，就再没别的什么了。

对了，鸡笼里面的一只通身毛色黑亮的大公鸡被阿菊叫作豆豆，另一只毛色纯白、一副仙风道骨模样的大公鸡被阿菊叫作大白。

啾啾啾，那声音越发迫近、明晰，仿佛一种回应，温暖、欢快，甚至带了一种幸福和甜蜜。阿菊的四周除了鸡笼，一目了然，空无一物；而鸡笼里也一目了然，只有豆豆和大白。

啾啾啾的声音此起彼伏，热热闹闹，阿菊能确定这声音就在自己身边，就是黑妞的孩子在叫，可是，黑妞和孩子藏在哪里呢？阿菊甚至往自己头顶上方的半空去找，仰起头又觉得荒谬。

突然，阿菊眼睛一亮，目光瞬间锁定。那是一抹红，隐隐约约，影影绰绰，却散发着异样的光。那抹红真的就在自己眼前，在眼前的鸡笼食槽里面。食槽是在鸡笼外边最底部贴着地面的地方和鸡笼绑在一起的。为了防止斑鸠成群结队来偷吃鸡食，食槽上面蒙着白色的细纱网。

阿菊慌忙凑近了看。啊，阿菊看到了什么！那是黑妞——一只通身毛色黑亮的母鸡，在纱网的笼罩下，像在雾中一样，模糊又分明存在。黑妞以半蹲半卧之姿把九个孩子全部拢到自己怀里，她通身黑色的羽毛透过纱网仍然泛着美丽的母性的光泽。

啾啾啾，几个刚出生五天的小鸡娃，在黑妞的翅膀下探头探脑，露出圆溜溜、毛茸茸的小脑袋，正欢快地叫着。

（选自《短篇小说》2023年第9期）

能人"二排场"

崔一平

"二排场"姓赵名保国，20 世纪 50 年代初生人。他在弟兄中排行老二，小时候长得眉清目秀、白白胖胖，惹人喜爱，大人们都昵称他为"二排场"。因为他走南闯北见多识广、能说会道、头脑灵活、精明能干，人们又都称他"能人"。"二排场"本身是个农民，可他干过好多行业，先是跑街串巷补锅修盆，接着赶集撵会卖老鼠药，后来又做木匠走家入户打家具，最后开办起重机械配件厂。他的生活经历比较丰富，流传下不少出名的故事。

一顺风

实行改革开放后，物资逐渐丰富，农村集贸市场也活跃起来。乡镇政府驻地和一些人口多的村子，大都是五天一集，十天半月一会，村民们带着农副产品去集会上交易，回去还可以买一些需要的日用百货。

那个时候，村民们脚上穿的大都是自家做的布底鞋，遇到下雨天容易渗水湿透鞋袜。当时解放鞋很时髦，橡胶底，帆布鞋面，穿上解放鞋雨天出行不湿脚，也不怕走泥泞路，沾上点泥土也好刷洗。

"二排场"有一次到集会上转悠，想买一双解放鞋，走到一个卖鞋的地摊，他看这家鞋样多，堆满一地。在这儿买鞋的人也多，他就上前挑选试穿了一双解放鞋，和女摊主砍价，还价到九元一双，人家不再让价了。"二排场"眉头一皱，计上心来，掏出九块钱递给女摊主，顺手拿上两只都是右脚的鞋转身就走。

过了一个月，"二排场"又去赶会，来到上次那家卖鞋的地摊，看准就男摊主自己在场，就假装试穿挑选解放鞋，再三讨价还价，男摊主认为他不是真心买鞋，就不耐烦地说："你买东西光想买到俺本儿里头，不过有一双鞋可以赔本卖给你。"说着便从纸箱里拿出来一双解放鞋。

"二排场"拿起鞋边看边说："那这双鞋肯定有毛病吧。"

摊主说："鞋质量没问题，就是一顺风，都是左脚的，你如果要的话给一块钱吧，俺赔血本了。"

"二排场"一边试鞋一边说："鞋是不贵，一顺风穿着不舒服呀。唉，我的脚瘦长，那迁就着穿吧。"他递给摊主一块钱，掂着鞋得意地回家了。

"二排场"在人们面前炫耀自己故意买"一顺风"鞋的事，花一双鞋的钱买了人家两双鞋。大家又送他一个外号"一顺风"。

走雨缝

　　20 世纪 80 年代初期，农村实行家庭联产承包责任制，各家各户都分到了责任田，大伙儿耕种田地的情绪高涨，有空了就往地里跑，去责任田里劳作，确保了粮食连年丰收。

　　这年夏天的上午，"二排场"去责任田锄地。六月的天就像娃娃的脸，说变就变。刚才还晴空万里，临近中午收工，狂风骤起，乌云密布，雷声隆隆，一阵豆大的雨点劈头盖脸砸了下来。"二排场"怕淋湿衣服，就急忙把汗衫脱下，弄成一团，放在草帽里，顶在头上，躲在泡桐树下。雨一会儿停了，他把淋湿的裤子拧干，用汗巾擦擦身上的雨水，穿好衣服，又清理一下锄掉的杂草，扛起锄头往家走去。

　　留柱叔家住在村东头，"二排场"刚到村口，留柱叔看到他的衣服是干的，就问道："哎，保国啊，我看人家从东地回来都是衣服水湿，咋就你衣服还干着呢？"

　　"二排场"笑着说："留柱叔，这下的雨滴之间有空隙呀，我走的是雨滴缝隙啊，雨点都没淋到我身上。"

　　"就你小子本事大啊，会躲雨滴，不让大雨淋着你。"留柱叔瞪大眼睛说。

　　"二排场"下雨天会照着雨滴的缝隙走的事在村里传开了，大伙儿都说他说话真能，能得都钻到云彩眼了。

　　后来，大家谈论到某个人喜欢说能话、爱好吹牛，都会开玩笑地说：你能耐再强，下雨天也不会走雨缝隙吧。

（选自《三角洲》2023 年第 22 期）

麻袋里的梦

王曦平

他叫冈萨洛·埃斯库德罗，正站在一个富豪家门口，颤抖着手，心跳个不停。他拿到了富豪的克隆指纹，可以不留痕迹地进入富豪家中，然后盗走他的一小部分财物。对富豪而言只是一小部分，也许他都不屑于报警，但对冈萨洛来说可以改变他的生活方式。

冈萨洛小心翼翼地盗走了整整一百万现金，他提着麻袋，满心激动地离开了。

"你好啊。"冈萨洛对一个躺在路边的流浪汉打了招呼，流浪汉瞥了他一眼，露出了厌恶的表情。

你个流浪汉可没有钱，我跟你打招呼是为了体现有钱人该有的素养。冈萨洛心想。

"这一百万我要怎么用呢？成为有钱人还真是烦恼多多。"冈萨洛自言自语。

"我必须先把我的赌债还了，要不然黑龙帮的老大赫苏斯会杀了我的。我可以多给他十万，自己留十万。这样，赫苏斯会给予我最大程度的保护，我在这座城市也将拥有属于我的地位，说不定我还能加入黑龙帮，成为一名骨干，以后每次参与任务，赫苏斯都会给我更多分成，最后，说不定我还能接他的班，毕竟他年事已高，也有隐退的想法。成为黑龙帮老大后，我会先干掉我看不顺眼的人，他们曾经为了催债而打过我，我永远忘不了，我会让他们加倍奉还。当上老大后，我就会更有钱，我的家庭也会走向上层社会。

"说到家庭，我会给我的妻子买一辆新车，终于可以结束租车生涯了。这样，她每天上班就可以跟她的同事吹嘘，我的丈夫给我买新车了，你们羡慕吧？我还要跟我的妻子生个孩子，因为我们有钱了，再也不用担心孩子的养育费了。我会升级为'爸爸'，我要给我的孩子起什么名字呢？就叫马修·埃斯库德罗吧，源自我最喜欢的音乐家马修·费勒尔。你别看我这样，我可是很喜欢高雅的音乐的。我会和妻子去听马修·费勒尔的钢琴独奏，每周听一次，让音乐家本人都对我们刮目相看。我还会带我的妻子去斯洛克镇度假，享受海边炽热的阳光。我会买一大箱椰子木工艺品，到时候摆在家里，可以给客人炫耀：你瞧，这都是我们在斯洛克镇买的，可花了不少钱呢。虽然曾经不可能有客人来我家，但我现在有钱了，人们一定会挤破脑袋来我家做客。

"既然有钱了，我要去做生意，让钱生钱也是一条出路，毕竟我还有赌债要还，还完后就不剩多少钱了。做人还是要现实一点。我会开一家快餐店，在市中心开，这样才能保证客流量嘛。到时候，我会雇佣包括店长、服务员在内的所有工作人员，我和妻子不用待在店里，只消每天数银行账户上的钱。等钱赚得足够多了，我就开分店，或者自己创造一个品牌。我肯定是个商业天才，我会赚得盆满钵满，赢得妻子、老同学和黑龙帮的尊敬，他们都会来我的店里吃饭，还会为了巴结我，给我打免费的广告。他们也许看我如此成功，也想学习成功的经验，哈哈，我是不会告诉他们的——想要成功，就去那个富豪家里偷钱。到那时，我肯定也拥有了不少经商的知识，我会办个培训班，这样，财和名就可以兼得了。"冈萨洛自言自语。

冈萨洛提着麻袋，回到了家，把麻袋放在床边，亲了妻子一口，倒头睡去了。他睡得很香，在梦里，他拥有了所有人的尊敬，他走进了上层社会。没有人在乎他的钱是怎么来的，大家只认现状，不会过度追求原因。

第二天一早，冈萨洛早早地醒来，妻子还在睡梦中，但他震惊地发现，床边的麻袋不见了。冈萨洛立刻翻箱倒柜地找，但依然没找到。他双手抱头，懊悔不已。他的梦想全部破灭了，一切都要从头开始，赌债还没还完，妻子依然要继续租车生涯，而快餐店……

此时，那个流浪汉依然坐在小巷子里，只不过，他身边多了一个麻袋。

"这些钱我要怎么用呢？"流浪汉自言自语，"我要买一套房子，然后雇打手，把前妻打一顿，谁让她把我赶出家门。还有……"

一个喝醉酒的人摇摇晃晃地从流浪汉身边经过，听到流浪汉的话后，他瞬间清醒，并感受到人间的沧桑与压抑不住的兴奋。

〔选自《小小说月刊》2023 年 2 月（上）〕

岳煎包

王吴军

清末民初，谢庄镇有十几家专卖煎包的店铺，但独有岳兴隆做的煎包最为有名。人以物名，物以人名，时间一长，人们一说起岳兴隆和岳家煎包，都是"岳煎包"这三个字。

煎包是谢庄镇一种独特的美食，深得老百姓的喜爱。那时有钱的人家拿煎包当饭吃，一般的市井人家则用煎包做孩子的零食，或是当成下酒的小菜来吃。不论怎么吃，谢庄镇的煎包都堪称一绝。

岳煎包生于清朝末年，在谢庄镇南北街的祖宅中长大，成年后，他就在祖宅旁边的店铺里做煎包卖。曾经有个精通相面、算卦的老者吃过岳煎包做的煎包后，说岳煎包有出将入相之貌，只因祖宅中的风水被他人破了，岳煎包才成了在世上做煎包的面食高手。对于老者的这番话，岳煎包并不相信，他只是微微一笑，权当是一阵风吹过，毫不放在心上，他依然每天辛勤而认真地做煎包、卖煎包。

谢庄镇的人都说，看岳煎包做煎包其实是一种极好的享受。有人能看出面食之道，有人能看出面食之味，有人能看出面食的神韵，有人能看出岳煎包做煎包时浑身散发出的俊朗，有人能看出岳煎包在做煎包时呈现出的俗中之雅。

岳煎包做煎包的本事大，他的规矩也是很大的。岳煎包做煎包有三条规矩。第一条规矩是，如果做煎包时的火候不到，任凭买家再急着要，煎包也绝不出锅。第二条规矩是，每天只卖二十斤面的煎包，卖完这二十斤面的煎包，任凭达官贵人势力再大、家财万贯的富商出钱再多，也绝不多做一个煎包。第三条规矩是，以上两条规矩绝不更改，绝不破例。岳煎包的这三条规矩真让谢庄镇的许多人感到又奇怪又不解。

话说这一年的春天，官至河南督军的胡景翼听说谢庄镇的岳煎包做的煎包非常好吃，是世上难得的美食，他就想一饱口福，要尝尝岳煎包做的煎包。于是，胡景翼就派一名团长带着几个人前往谢庄镇，去买岳煎包做的煎包。

胡景翼派的那名团长带着人来到岳煎包店铺的时候，岳煎包做的二十斤面的煎包刚刚卖完，正要关门回家。那名团长一脸讨好地对岳煎包说："在下是胡景翼督军派来的，专门来买岳先生做的煎包，烦请岳先生再做一锅煎包。"

岳煎包看了那名团长一眼，平静地说："请明天早上来买。"说完，关了店铺的门，转身就走。

那名团长追上去连连恳求岳煎包再做一锅煎包，岳煎包撂下的依然是那句话："请明天早上来买。"那名团长只好叹了口气，在谢庄镇住下，等着第二天早上买岳煎包做的煎包。

团长带人离开后，徒弟问岳煎包："师父，这些都是督军大人派来的人啊，您何不破例给他们做一锅煎包？"

岳煎包拍了拍徒弟的肩膀说："我告诉你，做啥事都得讲究一定的规矩，都得按规矩去做。规矩就是规矩！你现在还年轻，还不太懂得其中的道理。你想想，如果各行各业的继承人都把前辈们辛辛苦苦摸索和创立的规矩改了，那世上各行各业的继承者中还会有出类拔萃的手艺人吗？就拿咱的岳煎包来说吧，如果把那些多年摸索出的规矩改了，岳煎包还会是岳煎包吗？啥是规矩？规矩就是为了保证质量的优良而创立出的一套必须严格遵守的准则。想要质量好，就必须严格按照规矩来做！"

岳煎包说完，扭头就走了。他的徒弟站在那里想了很久，用手拍了一下自己的脑袋，恍然大悟地笑了笑，自言自语："是呀，师父说得对，没有规矩怎么能行呢？再说了，如果没有了师父平时严格执行的那些规矩，岳煎包真的就不是岳煎包了。"说完，他一溜小跑追赶师父去了。

（选自《红豆》2023 年第 6 期）

虫儿飞

赵伟民

听说我回老家，大龙一大早在微信群里连发了十几条语音，说要上后山弄点蜂蛹，晚上大家一起聚聚，吃点高蛋白。

大龙原名林振，上小学时，他是我们中间胆子最大的一个。他个头大，额头宽厚，皮肤黝黑，壮如牛犊。那时候学生之间流行追港星，李小龙的画报他贴了一屋子。他自制个双节棍，见狗打狗，见草打草，嘴里哼哼哈哈叫唤不停，还要我们叫他"大龙哥"，意思是他要超过李小龙。我们几个受欺负了，他出头教训人家。其他同学打架，他不管认不认识，高吼一声"路见不平，拔刀相助"，跑上去把打架的双方揍得都跪地求饶才罢休。为此，大龙没少挨他爹的耳光和老师的教鞭棍。

后来，我们去了不同的地方，见面越来越少。为了联系方便，先是建了QQ群，后又建了微信群。我们在群里不是抱怨生意难做，吐槽房价太高，就是咒骂老板无德，上班工资太低。

大龙说，他像是被厚痂重重包裹着的虫蛹，没有出头之日。

谁还不一样呢！

忘了是谁回了句，后面跟着一群感叹。自此以后，微信群死一般寂静。

前年，大龙生了儿子，在群里发了三天红包。接着，三虎发消息说女儿考上了重点高中，也在群里扔了几个红包。群里立马又活跃起来。慢慢地，群里发的信息多是谁家儿子姑娘该上小学初中了，问有没有认识校长老师的，希望帮忙打个招呼，或者是谁要回老家，问有没有捎东西的。大家你一言我一语，聊着聊着，就又聊到了学生时代。夜半时分，看着群里密密麻麻的文字，一个个长了翅膀似的，把我们驮回童年，又送往未来。

忽然有一天，大龙媳妇在群里说，大龙入狱了。说是大龙替别人出头，揍了老板，本来是按治安案件处理的，但人家财大气粗，硬是利用关系，以故意伤害罪把他扭送进了监狱。她还给我们发了一段视频，视频里，大龙的老板指着大龙额头说，捏死你就像捏死一只臭虫，等着坐牢吧你。

看到大龙老板脖子上指头粗的金链子，我们用沉默向大龙媳妇表示了同情。

大龙被判了两年半。出狱那天，大龙特意穿了件青色 T 恤和白色牛仔裤。哥几个聚会，我们高谈阔论，他闭口不语，双手撑着膝盖，怯怯地偷看着每个人，用生硬的微笑迎接大家端给他的酒。

他没有像之前那样头一仰一口闷了，而是小口小口地喝。催他快喝的瞬间，我看到他眼神里的空洞和迷茫。

饭局结束后，几个人互相搀扶着，把手臂搭在彼此肩膀上，吼着嗓子，肆意地在大马路上晃悠。昏黄的光影里，我们像潜伏多年，马上就要遇水化龙的巨蟒，豪横地左扭右摆。

十字路口，一辆出租车呼啸而来，差点撞到我们，司机朝着我们竖起小拇指，吐了口唾沫，骂道：找死啊。

我们群情激昂，高呼着要上去揍那个司机，大龙一把拉住我们，挡在面前。没等我们反应过来，出租车司机一脚油门留给我们两个尾灯。我们垂着头，像被踩扁了的虫子，慢慢蠕动。

或许是大家都忙的缘故，大龙组织的饭局最终只去了我和三虎。

三虎刚出院，不能喝酒。我和大龙面对半碗炒蜂蛹，一盘花生米，两瓶二锅头，还有撒了一桌的瓜子，相视无言，一个劲儿碰着杯。

三虎筷子不离嘴地吃着蜂蛹，还不忘念叨说，好久不见了，是吧，你俩多喝点啊。

看着曾经一块儿玩到大的伙伴，我突然有些动情，伸手摸了一下大龙被马蜂蜇得肿了半边的脸，他忽然"哇"的一声哭了，泪珠混合着鼻涕淌下来，像两条白线虫。

我从桌子上胡乱扯过一团纸巾，捂在他脸上。他擦攥鼻涕时，不小心把鼻涕滴溅在那半碗蜂蛹里。

我拉过碗，边往外扒拉被污染的蜂蛹，边喊服务员再弄个菜。

这虫子呢？服务员指着蜂蛹问。

不要了。三虎的筷子还停在半空。

要、要，怎么能不要呢。大龙夺起碗，腼腆地笑着说，我带回去给儿子吃。顿了顿，他盯着我补充道，弄这东西不容易，营养着呢，丢了可惜。

我抬起头，和他眼睛对视的瞬间，心忽然像被马蜂蜇了一下。为了表示不在乎他喷溅的鼻涕，我伸手从碗里捏了只蜂蛹，毫不犹豫地塞进嘴里。

大龙，别那么矫情，以后这东西多着呢。我说。

是、是，过几天我就要去参加县里组织的中蜂养殖培训，等我把蜂箱摆满后山，这小东西要多少有多少，是吧？大龙看着我，眼睛里闪出亮光。

大龙又说，社会发展太快了，出狱后老长一段时间都感觉不适应，工作也一直没找下，感谢你给我报了培训班，才让我在无所适从的生活里看到了希望。

那天晚上，我俩坐在村头的河堤上，紧挨着靠在一起，听潺潺东流的小河水，听窃窃私语的虫鸣，等待着明天朝阳的升起，看那些小东西从层层厚茧中挣脱出来，在阳光下双翅振振。

（选自《牡丹》2023 年第 23 期）

致命邂逅

杨昊宇

城里有家远近闻名的酒吧，叫作"极乐夜"。这家酒吧从名媛们大都身着旗袍的时候便开业了，经历了几多沉浮，到今日仍旧是城里最火爆的酒吧。

来这儿的无非两种人，失意的和得意的。

刘宪轻车熟路地走进酒吧，问酒保要了杯马天尼，便找地儿坐下了。酒吧的光五颜六色，但实则偏暗，独居角落的刘宪并不起眼，身材高大的他穿一身黑色的西装。刘宪的心里如同喧闹的酒吧一样难以平静，手里紧攥着一张字条，这是他早上起床后在城郊别墅的邮箱里发现的，打开信封的一瞬间便足以让刘宪冷汗直冒，这是封用血书写的死亡威胁信。不，不如说是死亡宣告，而日期就是今天，署名"致命邂逅"。刘宪大脑飞速运转，想要找寻笔迹的主人，无果后只得将注意力倾注在"致命邂逅"上。这四个字无疑像根针直扎刘宪内心的痛处。如果说血书还像是有人恶作剧，那这四个字则将这种可能彻底否定。刘宪是做高利贷的，具体的工作则是帮上头讨债，没事时便混迹在酒吧和城郊的别墅。刘宪得罪了不少人，所以他毫不怀疑信的真实性，却又无从查询信的主人，而他工作的特殊性也让他从未想过报警。刘宪在家里坐立不安，一地的烟头如同监狱的栏杆将他围在床上。刘宪清楚地知道，那人知道自己的住所，那么晚上在家无疑是等死，刘宪便从车库开了辆黑色大奔，多绕了好多路从交通繁忙的路段驶向酒吧。

任何人想在人流最多的"极乐夜"杀人都是一项难以完成的任务。望着酒吧里外两层的安保人员，刘宪又喝了一口酒。此时酒杯已经空了一半，刘宪悬着的心也放下了不少，舞池中的美女们无疑是每个夜晚的焦点，领头的菲儿面容很是清秀，与身旁妖艳的舞女们格格不入，但火红色的短裙和白色短袖 Polo 衫却完美地呈现了她性感的身材，吸引了绝大多数男人的目光，就算是心事重重的刘宪也不例外。刘宪拿起桌上的酒杯，朝舞池中央的菲儿走去，在众人的注视下同菲儿耳语了几句，又暗暗将一沓现金塞进了她的短裙，然后同菲儿相视一笑，牵着菲儿的手回到了他原来的座位，也不顾及舞池下男人们的嫉妒。"人性本是无罪的，而金钱却是罪恶的，不是吗？"刘宪得意地咧着嘴朝菲儿说道。菲儿也不解释，只是低着头笑了笑。与此同时，二楼栏杆旁一直注意着楼下的一个黑影见状也笑了笑，以只有自己能听到的声音嘀咕道："吸引所有人的目光来保护自己，真是只老狐狸。"

酒桌上的空杯越来越多，距离零点也越来越近，刘宪已逐渐将死亡宣告抛之脑后，没有比狂欢中的"极乐夜"更安全的地方了。菲儿已经喝了不少酒，脸颊微红，却给清纯的脸蛋徒增了几分妖艳，更加诱人。她将手指绕着酒杯口诡异地一滑，端起酒杯从刘宪对面起身坐在他身旁，轻轻抿了一口酒，又将杯口另一边朝着刘宪，喂他喝下，刘宪彻底被诱惑了，想要侧身抱住菲儿。菲儿一闪身，以去卫生间为由推辞着离去，而她的目的地却不是卫生间。菲儿踏着高跟鞋一步步朝二楼走去，而酒桌上的刘宪脸色越发难看，手指着菲儿，还没说出话便口吐白沫，一头栽倒在桌上。二楼的黑影漠视着这一切，即使手段高明如他也不禁为女郎行云流水般的手法赞叹不已。菲儿上到二楼，黑影张开双臂迎了上去："宝贝儿，委屈你了。"原来黑影就是刘宪的头儿王洋，也是高利贷公司的掌控者。赚足了腰包的王洋想要洗白自己的资产，像刘宪这种昔日的功臣就成了以后的隐患，警惕的刘宪已经是最后一个知道王洋是靠高利贷致富的人了。王洋悬着的心终于落下，心情大好，低头重重地吻向怀里的菲儿。菲儿也不抗拒，而是积极地回应。吻罢，菲儿如同泄了气的皮球般靠在栏杆上诡异地笑了起来。王洋先是不解，继而体内的反应却让他瞪大了眼睛，指着菲儿却说不出话来。菲儿收敛了笑容："你们这些恶魔不知道毁了多少家庭，你们肯定记不得我了，我现在还记得你们逼死我父母时的嘴脸。丑陋肮脏的并不是金钱，罪恶的本源是你们这些没了人性的恶魔！"没过多久，菲儿便笑着倒在了一旁。

第二天，"极乐夜"门口停满了警车，"极乐夜"停业接受调查，但这个案子注定没有结果。没有人知道父母双亡、孤身一人的女子为何要在双手和嘴唇上涂满毒药，杀死了两个萍水相逢的男人。真相被隐没在了夜的黑暗和极乐的狂欢中。

调查结束后，"极乐夜"便重新营业，继续着它的辉煌，见证着一次又一次的邂逅。

（选自《百花园》2023 年第 10 期）

花神咖啡馆

李群娟

花神咖啡馆位于松林巷第十块青石板的右侧。

上午九点，徐士骑着旧电动车来上班。打开门，将两盆结着花蕾、名为"铜管乐队"的玫瑰搬到门外，然后和店员小钟、茉莉一起开始擦玻璃、门把手、柜台、器皿和书架，给各种绿植浇水。

上午十点，烤箱里飘出曲奇饼干的香味，徐士将 CD 塞进音响，将写着"营业中"的松木牌挂出去。

阳光已从对面墙头上照进来，被咖啡馆沿街的两面窗子切成条块状光影，一半落在桌椅上，一半落在地上。

瘦削清俊的徐士坐在桌旁，朝西坐着，慢慢啜一杯咖啡，看早报上的一条球赛新闻。

我回来了。昨晚双丽给他发短信。

有时候，用短信比电话或当面说便利。能掩藏起表情，进可攻，退可守。

好。回来几天？

也可能从此不走了。如果，能找到不走的理由的话。

嗯嗯。我尚未娶呢。

这么巧啊，本人也未嫁。

两人各在城市一端，低头看着手机，抿嘴而乐。

像暗示又像调情，像认真又像玩笑。暧昧既是探寻又是保护。

双丽说，明天见。

徐士心里高兴又不安，以致昨晚有些失眠。三更之后，才睡着。

分别三年，虽然这中间在同学群里也见过照片和视频，但那和真人毕竟是有区别的。一对恋人面对面坐着，中间会有温润交汇的气场。在这个善变的时代，三年也足以使这个气场坏掉。如今相见，粗糙的实相，是否会磨坏内心珍藏的爱？

她曾坐在花神咖啡馆第二个窗子旁边对他说：30 岁的时候，如果你未娶，我未嫁，我们就一起过日子吧。

然后双丽就去南方做生意了。

奶奶戴着老花镜在阳台上看《安娜·卡列尼娜》，抬头对他说：爱，没你想的那么重要。30 岁后你就明白了。到时候就娶个女人安心过日子吧。

双丽是个离婚女人。她的第一场婚姻从缔结到失败，都是小城的新闻。不过另一俗套的红颜薄命版本。

奶奶也喜欢双丽。这女子长着一张狐狸脸，中等身材，体格丰满健美。人聪明，干练，妩媚不刚硬。跟徐士回家见奶奶，她大方喜气，嘴甜勤快，轻易就讨得了奶奶的欢心，以致当奶奶知道她是离婚女人时，只问了一句，有没有孩子？徐士说，没有。老人沉默了一会儿，接着为她的花儿浇水，没有说反对的话。

有一次，奶奶拉着双丽的一双手瞧了瞧说，这闺女财运旺，就是心乱。要是遇对人，可是后福不小呢。

他俩相视一笑，想问奶奶，现在身旁的人，是否就是对的人。但都没好意思开口。

两个月后，双丽却提出分手。她和另一个男人去了南方。

徐士起初不能接受。他各方面条件都不差，又是从未结过婚的，原以为对一个离婚女人来说，应是颇有吸引力的。谁知她竟将他不当一回事。

徐士，你人挺好，就是太闷了。我喜欢能让我焕发能量的人。双丽说。

而双丽，却是能让徐士焕发能量的人。和她在一起，性格沉闷的他，能渐渐地发出光来。

两年后，她回来，早已和那个男人分手了。徐士挽留她，她说南方有她正在起步的事业，问徐士愿不愿跟她走。

徐士还有年老的奶奶要照顾，他也不想离开这座生活惯了的小城。

后来，他就成了花神咖啡馆的常客。每次去，都找那个第二个窗边的位置。又过一年，咖啡馆老板要转行，他就干脆辞了写公文的工作，拿出钱盘了下来。

后来，他也有两三次分分合合的恋爱，但都因为这种那种原因，失败了。

徐士想，世间的遇见与互有好感都是相似的，世间的分手，却有各种不同的理由，无论你如何努力，总有漏洞让感情流走。

店员茉莉在擦门上的玻璃，为桌子上的花换水，为门外的"铜管乐队"玫瑰浇水。

茉莉的细腰扎着白围裙，她走过来，将咖啡杯端走，换上一杯柠檬水。一片浅黄色的柠檬片在水中浮动，慢慢沉入杯底。

茉莉端着托盘过来。托盘里放着一碗白粥，一只煎蛋，一碟子芥菜丝。虽然店里卖的是西式点心和西式简餐，但徐士仍喜欢这一碗白粥。

徐士的抽屉里放着为茉莉买的一只戒指。再过两天就是情人节了。那是一枚小小的白金戒，没有镶钻，朴素地刻着两朵小雏菊。

茉莉上大学时就来花神咖啡店做兼职了。大专毕业后，进了一家工厂，那是家传统加工企业，不到两年，就因为同行业的技术革新而被淘汰，负债累累，宣布破产。她就又来这里上班了。

这里已换成徐士做老板。

还记得那年夏天双丽离开了徐士。夜里，他喝得有些醉了，在街头淋了雨，落汤鸡一样失魂落魄地进了花神咖啡馆。

茉莉将他带到第二个窗边的空位上，拿来了松软的毛巾，端来了热腾腾的咖啡，还有一块布丁蛋糕。

吃完后徐士要掏钱。茉莉却按住他的手说："不用了，已记到我的账上。我请客!"

茉莉是那种沉静的又有孩子气的姑娘,像一抹淡淡的光,和她在一起,徐士像一潭雨后的混水,能渐渐地沉淀清澈起来。

手机响了。双丽的来电。

该来的都会来的。

（选自《芒种》2023年第6期）

俺家老耿

游金营

孟美霞被主任领进办公室的时候，我们都以为她是来检查工作的领导。一身庄重的蓝色西服，像她的表情一样谦和而又正式，发型是年代感很强的齐耳短发，中规中矩地贴在她的圆脸两侧。

我叫孟美霞，以后请大家多多照顾！不等主任说话，她主动做起了自我介绍，并微微弯了下腰。

是这样，小玲不是歇产假了嘛，她的工作，临时由这位孟大姐负责，大家以后相互帮助，相互支持啊。主任还是把自己的台词说完，转身离开了。

孟美霞的适应能力很强，没几天工夫，就和我们打成了一片。她每天上班最早，等我们到了的时候，她已经把水给我们烧好了，地板也拖得一尘不染，还将报纸分门别类地放在阅报栏内。时间长了，我们不免生出许多愧疚来，像做了错事的孩子，纷纷向她表示感谢和歉意。孟美霞却满不在乎地擦一把汗说，这算什么啊，俺家老耿说了，同事之间嘛，要互相帮助，谁都有需要别人的时候。说完，她就哈哈哈地笑起来，笑声在办公室里久久回荡。于是，大家愉快地开始工作。

孟美霞喜欢吃零食，她经常把水果和零食带到办公室，和同事们分享。她说，俺家老耿怕我饿，你看，他非要给我买这么多零食，我都吃不了。哎，大家一起吃。俺家老耿说了，在一起工作，就是上辈子的缘分。俺家老耿啊，他啥都懂……孟美霞一边说，一边拿着水果分给大家吃。

我们办公室主要负责统计子公司上报的各类数据，属于细微处见宏大的工作。孟美霞不懂电脑，主任就安排她整理纸质报表。她工作很认真，一丝不苟地在每一张表头贴上口取纸，一边贴，一边唠着自己的家常。俺家老耿啊，每天都叮嘱我，不让我喝太热的水，他说对食道不好；俺家老耿啊，让我骑电车路上慢点，要戴头盔，说是安全；唉，没办法，老耿啊，他就是这么个操心命，里里外外的事，他都放在心上，这个老耿啊……

我们一边敲着键盘，一边听她滔滔不绝地晒着自己的"老耿"。

有一次，早上下雨，很多同事都是家人开车送到单位的。八点半的时候，孟美霞才浑身湿淋淋地来到办公室。她一边脱下简易雨衣，一边歉疚地对我们说，俺家老耿本来要开车送我的，我不让他送。女人嘛，啥事都得为男人多考虑，男人多不容易啊！俺家老耿太忙了……她一边说，一边手忙脚乱地拿着拖把，擦拭地上的积水。

一天上午，孟美霞穿了一件黄色的风衣，脖子里系了一条红色的丝巾，一副复古风的文艺女青年形象，鲜亮而又质朴。见了我们，她有些羞涩地"嗒"了一声，大家都惊奇地望着她，不知道她又要发布什么关于"老耿"的信息。她的脸有些微红，幸福得像个小女生。她慢慢地说，今天是我的生日，这是俺家老耿特意给我买的风衣！说着，她在原地旋转了一圈，风衣的下摆跟着她的节奏，也幸福地飘拂起来。

我们纷纷送上祝贺，徐姐酸酸地说，美霞啊，你可真幸福啊，我的生日，俺家那位早就忘到脑后了。

孟美霞骄傲地笑了笑，说道，幸福什么啊，俺家老耿就是个烦人虫！她一边说，一边从包里拿出瓜子和糖让大家吃。大家一边说着祝福的话，一边含着糖、分着瓜子。

孟美霞是如此令人快乐，她几乎每天都在滔滔不绝地讲述"俺家老耿"的先进事迹，以至于当孟美霞不在的时候，我们相互开玩笑，都要先说上一句"俺家老耿说了"。

"俺家老耿"是如此优秀，女同事们都提出让孟美霞带上老耿到单位来，让大家和模范人物亲近亲近，以便于男同事有学习的标杆，女同事有教育老公的教材。但孟美霞每次都低低地叹口气，说，唉，俺家老耿，他呀，太忙了，等有机会吧，让俺家老耿给大家炒几个拿手菜。

一天，听说孟美霞患重感冒，请假了。徐姐提议，大家凑个份子，买点礼品去她家探望一下，虽然孟美霞是临时工，但大家毕竟在一起共事，她还给大家带来那么多快乐。

买好礼品，大家推选我和徐姐作为代表去看望孟美霞。我俩带着礼品，骑着电动车七扭八拐地找了好久，终于在一栋破旧的筒子楼里找到了她的家。

见到我们，孟美霞一阵慌乱。两天不见，她像老了十岁，憔悴不堪的脸上写满了疲惫。她手忙脚乱地收拾沙发上的杂物，连声让我们坐。

我和徐姐环视着室内的陈设，家具比较破旧，虽然还算整洁，但到处飘荡着一种寂寥的气息。

简单问候之后，徐姐用眼睛四处搜寻着，一边说，美霞啊，感冒也马虎不得，多休息，家里的事，让老耿多做点。对了，老耿呢？叫他出来我们认识认识。

孟美霞瞬间脸色通红，她有些发窘地低着头，然后，走进卧室拿出一个相框。相框里，一个中年男人正面无表情地望着我们。

俺家老耿，他……一年前就走了，我后悔啊，他活着的时候，我天天和他吵架，我太不懂事了，他那么累……说着，孟美霞哽咽起来。

第二天，到了单位才听说，孟美霞辞职了。后来，我们再也没有见过她。

（选自《微型小说月报》2023 年第 12 期）

摘帽

张晓峰

一大早，滩头村的大喇叭就响起来了："全体村干部、全体党员、所有贫困户请注意，今天乡政府要来检查咱村的村容村貌，大家吃过早饭，马上到大街上打扫卫生……"

徐四清拿起扫帚就往街上走，老伴儿笑话他："你积极个啥？不是让吃过早饭再去吗？"四清说："反正就那点活儿，早干完早安心。"四清到了大街上，还没见人来，就自己先扫起来。刚扫了几下，支书大林走了过来："四清叔，你又是第一名，还没吃饭吧？村里人要都像你，工作就好做了。"四清没好气地说："大林呀，我给你提个意见，别天天贫困户贫困户的，我都摘帽几年了，你还开口闭口贫困户，我听着别扭。"大林忙递烟："四清叔，这确实是我不对。主要是叫习惯了，您别介意呀。来，抽根烟，消消气。"四清把大林的手推开："不抽。你啥时候不再提贫困户，我这气才消。"

打扫卫生的人陆续来到大街上，不一会儿，就把大街打扫了一遍。四清回到家，老伴儿把饭也做好了。吃过饭，也没啥事，四清和老伴儿商量，趁着今天出日头，把玉米卖了吧。正好邻居二孬也在家，用他的车拉到三喜的粮食收购点，一斤能多卖二分钱。

到了三喜的粮食收购点，却是冷冷清清的，三喜还在屋里睡觉。四清说："我来卖玉米了，快起来吧。"三喜说："今天不收了，您拉回去吧。"四清急了："咋说不收就不收了，我好不容易瞅二孬有空，用他的车拉来了。"三喜说："也不是不收，我存的粮食多了，没有现钱了。现在这社会，没现钱谁还敢卖？"四清一听，笑了："我敢。我不信你还能跑了。""就是呀。我跑啥跑，我这儿的粮食，成千上万呢。"三喜一骨碌爬起来，"走，就冲您这份信任，我给您个高价。"

四清拿着个白条回了家，交给老伴儿："放好，千万别弄丢了。"老伴儿拿着白条看了半晌："这回的存折和以前的咋不一样呢？"四清说："这不是存折，是三喜打的条，他没现钱了。""没现钱你还敢卖给他？他要赖账可咋办呢？""咦，乡里乡亲的，他会赖账？他家上千万的钱，会赖咱这几千块钱？"老伴儿叹口气："你这辈子，吃亏就吃亏在太老实、太善良了。"四清瞪她一眼："我吃啥亏了？我没儿没女，政府啥没管咱？给咱治病，给咱贷款养鹅，让咱加入合作社分红……"老伴儿打断他："别扯远了。我问你，咱的玉米多少斤？多少钱？"四清说："五千多斤，你看我这记性，丢嘴就忘。"四清拿过字条："五千四百四十五——不对呀，咋后面还有个'0'呢。这不成五万多斤了吗？"老伴儿忙用手捂四清的嘴："你看清，到底多少斤？"四清用手指头点着字条上的数字："个，十，百，千，万，没错，就是五万多斤。"老伴儿两眼放光："后面写钱数了没有?"四清说："没有,他说一块二一斤,要是算账的时候涨价了,按涨的价算钱数呢。"老伴儿激动得说不出话了,光说"这……这……这"。四清站了起来："这啥这,你还想占三喜的便宜?发不义之财?"

晚上,村里的大喇叭又响起来："各位村民,今天咱村发生了一件大事。徐四清同志到三喜那儿卖玉米,五千多斤的玉米,三喜多写了个'0',变成了五万多斤。徐四清同志没有见利忘义,主动到三喜那儿改了过来。徐四清同志这种不占便宜的精神,值得我们所有人学习。过去,我叫习惯了,总是还叫徐四清同志贫困户。现在看来,徐四清同志不但物质上脱了贫,精神上也脱了贫。从今以后,村里人谁也不能提'贫困户'这仨字了。我要是再提,我刘大林的姓倒着写。"

（选自《精神文明报》2023 年 11 月 7 日）

同行亲家

王之双

平坦宽广的辉吴公路从花木村边铺过,头脑聪颖的张文军吃准了势头,在辉吴公路南开了一家文军饭店,一年下来净赚了8万元!这可把张文军和妻子王玫红乐得睡觉都抿不住嘴。

张文军的好友赵武军来找张文军喝酒,尽管妻子再三交代:别嘴里藏不住个屁!三两酒下肚,张文军按捺不住兴奋,还是如实把开饭店的"发财经"一五一十地对赵武军说了。投石问路的赵武军取得真经,很快在文军饭店对过开了个武军酒家。

从此,张、赵两家反目为仇,经常为拉一食客发生争执,张文军指着赵武军的鼻子骂:什么好朋友,见钱眼开,人面兽心。赵武军反唇相讥:还是我借给你的本钱,别没良心。后来,"悲剧"愈演愈烈,两家由动嘴发展为动手,好端端的铁哥们儿成了势不两立的死对头!

这天,张文军到县城进货,忽然看到女儿小燕和一个小伙手拉手从新辉乐园出来。定睛细看,是赵武军的儿子称心。

晚上,小燕回到家里,张文军气就不打一处来,咬着牙说:"多少好人你不找,偏找那姓赵的小杂种!你没看他爹抢了咱的

125

生意?"

"生意和爱情是两码事,下辈儿不管上辈儿的事。"小燕冷冰冰甩出一句话,像个巴掌狠狠打在张文军的脸上。张文军气得结结巴巴地提高嗓门吼道:"如果再见你和称心来往,你就永远别进这个家门,就当我没你这个闺女!"

张文军撂下狠话,女儿竟离家出走。张文军丢不起这个人,咬牙切齿地发誓,再不认这个女儿!

可时间一长,爹不想娘想。王玫红整日哭哭啼啼想去找女儿,把张文军的心也哭得酸溜溜的,满腔怒火慢慢烟消云散。

女儿毕竟是爹娘身上掉下的肉。张文军就托人到赵武军家打听女儿的下落,并说只要女儿回来,什么事都好说。

得到消息,小燕真的回来了。王玫红看女儿俩月瘦了一圈,心疼得整整哭了一夜。如果再这样僵持下去,张文军也怕女儿想不开,万一有个三长两短,后悔就来不及了。他只好成全了女儿的婚事。

婚后,女儿生病,张文军去看她,赵武军就拿出舍不得喝的五粮液。张文军生日,赵武军送来好礼。一来二去,两人又成了一对"亲"哥们儿。

这天,吃过早饭,张文军和赵武军骑一辆摩托车到县城办事。到了晚上,赵武军的妻子姬荷花来找王玫红,一问两个人都还没有回来。姬荷花和王玫红顿生疑心:这两个王八蛋是不是去潇洒了?王玫红掏出手机,拨通了张文军的号码,手机铃声从卧室传出来,丈夫昨晚手机充电,慌慌张张走竟忘了带手机。姬荷花赶忙给赵武军打电话，通了，就是没人接。

第二天，张文军和赵武军仍没有回来，家里开始意识到问题的严重性，便分头去找。到了傍晚，张文军的弟弟张文民慌慌张张跑进来，上气不接下气地对嫂子说："不好了，我哥出事了！在县东外环和一辆货车撞上了。听目击者说，摩托车司机头部受伤，当场身亡，另一个人正在抢救中，交警处理过现场，发现手机已经被碾碎，正在收集线索，寻找家属呢。"

王玫红心里清楚，走时赵武军坐在车后，骑摩托车的是自己的丈夫。她顿时像抽了筋似的一下瘫软在地上，号啕大哭起来："你好狠心呀，就这样走了，丢下我，以后该怎么过呀……"赵武军的妻子姬荷花一边给她擦眼泪一边安慰："既然他走了，再哭也没用，把身体搞垮了，谁心疼？想开点，没有他咱照样过。要是俺老头，我才不伤心，说不定比以前过得还好呢……"

这时，一辆白色面包车停在赵武军家门前，人们从车上抬下一具尸体，姬荷花一看，脸如死灰，一屁股坐在地上，鼻涕一把泪两行，哭得呼天号地，死去活来："你好狠心呀，就这样走了，丢下我，以后该怎么过呀……"

原来，那天大雾，张文军眼近视，赵武军怕出事，让张文军坐车尾，自己驾驶摩托车，结果还是出了事。

料理完赵武军的丧事，武军酒家歇业关了门。姬荷花整日眼泪不干地念叨着赵武军的名字，有时正睡突然坐起来去开门，惊得树上的鸟扑棱棱一阵哀鸣，她才猛然醒来，回屋躺在床上呜呜哭起来。

　　张文军帮忙把武军酒家装修一番，让闺女小燕到郑州学习烹饪技术，弄通膳食艺术，学会美味佳肴的特色制作。小燕回来，把武军酒家换成了荷花酒楼。

　　开业这天，在张文军的劝说下，姬荷花慢慢想开了，负责管理酒店账目，儿媳主厨，儿子端盘，生意一天比一天红火。

〔选自《大观》（东京文学）2023 年第 11 期〕

月亮与半分钱

杨建营

我年轻的时候特别崇拜方大黑，因为他不仅会讲月宫里的嫦娥，还会背诵苏东坡的《水调歌头·明月几时有》。他还说月亮是外星人的飞船，他喜欢在晴朗的夜晚独自仰望月亮。

我俩是一个村的，从小学一年级开始就是同学。他只比我大一天，却总照顾我。北风开始吹的时候，一放学回家，爹就让方大黑带着我一人扛一个竹篮上老牛山拾羊屎蛋。

方大黑对我说，每人拾够100个羊屎蛋就算完成任务。刚入学，他数数就能数到100。可我数到7，脑子就糊涂了，为此，爹总骂我笨。方大黑总是拿一支铅笔，一张硬纸，装在口袋里，为他的羊屎蛋记数，也为我记。我们分头寻找羊屎蛋，不仅在山路上寻，还在枯草丛里和石头缝中寻。谁发现了羊屎蛋，像捡到了天大的宝。累了，方大黑说："来，我们一起看月亮。"我说："大白天哪有月亮？""有。"方大黑很肯定地伸出手臂指着天上。我顺着他指的方向仰望空中，还真有，虽然只是窄窄的一弯，淡淡的如薄雾。篮中的羊屎蛋在月光下亮晶晶的。方大黑教我数羊屎蛋，我不到一个星期就数到了100。

长大了，我们都结婚成家。他依然喜欢望月。

提起方大黑和月亮，就得说说半分钱的故事。

盛夏的一天，我到老坟岗煤场卖煤，太阳很毒，当空照着。卖煤的人有几十个，有拉架子车的，有赶牲口的，像我这样推独轮车的有十来个。一棵大槐树的浓荫下有马有骡子有牛，也有人摇着芭蕉扇。

排队过了秤以后，只听窝棚里煤场老板叫道："方大黑，结账！""哦，听见了。"我这才看见方大黑在不远处的大槐树后面。老板只让一个人代表大伙儿去算账，回头按重量分钱。我就催他："大黑哥，快去呀。"他钻进窝棚，不到一刻钟就出来了。他笑着对我说："你有半分钱的零头，我也有半分钱的零头，一分钱也掰不成两瓣，我的半分钱就算给你了。"说完，把钱数好，一共是一块五角一分，他把钱放到我手里。我要用一分钱还给他，他说啥都不接。

正好刚买的烧饼还没来得及吃，我一掰两半，对方大黑说："来，吃烧饼。"把半个烧饼放到他的手里。他死活不要，可我执意给他，把烧饼搋到他的手里不松开。他也真饿了，三两口吃完了半个烧饼，又吃了一个烤红薯，一个玉米饼，然后喝了半葫芦水。

我们都是庄稼人，推着独轮车回家的路上，目光总是不停地搜索路面，捡些牛粪、马粪、骡子粪、驴粪和羊粪装在筐里。大黑哥把路面上的牛粪、马粪、骡子粪和驴粪让给我捡，他只是捡些零星的羊粪。

　　行至娘娘庙岭上，天黑了，月亮升起来，如硕大的银币，又圆又亮。我们坐在庙门前歇了一会儿。只见大黑哥站起来，仰着头，双手背在身后望月，给我讲星空和无边的宇宙。我觉得天地之间有人正在交接白银，半分钱实在微不足道。我一低头，发现月光正照见大黑哥的大拇脚指头从黑布鞋里拱了出来。

　　中秋节到了，我进城买了两斤五仁月饼。回到家里，老婆说大黑哥的爹娘都患了重病瘫在床上，也不知买月饼没有。我就让闺女喜儿提了一斤五仁月饼给大黑哥送去。过了半个月，大黑哥的儿子双儿来我家，提着半只杀好的兔子，说："这是我爹在凤凰山上打的，给你们送来尝个鲜。"

　　快过年了，我心想着把圈里的那头猪杀了，给大黑哥家送去一半。忽听到独轮车"吱呀吱呀"的声音，不一会儿看见双儿推着车进了家门，车上放着半只羊，说是他爹让送来的。

　　傍晚，我冷得缩着脖子，鹅毛大雪飘了下来。我去镇上供销社买盐，刚路过村口的竹竿园，听见说话声，仔细一听，是喜儿和双儿。

　　喜儿捏着腔说："你叫什么名字呀？"

　　双儿说："我叫双儿。"

　　喜儿说："不对，你叫喜儿的另一半。"

　　我又听双儿捏着腔说："你叫什么名字呀？"

　　喜儿说："我叫双儿的另一半。"

　　我这才知道他们早就好上了。

　　我走进竹林深处偷偷望了一眼，他们都穿着厚棉袄，再加上落了一身的雪，看上去圆滚滚的，好像融为一体了。

回到家里，我想叫上大黑哥一起看月亮。我抬头看天，只见大雪依然纷纷扬扬，我就一直看，看着看着，发现一轮明月穿云而出，照亮了一切。我想，它不仅照亮了我和大黑哥，还照亮了我们的儿女。

〔选自《小小说月刊》2023 年 12 月（上）〕

盲人纪章

孙跃成

"生在酉时兄妹多，不管一桌也管半桌。"赛半仙盲人纪章掐指一算，双眉向上一挑一挑，充满自信地问对面虔诚的男子，"单问你兄妹几个？"

"就我独苗一人呀。"男子三十多岁，饱经风霜的脸上写满了真诚和期待。

纪章暗自一惊。

故事发生在 20 世纪 70 年代初，一般的农村家庭兄妹四五个是常事，基本在"一桌至半桌"中间，若差一半个也好想办法往回找，谁知这一次纪章碰到难题了。

"你是金命，什么金？箔上金。虽然薄，但张数多！上不克父母，平不克兄妹，命相上明明是兄妹四个，这个不会错！"纪章斩钉截铁地说。"入门观来意，出言莫踌躇"，纪章牢记着秘不示人的"英耀篇"的开头两句。即使再离谱的推断，一言既出，绝不能反悔："你再好好想想，你上面下面有没有糟蹋过兄弟姐妹？""哦，这有。听父母讲过，我上面有个姐三岁出天花没了，下面一个弟……但这两个都没长大成人，能算吗？"男子疑惑地说。

"当然算啦!"纪章见男子自动找回两个名额,不觉松了一口气,"阎王面前无老少,月子里的孩子他也要。一个萝卜一个坑,哪怕生下来一天,生死簿上也有他们两个的名字,怎么能不算你的兄弟姐妹呢?"

"哦,好像也在理。"男子被纪章牵着鼻子,渐渐"入港",但突然醒悟似的说,"那这也不够半桌呀?"

"你再想想,你父母是否认过干儿干女?"只剩一个名额就能圆场,纪章胸有成竹。男子搜肠刮肚半天,说有个远房亲戚生了五个女儿,曾想把老五送给他们家,但只在他们家待了两天。小女孩哭闹不停,又被亲戚接回。"这个要算的话,也太勉强了吧?"男子看着纪章,小心翼翼地说。"这怎么不算?!"纪章眼看大功告成,心里暗喜:"俗话说,不是一家人,不进一家门,她进你家一天,也是上天安排好的缘分!"见男子认可,纪章大胆推算,说男子应该多少还吃过几天公家饭。男子说实在没有,自打出学校门就在生产队干农活儿,是百分百的农民,怎能吃上公家饭?最后在纪章的提醒下,终于想起自己曾参加过几天农村的民兵集中训练,确实吃过几天不是自家做的饭。于是他渐渐对纪章由半信半疑变成深信不疑。也是,连几天民兵训练都算得出,不是半仙又是什么?

男子敬佩的语气鼓舞了纪章,于是接下来围绕男子最关心的婚姻问题,纪章口若悬河,画出一张大饼。男子心花怒放,怀揣希望满意而去,临走千恩万谢,呈上一张皱巴巴的五毛钱作为卦资。

纪章在明杖的带领下来到镇上唯一的公社食堂，两毛钱一碗让人垂涎欲滴的烩羊杂汤，两毛钱一个烤得焦黄的香气扑鼻的油旋火烧，美美地饱餐了一顿。九分钱又从供销社买了一包金稻香烟，抽出一根点燃，美滋滋一顿吞云吐雾，敲着明杖从大道上向杨柳庄走去。

杨柳庄翟婶的儿媳前面生了两个闺女，第三胎五个多月身孕时，让纪章算过是男是女。纪章大包大揽算出是男孩无疑。除了五毛钱卦资，翟婶一高兴许下承诺，若生下孙子给纪章再封个更大的红包。纪章算着翟家应该已经添人进口，便来探听一下虚实。

翟婶一见纪章，气不打一处来，铁青着脸只顾干手上的活儿，连座也不让。纪章自己摸到一块大石头上坐下，讪笑着对翟婶说："老婶子，纪章来给你道喜来啦。"翟婶把手上的家伙什儿弄得山响，半揶揄半数落纪章道："你不是赛半仙吗？你信誓旦旦打包票是个男孩，结果呢？又生了个丫头片子！前段时间我还向街坊邻居夸你料事如神，这下你把我老脸打的！没想到你连老主顾都骗！"纪章尴尬地赔着笑脸听翟婶数落完，一脸无辜地对翟婶说："老婶子，我掐算了好几遍——您老的事我怎敢怠慢——确定应该是男孩儿呀！莫非……莫非……是因为翟婶您老心地善良、乐善好施、菩萨心肠，咱家光景又胜于旁家，小家伙急着进咱家的门，跑得太快，过门槛时把小鸡鸡给绊掉了？"

翟婶家没讨到赏赐，纪章司空见惯，本来就是一半对一半的概率，岂能事事如愿?! 纪章告辞翟婶，看时间离天黑尚早，决定不再从大路回镇上，绕道磨盘庄，想顺便打听些家长里短，以备不时之需。

初秋时节，秋高气爽。阳光没遮拦地泻在大地上，煦暖得如同阳春三月。

纪章在明杖带领下走过古路壕，来到了狼窝沟。磨盘庄第四生产队的社员们正在狼窝沟平整梯田。纪章一边用明杖探着路，一边和社员们搭讪："忙着哪? 干劲这么大，年度的先进生产队红旗，没跑是你们四队的!"社员们见是镇上的半仙纪章，都纷纷停下活计，围过来跟纪章打趣。纪章只顾和众人应酬，一时忘了探路，脚下一空，出溜滑倒，整个人急速向沟底滑去! 纪章扔掉明杖，两手下意识去摸，抓着两棵荆棘，身体悬挂在沟边，情况万分危急! 纪章吓得脸色苍白，声嘶力竭地大喊："救命啊，救命啊!"众人都笑嘻嘻地站在沟边看着，没有人出手相救。纪章意识到应该是自己平时胡言乱语骗人得罪了磨盘庄的乡亲们，否则他们不会见死不救，于是带着哭腔哀求道："老少爷们儿! 纪章不是人，平常装神弄鬼没少昧良心，有什么对不住大伙儿的地方，还请大家多多原谅! 但人命关天，大伙儿救我一命，纪章没齿不忘! 从此后纪章洗心革面，再不干这骗人勾当。我……我去给生产队打更去! 我也要为人民服务!"不管纪章如何求饶，众人都只是相视而笑，还是没人出手相救。纪章渐渐没了力气，加上一棵荆棘松动，被纪章连根拔出，于是，"出溜"一下，纪章的双脚踏实在了仅半米之遥的沟底。

社员们笑得前仰后合，这才跳下去三个后生，把纪章连拉带推弄出了仅一人多深的小沟。

"戊己庚辛，算着就不深!"纪章擦着额头的虚汗说。

（选自《牡丹》2023 年第 21 期）

古村落的微笑

一　兵

"你还嫌少啊？这一年就赚了不到十万元，给你五万不少了。"阿贵说。

鸿煦笑了笑说："你把钱都拿走，把药价降低一大半，就算给我提成了好吧？"

阿贵认为鸿煦不可理喻，愤然离去了。

小山村之前交通不便，村民都想法子走出去后就不再回来了，村里的石头屋子、石头院子、石头街巷一直保持着古老的风貌。

山村古老的样子让它成为国家级古村落，原来荒废的石头老屋竟成了香饽饽，都改建成了民宿，装饰得古朴素雅，吸引了城里人来住。

鸿煦爹是个老中医，一生为这个小村的百姓看病，也想让鸿煦学中医，可他高中毕业后当了兵，在部队卫生队当了两年兵后，被选送上了医科大学，在大学里还是学了中医，转业后到省城一家大医院成了一位知名的老中医。

再后来，鸿煦把父母也接出了山，就没再怎么回过这个村。

可父母临终前希望鸿煦把他们葬在老家，鸿煦遵从了父母的心愿，每年清明、春节回来祭拜爹娘。

退休后，鸿煦竟然也犯起了浓浓的乡愁，想回那古老的山村过清闲的日子。鸿煦就带着老伴儿回来住到自己老家的那三间石头屋。

村子还是那个布局，哪里有个磨盘，哪里有个水井，谁家的街门是个啥样，鸿煦心里一清二楚。只是家家户户经过精心设计装修得更有品位了，邻居荷花家也改造成了一个民宿小院，周末假日，就住满了来休闲的城里人。

"咱这小村能保存得这么好，挺有古老的味道。"老伴儿说。

"当年路不好，穷，人们都想出山，才留了这古老的村子。无论什么文化，都需要坚守，才能得到传承啊。"鸿煦说。

鸿煦心里也在盘算着，该把自己家装扮成一个什么样的风格呢？

那天子夜，邻居荷花焦急的喊门声在静谧的夜色中飘进了鸿煦的耳朵里："鸿煦叔！鸿煦叔……"

"哎，来了，来了啊。"鸿煦急忙穿上衣服去开门。

"鸿煦叔啊，俺家今天住了一个孕妇，突然生产了，阿贵也去了，孩子生了，可不停地出血。他弄了半天也不行，突然想到您在家呢，去给看看吧。"荷花急切地说。产妇家属也在旁边快哭出声了。

阿贵是村里卫生室的村医，村民、游客有个头疼脑热的，就找他治治。

"哦，这样子啊。可我在医院主诊的是中医内科啊，妇产科不是我的专业，我不太懂啊。"鸿煦说。

"人命关天啊，阿贵没办法了，您在外边见多识广，麻烦您去看看吧！"荷花说。

"求求你了，医生……"产妇的家属给鸿煦扑通跪了下来。

鸿煦给产妇号了号左腕脉搏，就皱起了眉头，走到床的右边，又号了号右脉说："不能用常人的方法给她止血，你们按相反的体位试一试。"

众人一试，血真给止住了。鸿煦说："人要及时转到医院去，她的心脏可能和别人的不一样，到医院一检查就明白了。"

家属拉着产妇和孩子到县医院一检查，产妇的心脏竟然长在右边。家属给鸿煦送来锦旗，他说他不喜欢这些名儿；县医院要聘请鸿煦当特邀专家，他说自己想过清闲的日子。

村民和游客们有啥病就都到鸿煦家让他号脉诊断。没有办法，鸿煦只好给大家号号脉，开好药方，让村民、游客自己去抓药。无论什么疑难杂症，鸿煦开的方子竟然都能药到病除。鸿煦的名声就越传越远，许多人不嫌路途遥远驱车赶到山里来让鸿煦号脉看病。

村里的卫生室就变得冷清了，阿贵内心十分讨厌鸿煦。

鸿煦上午看病下午休息，他只开方，不卖药。阿贵见机就在卫生所建了中药房卖中药，病人拿着鸿煦开的药方就到阿贵这里来抓药。一来二去，大家都认为鸿煦和阿贵是合伙的。阿贵却想，他鸿煦不傻，开一个药方肯定收人家不少钱呢，阿贵就把药卖得越来越贵。即便如此，来找鸿煦看病的人每天依然排成了长队。

可后来阿贵得知，鸿煦号脉开方竟一分钱都不收，阿贵非常诧异。

年底，阿贵过意不去，拿了一万元给鸿煦。鸿煦没要。阿贵以为他嫌少，又加了一万元，鸿煦还没要。阿贵把钱加到五万元，鸿煦还是摇摇头，劝他把药费降下来。阿贵认为鸿煦有病，不再理他，依然把药卖得很贵。

鸿煦写了一张告示：号脉开方，收费一元，买药自便。大家才知道鸿煦和阿贵不是一路人，都拿着药方出山抓药去了。

阿贵找到鸿煦质问他为何有钱不赚，这么傻干吗？

鸿煦说："中医以救人为本，这是中医济世救人的精神！古老的中医文化，和我们这个古老的村子一样，需要有人保持执念，坚守并传承啊。"

阿贵顿悟，跪地拜鸿煦为师，潜心学习中医。还把鸿煦家装修成了中医文化馆，二人一起传承着中医精神。

古老的山村看到这一切，慈祥地笑了……

（选自《躬耕》2023 年第 7 期）

道谢

高曙光

夏天挺熬人的。

路伟在学校门口西边的梧桐树下徘徊了很久，他看看手表，再过半个小时是中午十二点。

学校的门卫还是老胖，"老胖"是学生对门卫杨喜成的称呼，要问这个称呼从哪一届学生开始，路伟回答不上来，就连熟知学校掌故的"校志"也没有确切的答案。"校志"本名张孝智，是路伟读高一时的寝室长，张孝智在寝室不谈忠孝仁义礼智信，专门讲关于学校教职员工的掌故，室友就给他送了个"校志"的绰号，因为谐音，这个绰号由寝室扩大到教室，于是省去了姓，全班同学直呼其"校志"。关于"老胖"这个称呼，"校志"说大概从老胖身体开始发福的那一年有的，具体哪一年也不好说，老胖看起来一出生就是一个大胖小子，那就是从"老"开始的；从何时"老"，单凭头发也看不出来，老胖说过他是少白头，现在流行短发和光头，老胖干脆剃成光头，于是"老胖"的源头就无从考究了。倒是一届又一届学生把"老胖"这个称呼传下去，现在杨喜成还是那样胖，光光的脑袋，也不显老。路伟从这所高中毕业已经五年多了，他对老胖最深的印象是他毕业离校时老胖帮他捆过被褥。毕业离校那天，他拉着行李车经过校门口时被伸缩门绊了一下，行李车翻了，被褥散开了，路伟觉得非常狼狈，被褥里卷着他的衣服，现在这些东西乱七八糟地堆在门口，路伟的脸上热辣辣的，他低着头把被褥裹起来，汗水瞬间沁了出来，汗滴落在水泥路面上，砸出一个个放射状的水痕。他手忙脚乱地收拾着行李，那些书本越弄越不整齐，他用袖子擦了擦额头上的汗，他看看周围，学生们都在忙着离校，他是班里最后一个离开的学生，还在黑板上写了"我走了"三个字，算是与陪伴自己三年的教室告别。他又低下头收拾行李。一只大手伸过来，抓住路伟的被褥，另一只大手也伸过来，是老胖的手，老胖两手用力一挤，被褥卷成了圆柱体。老胖三两下就把行李捆扎结实了，路伟说了声"谢谢"，老胖笑呵呵地向他摆了摆手，回门卫室喝茶去了。

路伟有点遗憾，他没有和老胖多说一句话，他觉得向老胖仅仅说声"谢谢"不足以表达他的感激之情，尽管向老胖的道谢是发自内心的，但是声音并不大，几乎是小声嘟囔，像犯了小错误的孩子向别人轻微地说声"对不起"，道谢怎么能用与道歉同样的语气呢，老胖似乎就没有听到，难怪只向他摆了摆手。

这个遗憾在路伟心里生根发芽了，他后悔自己在这所学校上学的时候没有和老胖聊过天，一届又一届学生成了学校的过客，拎着行李来，又拎着行李走，其实老胖也是学校的过客，只不过，与学生比，他待在学校的时间要久一些。

　　路伟的遗憾开始茁壮生长了。他遗憾的是休息日和寒暑假离校时他从没有向老胖挥手道过别，返校时也从没有向老胖报以微笑，在门口遇到老胖，他总是低下头拖着行李车进出校门。老胖笑呵呵地迎送着进出的学生，端着掉了瓷的大搪瓷杯喝很浓的茶水，老胖喝茶的时候眼睛一直盯着进出的学生，喝了茶水以后，老胖搬了一把椅子坐下来，他的腹部被上衣紧绷着。

　　老胖看了路伟一眼，端起大搪瓷杯喝了一口水。现在是暑假，很少有人到学校来，老胖很悠闲地喝着茶，他把伸缩门开关的遥控器放在桌子上，掏出手机放在面前，手机屏幕上的内容控制着他的表情，他的上衣下摆没有束在腰带里，最下面的一粒纽扣没有了，露出一截白色的弯曲的线头，衣服下摆被风撩起，露出他的白肚皮。

　　梧桐树下的长椅早已被移到附近的游园里，一辆共享单车停放在盲道上，路伟走了过去，单车的座椅上落了一层灰尘，灰尘上留着星星点点的水痕，路伟拉开肩包，从包里掏出一张湿巾，慢慢擦拭单车的座椅。座椅上的灰尘被湿巾擦掉了，座椅变干净了，闪着黑亮的光泽。

　　他把单车从盲道上移开，推到停车位上。

　　"叔叔，这辆单车是你骑的吗？"

　　一个孩子跑到路伟跟前。

　　"不是我骑的。"

　　"那你为什么要推它呢？"

　　"啊？它停在盲道上了，你看，这就是盲道。"

"哦,我知道了。"

小男孩向东边的游园跑去。

路伟又看看表,再过二十分钟就到中午十二点了。

他站在单车旁边,把包里的纸和笔掏出来,按在座椅上写了一串数字。

老胖不再看手机,他端起大搪瓷杯咕咚喝了一大口茶水,把椅子旁边的一个纸箱移到脚边,从纸箱里掏出一个塑料瓶,拧掉盖子,放在地上用脚一踩,咔嚓,塑料瓶扁了;老胖又拿出一个塑料瓶,拧掉盖子,用脚把塑料瓶踩扁,一共二十个瓶子。老胖把踩扁的瓶子一个个装进纸箱里,封了纸箱口,把纸箱又放回原来的位置。

"叔叔,这辆单车你骑吗?"

还是那个男孩。

"啊,我不骑。"

"那您为什么要占着它呢?"

"我写几个字。"

路伟把纸和笔收起来,问小男孩:

"你要骑车吗?"

"我还不会骑,我奶奶也不会骑,奶奶说她的眼睛得了白内障,走路看不清,奶奶还说我就是她的眼睛,奶奶在游园里听别人唱戏,我听不懂。"

小男孩向路伟说了一大堆话,路伟有点发蒙,他不认识这个男孩,也许这个小孩是个见面熟。

路伟看看表，再过十分钟就十二点了。

小男孩看着路伟说："哦，对了，奶奶说让我向你当面道谢，谢谢您！"

"谢我？"路伟满脸疑惑。

"我和奶奶说这盲道上停了一辆共享单车，奶奶让我来挪车，我来了，看见您把车子挪到停车位了，我就回去跟奶奶说了，奶奶说我应该对您道谢。"

路伟笑了。

"不用谢，不就是动动手嘛，我不挪你挪，不必讲究这些客套话。"

"可我是真想说谢谢，我要是不说出来，也没有完成奶奶交给我的任务。"小男孩认真地对路伟说，说完他向下拽了拽衣角，他的上衣有点短。

路伟伸手拍拍小男孩的肩膀："好，我接受你和奶奶的道谢。"

小男孩耸耸肩膀，上衣的下摆向上移动，露出一圈白肚皮。

"我告诉奶奶去，我完成任务了！"

小男孩踩着盲道向小游园走去，风送来一阵急促的锣鼓声。

路伟看着表，十二点了，时间过得真快。

老胖站起身，把伸缩门的遥控器收起来，端起大搪瓷杯把剩余的茶水喝完，他要交班了，学校规定门卫在饭点时间交班，门卫老吴骑着电动三轮车到了校门口。

老胖把遥控器交给老吴，拎着装饮料瓶的纸箱放在老吴的三轮车上，对老吴说："我下班了，走了，有事打我电话，我的电话号码不变。"

老胖推着自行车从校门里走出来，路伟急忙迎上去。

"你找谁？"

"我找您。"

"我下班了，你找我有什么事？"

"我想和您说句话……"

老胖盯着路伟的脸。

"大学毕业了吧？"

路伟点点头，他觉得自己现在说话吞吞吐吐。

"想看看学校是吧？"

路伟摇摇头，又点点头，他的话被堵在了嗓子眼。

"我跟老吴说说，让你进去看看，你先登记一下。"

"我不进去，我就是想跟您……想跟您说谢谢。"路伟终于把堵在嗓子眼的话说了出来。

老胖哈哈笑了："你这孩子，谢我干啥，我都不知道我做什么好事了。"

"真的，我觉得我不当面向您道谢，我就很难受。"

"你都把我给整蒙了，我做了什么事啊，你非得道谢？"

"我高中毕业离校那天你帮我捆行李，我说谢谢的时候声音太小。"

"啊？哈哈，这也值得惦记啊？我都不记这些事，跟我一起回家吃中午饭吧，手擀捞面！"老胖推着自行车要路伟和他一起走。

　　"不了，我在对面饭馆吃就行了，在这儿上学的时候也没少吃，也算来怀旧吧。"

　　"我擀的面条可比饭馆的好吃，这是你赶上了，不信你尝尝，我家就在游园旁边，吃了饭还可以去园子里听戏，我老伴儿、我孙子就在游园里。"

　　路伟愣住了，他觉得这世界好小，遇见的竟然是一家人。

〔选自《大观》（东京文学）2023 年第 7 期）〕

真相

方正霞

小年后，唐平又去外地打工了。

每年五月麦收，唐平都不回来。现在麦收都是一条龙服务，只要付足钱，麦子就会送到家。桃花刚把麦子收到家里，就接到唐平打来的电话，说他在外面跟人合伙开超市，生意很好，已经赚了十万块了，准备再扩大规模，让桃花想办法给他筹三万块钱汇过来。

消息电流般传遍了村子的角角落落，在这个三四百人的小村子里掀起了滔天巨浪。一时间，田间地头、街头巷尾，到处都在议论这个爆炸性新闻。有人羡慕，有人嫉妒，有人恭喜，有人怀疑。唐平，这个三棍子打不出闷屁的年轻汉子，在人们心中摇身一变，成为一个大智若愚的聪明人。

哎，你别看平儿跟个闷葫芦似的，心眼儿多着哩，嘴上不说，心里做活儿；这孩子打小做事就不张扬，茶壶里煮饺子——心里有数；这才出去多长时间，就挣了大钱，还要扩大规模，这是要发大财了，以后可不敢小看平儿了；桃花命真好，嫁给平儿，又老实，又能挣钱……

现在只要桃花出门，到哪里都是焦点，不是这个叫，就是那个喊，生怕怠慢了她，免得以后用得着她的时候，她不帮忙。

桃花把麦子卖了，又去找亲戚朋友借钱。村里人听说了，纷纷跑到桃花家。

桃花，差多少你说句话，婶儿这里还有几千块钱哩。

桃花，大哥这儿有五千，你先给平儿打过去，等他在那边发展好了，让他把大哥也带出去。

桃花，嫂子这里还有些活钱，你先拿去用吧，让平儿过年回来的时候，带些年货，给个批发价。

三万块钱很快就凑齐了。桃花按照唐平的要求，汇到了指定的账户上。桃花给唐平打电话说，不要挂念家里，家里一切都好，过年拿钱回来就行了，好把亲戚朋友街坊邻居的钱还了，再过个肥肥的年。明年咱就把房子翻盖一下。孩子们一天天长大，需要有自己的屋哩。

唐平在电话里哎哎地答应着。

没想到，几天后，唐平趁着夜色偷偷溜进了家，把桃花吓了一跳。桃花问，你不在外面做生意，跑回来干啥？麦子都收了，家里一切有我哩。桃花一脸的不满。

唐平把院门插上，又把房门插上，把窗户关上。

桃花见了，心提到了嗓子眼儿。

唐平一屁股坐到床上，失声痛哭。桃花的心里顿时像猫抓，着急地问，咋回事？做生意赔了？

唐平狠狠地扇着自己耳光，说，我该死，我不是人，我该死！

桃花死死地抓住唐平的手，低声吼道，这是干啥哩？有啥不能好好说？

唐平流着泪说，我出去没做生意，我是被堂哥骗进了传销组织。他们把我的手机、身份证和钱包全都收走了，把我关在一间小屋子里，不给饭吃，逼着我给亲戚朋友打电话，让你们寄钱，骗他们过去。要是不按照他们说的做，他们就又打又骂。我亲眼看到一个不听他们话的年轻人被打晕了，后来不知送哪儿去了。

桃花听完，感觉天都塌了，问，堂哥呢？

唐平哭着说，堂哥也回来了。

报警吧，桃花说。

唐平说，不能报警！警察要是把堂哥抓走，我咋见大爷大娘啊？

那他要是再骗别人呢？桃花气愤地说，堂哥把你骗过去搞传销，本来就犯了法，不应该受到惩罚吗？要是不报警，还不知道要害多少人哩。咱们已经被害惨了，难道还要看着别人往火坑里跳吗？他的良心叫狗吃了，咱们不能对不起良心。

我不能让大爷大娘骂我。唐平低下头，不看桃花。

桃花不再说话，问，饿了吧，我先给你做碗鸡蛋面去。

等唐平吃完面睡下，桃花便出了门。桃花把门从外面锁上，然后掏出手机，准备拨打报警电话。

这时，桃花发现，一辆警车闪着警灯，正向堂哥家方向驶去。

（选自《天池小小说》2023 年第 3 期）

逃

轩　窗

窗帘是脏粉色，她喜欢。

隔床相对的衣橱是象牙白，她喜欢。

另一侧的书橱是松木的，与床一样的原色，她喜欢。

窗外，阔大的法桐叶已经变黄，叶片下晃动着铃铛，她喜欢。

何况，床单是细棉，花色是蓝紫的鸢尾；何况，风在楼间游荡，吹着忽远忽近的箫声；何况，天色在暗下去，一同观看的电影，出现相拥的画面。

她突然就下了床，套了外衣，头也不回，向外奔。

她耳边轰响着他吞咽的声音和来不及平息的粗呼吸："别……"他的话却又憋了回去，也没起身来追。

他一定听到了关门声，还有随即电梯上来的声音。可他没追。

下了电梯，她一边整理着外套大衣，一边从口袋里找纸巾。泪是被风挤出来的，风在狠狠地拥抱她。

迷糊中，她上了公交车。人很多，她被卡在车厢中部。挨着她的几个人都向她注视，并向后撤身，其中一个问："您发烧了吗？"她才发觉自己的身体在抖，口罩下面肆虐成河。

娇情，她骂自己。虚伪，她骂自己。不是姑娘了，交往也不是一天两天了，怎么还那么在意？

可是，他的手触了一下，又停住了。

是的，她确信。他触了，又停了。

不像是羞，也不会是怕。

他停了。他不是知道吗？她的历史，她的残缺，她的文青范儿？

"我不在乎。"他不是这样说过吗？

可见他也虚伪。

她受不了他的迟疑与停顿，如同她见不得前夫在第三次交住院费时的踌躇，见不得婆婆嘟囔"怎么得了这种病"时，同情中掩着的那层薄薄的鄙夷。

不是晚期，手术效果是不错的。她还是执意离了婚，虽然前夫和婆婆都表示不介意晚一些要孩子，甚至可以不要孩子；虽然她还要吃上三年的药，并且那时她的工作已经丢掉。

真是倔得要命啊。爸妈都觉得她"作"："哪个人家遇到这事能不眨眼花钱？再说，都允许你不要孩子呢！看看谁还会要你？"

就遇上了他。一次复查，他陪她去医院，恰遇手术时同室的病友娜娜，娜娜对她挤眉弄眼："嘿，可以啊姐姐！"她心头有春风浅浅地拂过。

平心说，他是难得的。他曾经闪婚闪离，是对方提出的，前妻说还爱初恋，他爽快让位。他除了个头略低了点，模样周正，肤色健康；工作也好，在本地一所大专做老师。而且，他一直尊重她，保持陪伴的距离。

今天，一切是适宜的。她预备完全接纳他。大风天，适合卧床看书看电影，或者与相爱的人相拥。离婚后她不敢奢望的情感，竟然就这么来了，竟然走到了今天。

所以，他那样的迟疑，不是正常的吗？正因为知道她主动离了婚，她残缺，她敏感，才会在忍不住冲动后又有了顾虑，不是吗？

初识时，人群中，他有意无意搂了一下她的腰，她躲了；某次做钼靶，她出来后还感觉疼，坐在椅子上休息，他挨近她，示意她靠过来，她只是将头歪过去，却没挪动身体，他只敢轻轻环了一会儿她的肩。

所以，今天的顾虑不该有吗？

有了空位，她坐下去；左右手缠绞在一起，目光掠过窗外的店铺、车流、灯光。

有一站，公交车停在她曾经熟悉的小区附近，她一眼就能看到那个窗口。窗后的那盏灯下，冒着热气的，是红豆粥还是丝瓜蛋汤？今天是周末，也许还有前夫拿手的红烧排骨和滑熘豆腐。也许某个女人正坐在前夫对面，享用着这个家的味道。

她扭回脸，感觉自己胸口又鼓胀又酸痛。她低下头，那里看上去是正常的山峰，阴影浓重。

可她自己知道，那里其实是空的。

她租住房间的抽屉里，有她自己制作的填了"货"的内衣，也有快乐互助群的姐妹们给她的义乳："喏，这个水滴形，我不喜欢，你试试？"她接过来，回家偷偷试了，尺寸还好，只是不够温软，也担心会跑偏。娜娜说她准备加工专用内衣：丢掉那些海绵片、丝棉团和歪七扭八的带子，拥有合体又能稳妥固定的美美内衣！哈，要不，就坦然平下去！

她无法像娜娜那样热火朝天地重启生活。不过她又重新找了工作，收入是原来的一半，也还养得起自己。她得积攒费用，她想做重建手术，重新拥有美妙的胸。

如果做重建，让谁去签字？得是他。她脑子里第一个想到的不是爸妈，是他。

车厢录音提示车到了终点站——大学城，他所在的大学就在附近。

她下了车，面色已经平和，却也茫然。她不想去自己的出租屋，手机没动静，也不好再返回他的房子。

公交车驶离，她又想落泪了。路灯下，突然感觉有人在盯着自己。一回头，是他，推着一辆电瓶车："喂——要不，到我办公室坐坐？"

（选自《山西文学》2023 年第 6 期）

阳光玫瑰

李永海

那一日，我去乡下采访一位返乡创业的成功人士。适逢古镇逢集，在熙熙攘攘的人群中，突然遇见了昔日的一位女同学若兮，她裙裾飘飘，衣袂翩翩。

绕过人群，她向我奔来。

站定后，她嫣然一笑，柔声问道："这些年，你过得好吗?"

我说："很好啊。"

若兮显然是刚洗过头，头发还是湿漉漉的，松散地披在肩头，仪态万方。

"还挺帅气的。"若兮夸了我一句，接下来，她嗔怪地对我说，"我饿了。"这三个字带来的温暖和现实感扑面而来，将我击溃。

太阳落山，气氛正好，速去新庄园喝酒！我们立即出发。

选一个向南的包间坐下，若兮也不谦让，主动点菜。稍等片刻，手脚麻利的老板娘就把一桌丰盛的酒菜摆上来了。

茶香缭绕，伴着古典音乐，我们一边吃串一边喝酒，幸福的滋味瞬间溢满心间。

"海哥，人在江湖走，哪能不喝酒的哈。"若兮一脸坏笑着。

桌上摆放着两个玻璃杯，里面倒满了葡萄酒。

"恭敬不如从命。"我端起酒杯与她轻轻碰杯，甜甜的阳光玫瑰葡萄与散发着乌龙茶香的酒精碰撞在一起，让整杯酒变得清新起来，一口下去，清爽的香气萦绕在舌根。

她忽闪着美丽的眼睛对我说："海哥，和你在一起的时候，我就觉得你像是我的亲人。"她一口家乡话，轻柔动听。

我佯装生气，埋怨说："这些年，你这个小丫头疯哪里去了，也不跟哥联系，还以为把哥忘记了呢。"

她一点也不生气。

"想你了，就这么简单。不打扰，就是我的温柔。"她甜美的话语让我沉醉。

多年前，若兮怀着打工改变命运的梦想，她高中没读完，就随堂姐一起南下广东东莞打工了。而我却参军到了部队，后来顺风顺水参加税务工作。

若兮凭着漂亮、聪明、能干，经过数年打拼，渐渐地积累了一笔不菲的资金。少女情怀总是诗。热情单纯的若兮对当地的一位高个子英俊男子暗生情愫。那位男子利用若兮对他的痴情，趁她在工厂上夜班的时候，潜入她的单身宿舍，盗走了她的贵重物品和大量现金……事后，若兮没有报警，只是简单收拾一下自己的行李，伤心地回到豫南家乡。

青春感伤和忧郁，差一点让她悲伤逆流成河。相依为命的母亲病逝了，房屋因年久失修倒塌了……年纪轻轻不堪生活重负的若兮彻底绝望了。

那天午后，若兮来到河堤上，久久徘徊着，阳光照耀下，水面上仿佛游动着无数小鱼，突然，她纵身跳入河里，河流湍急，到处是漩涡，她很快就被河水淹没了。说时迟那时快，一位路过的小伙子不顾危险跳下河，迅速把她救上岸……

生活的酸甜苦辣，都装进了清风里，让人忘记悲伤和痛楚。后来，她和救她的那位小伙子相爱了，并且在省城开了一家服装店……

理解和宽容，让她最终收获了甜美的爱情。

若兮嫁的那位小伙子，家境不错，有房有车，并且在省城还有几间临街的门面房，每年租金不菲。

衣裙是淡黄色，细碎的小花在上面安静地点缀。若兮稍微摆弄一下衣裙。

"女人成熟的标志，不是心比天高，而是心比天宽，笑看云卷云舒。"若兮深情地诉说着，那一刻，她的眼睛好温柔。

回忆与遗忘相互交错，我凝神听着，沉思着……

从若兮身上，我看到了女人的美，美在气质，美在气场，尘世万千繁华，她以一颗清净之心，参透人生的因果，做内心善良的女子，诗意走过每一个路口，觅一径通幽，于岁月深处，心生欢喜，绽开最明媚的笑容。

"若兮，你要知道，真正打动人心的，永远是一个人内心的善意和身上的贵重品质。恭喜你，你做到了。"她的脸上飞过一抹红晕。

沿着河岸走，草木葱茏，潺潺河水蜿蜒流淌，田野渐次郁郁葱葱，灰白相间的农舍镶嵌其中，好一幅精美的田园画卷。若兮带着我走进阳光玫瑰葡萄园，淡淡的果香扑鼻而来。葡萄架上，一串串葡萄挂满枝头，颗颗饱满圆润、晶莹剔透，散发着玫瑰清香，令人垂涎欲滴。

"今年又是一个丰收年！"若兮告诉我，她和先生这次回到家乡发展，以建设高标准农田示范区为核心，带动发展生态农业采摘产业，融入智慧农业及文化旅游元素，赋能农业生产智能化，引领传统农业向现代农业转型……特色产业激发乡村振兴新活力。

美好生活是创造出来的。透过树枝间隙洒下的阳光，我看到若兮身上散发出一种迷人的光芒。

禾苗在风中泛着碧绿的涟漪，莲子草吐着星星点点花蕊，白蝴蝶翩然起舞。其中，"乡村振兴产业示范基地" 10 个红色大字格外醒目。

我一时被眼前的欣喜填满。

若兮的先生节启开车来了。他有着一米八的个头和挺拔的身姿，举止间有着军人的气质，又透着乡人的质朴。直觉告诉我，他当过兵。若兮喜滋滋地向丈夫介绍了我："大税官，大作家。"我们微笑握手，仿佛一见如故。他大我两岁，我称他为节哥。

毫无疑问，从若兮一对弯弯的笑眯眯的眼睛里，可以看出她是快乐知足的。

巧了，我这次采访的对象就是他。一问得知，原来他曾在中原某部服役 5 年。我俩来自同一支部队。我惊讶于缘分的奇妙。

或许，问候，不一定非要郑重其事，但一定要真诚。

临别时，若兮和节哥向我发出邀请：待到秋叶静美时，欢迎你来乡下看那一抹斜阳。

我愉快地答应了。走在路上，我惊奇地发现若兮的微信名竟然是"阳光玫瑰"。

怪不得，我觉得这个微信名这般熟悉。我随即点开一个拥有近 500 人的"善行天下"爱心救助群。

毫无悬念，群主果然是她！她每年慷慨解囊带头资助家乡 10 名家庭困难的中小学生，这些年风雨无阻。

有人说，故乡是温暖灵魂的地方，城市是温暖身体的地方。不错，对于若兮来说，故乡永远是她生命的皈依。

微风伴着细雨，越往村庄走越幽静。深情回望，她笑靥如花的模样，深深留存在我的心底。

（选自《人生与伴侣》2023 年第 7 期）

药引

刘笑关

绵延起伏的梓岐山岭，绿意葱茏的翠箩舒缓有序、紧紧相连地簇拥着这个上千年的古村落，村在山脚。

一泓清溪从山峦间奔流而出，落在一块天然岩石的峭壁上，发出清脆悦耳的声音，当地人称云泉溪。这溪水旁边，有一青砖碧瓦四合小院。乔晓乃小院主人，其祖上杏林暖堂，高山景行。乔晓自幼聪慧，但并不热衷于科举，其后曾三次应试，均不第，故决心学医，钻研医学。23 岁随其父学医，医名日盛，青出于蓝，为人仗义，喜欢打抱不平，在方圆百里有口皆碑。乔晓诊病手段高明，望、闻、问、切，药到病除，遇人患有疑难杂症，四五剂药喂服下去亦见成效。治病之外的乔晓喜欢在溪畔煮茶把盏，吟诗作对。

一次，乔晓和远道来的两位友人在溪边鱼跃石上推杯换盏，乔晓见不远处有一洼莲池，想得一联，苦无下对，其联是：溪水润莲池，莲池映溪水，莲花鲜艳，溪水澄澈。此联看似平淡，只有溪水、莲池两件事物，但联中阐明了二者互为因果的关系，这就难对了。乔晓与朋友苦思冥想，伴随着微风拂起的阵阵涟漪，进入物我两忘的境地……两乘滑竿绝尘飞速而来，停在青砖碧瓦的院舍门前，富商王老板从滑杆后朝乔晓奔来，疾声呼喊："乔郎中，快……快点过来看病人。"乔晓见是他，心中大为不畅，微眯了双眼，依旧缓步徐行。王老板看到乔晓不理不睬之态，心下大急，忙上前扯住乔晓的手说："乔郎中，春兰鼻孔、嘴里流血不止，救人要紧！"

春兰是王老板之媳。乔晓被王老板打扰，不禁怒从心起，携了朋友沿溪踏歌而行，并不回屋。朋友驻足对乔晓道："还是看看病人再说吧。"

"王老板这人心术不正，欺行霸市、巧取豪夺，前段时间贪羡老耿家一只千年玉镯，乘人家家道中落时软硬兼施勒索了去。我不屑与这种人为伍。"

"错在王老板，不在病人，救死扶伤嘛。仁者之风不仅独善其身，还须兼济天下。"听了朋友之语，乔晓返回屋里，详询病人发病时间、地点、症状，反复把脉，细辨舌苔，最后斟酌再三，开出处方，对王老板讲："春兰病得很重，药方中须有千年玉石为引，且煎熬之法特别，要在我这里让我亲自动手煎熬，难在这玉石难觅！"

"非得千年玉石为引？"

"别无良方！"

王老板沉吟良久说："玉镯可以吧，我拿来。"

几剂药下去，不消几日，春兰的病便完全好了，王老板十分高兴。然而在拿到乔晓还给他的玉镯时却大惑不解。乔晓不慌不忙道出个中因由：“玉镯和药相煎，本意取其精华，精华既失，暗淡无光当不足为奇，此时的玉镯与河中的鹅卵石没有区别。”

王老板把玩玉镯，欲言又止，心想：这玉镯是我敲诈老耿家所得，如今玉镯与河中普通石头无异，不如做个顺水人情让乔郎中还给老耿家，不至于落个敲诈勒索之名。他把心中想法告知乔晓，乔晓欣然同意，最终空手离去。他不知真镯子早已被乔晓交给了老耿家。原来，乔晓买了一只同真玉镯酷似的赝品，将真镯归还了原主，假货交给了他。想起自己一时妙计，乔晓忍俊不禁。

过了些日子，乔晓的朋友又来访，说下联已成：病人看郎中，郎中瞧病人，医者劳心，病人舒心。

（选自《躬耕》2023 年第 9 期）

风雨情

牛双成

王家庄章子叔那年六十二岁，刚解放时当过初级社社长，以后又任生产队队长多年。在兄弟间排行老五，因为说话调门高，又爱说大话，因此，人送外号"五喷子"。"五喷子"有四个儿子。大儿子，年已三十，小儿麻痹后遗症。老二，二十八岁，由于长相丑，长这么大没人提过亲。老三王德，二十二岁，倒是长得眉清目秀，白净脸，一米八的个子，看着阳光帅气。可这老三从小就不是个安生的主，上小学三年级时因为把人家孩子头打烂，被学校开除。从此，四处漂泊，夜不归宿，十几岁便学会吸烟喝酒，和社会上的小混混成天搅在一起，干些个偷鸡摸狗的事，父母年龄大了，也拿他没办法，邻里乡亲私下都叫他"土匪"。老四王苗，那年十八岁，大家都管他叫"苗儿"，长相酷似老三，不仅阳光帅气，而且为人老实厚道。走路生风，干活儿麻利，平时不爱言语，见了人总是腼腆一笑。苗儿勤快，热心助人，邻居有事他都会主动帮忙，因此很讨人喜欢。

距王家庄六里地的刘家庄住着一对父女，女儿刘叶已二十二岁。叶儿是个苦命孩子，现在的父亲其实是她的伯伯，她从小父母双亡，跟着伯伯长大，伯伯因为家穷，一直打光棍，视叶儿为掌上明珠。按叶儿这个年龄，在当地早已嫁人，可叶儿的伯伯对其疼爱有加，总想让她在自己身边多待几年，因此，别人来提亲他都婉言谢绝。

叶儿已长大成人，美得像一朵花，白皙的皮肤，瓜子脸，一笑，两边有很深的小酒窝，长长的睫毛下一双凤眼煞是好看。那年庙会唱大戏，别人都自己扛了板凳去，叶儿散着手去。一去了，总有人给她找一个合适的好位置。台上的戏唱得正热闹，但是没有多少人叫好，因为好些人不是在看戏，是在看她。叶儿看戏时早被王德注意上。王德便主动给她让座，走近她大献殷勤，散戏时给她买点花生、糖果之类跟在身后，临走时放在她怀里转身便走。叶儿虽然错愕，但时间长了，便不由得动了芳心。后来王德家托人上门提亲，像是水到渠成一样，天真的叶儿同意了婚事。可婚后王德恶习不改，在村上寻衅滋事，喝醉了酒六亲不认，把叶儿往死里打。还和一帮狐朋狗友终日混在一起，打架斗殴，偷盗抢劫。终于有一天，王德被公安局抓走了，判刑十年。王德坐牢的第二个年头，公安局突然来通知，让家人去领骨灰，说是王德在劳动改造中因塌方被砸死了。之后很快听到传说，说王德越狱，是在逃跑时被击毙的。叶儿带着两个儿子，一个两岁，一个三岁半，哭得死去活来。埋了丈夫，叶儿整天像做梦一样迷茫，觉得自己就像一叶小舟，不知漂向何方。

　　此时的家庭，两位老人和大儿子住在一起，老二当了上门女婿，去了他乡。没成家的老四王苗和三嫂叶儿在一起生活。三间两房，苗儿和叶儿各住在房子两端。一起吃饭，一起下地干活儿。苗儿知道自己身上担子重，更加吃苦耐劳，总是起早贪黑，整天只顾埋头苦干，不讲吃穿，对两个小侄子也疼爱有加。

　　可是，叶儿的生活并未因此就平静下来。一次回娘家路上，村里一个单身汉忽然冲出来，抱着叶儿就是一顿亲吻揉摸，叶儿吓得大喊大叫，这单身汉才赶紧住手。还有一次苗儿不在家，村里一无赖不知什么时候躲在屋里，趁叶儿不备，把她抱起，死死压在床上。正巧苗儿回来，拿个棍子就打，那人跑得快，只是腿受了点轻伤。两个老人看在眼里，知道这样下去不是办法，更何况左邻右舍对苗儿和叶儿早已议论纷纷。

　　有一天，两个老人把苗儿叫到屋里说："苗儿啊，你三哥也走了，你嫂子还年轻，两个孩子是咱王家根，万一你三嫂哪天带着两个孩子嫁人了，那可咋办？你委屈点，就跟你三嫂过吧，好歹把两个孩子拉扯大。"苗儿一听，转脸就走，"咣当"一声把门关上。走出门外，苗儿的脸还在发烧。不说他对三嫂只有尊敬，三嫂对他如亲弟弟一般，单这世俗偏见也让他抬不起头。

　　生活还在继续，两人还经常出现在田间地头，过着日出而作、日落而息的生活。一次在割豆子时，苗儿一不小心把手割破了，鲜血直流。叶儿二话没说，麻利地揪了两把草叶子，揉碎了按在苗儿的手上，说是可以止血消毒。

有一段时间，苗儿的耳朵红肿，从里边向外流脏东西，说是得了中耳炎。叶儿听别人说用奶水可治，还在哺乳期的她顾不得那么多，每天三次挤出一些奶水，端给苗儿涂抹耳朵。三天下来果真好了。

一天，苗儿骑着摩托车从街上回来，路上为躲避一位老人，摔倒在地，摩托车重重地砸在苗儿腿上，腿部受伤，不能站立。叶儿喊上邻居几个人把苗儿送到医院，一检查，是骨折，做了手术，上了钢板。在医院这些天都是叶儿为他端吃端喝，尽心伺候。

二十多天的医院生活，叶儿显得有点憔悴疲惫，而苗儿因为有叶儿的精心照料，精气神挺不错。出院前一天，看着在床边忙活的叶儿，苗儿感到她是那样楚楚动人，一双丹凤眼依然晶亮有情。他思索了很久，终于鼓起勇气说："刘叶，做我老婆吧，以后我会照顾你！"叶儿笑了笑，流着眼泪，默不作声。她冲出病房，外面刮着风，下着雨。她立在风雨中，任凭风吹乱她的头发，雨水淋湿她的衣裳。她放声痛哭，这哭声打破了夜晚的寂静，飘得很远很远。

〔选自《大观》（东京文学）2023 年第 3 期〕

麦罢盖新房

安晓斯

沁水湾人管收完麦子叫"麦罢"。麦收前，许多人家都要打地基，准备麦罢盖新房。李玉梅家麦罢也准备盖新房，她和张铁山的打夯队联系了，排到初六那天，才轮到给她家打夯。

一大早，张铁山就用架子车推着一盘石夯过来了。

玉梅今天穿着大红对襟外套，长长的头发用一根细绸带松松地系着。看着玉梅，铁山说，头天帮忙挖地基的人今天都会来，十八条汉子我都招呼到了，放心。

打夯队挑人，挑的都是身强力壮的汉子。每班九人，两班轮流着，至少得十八人。起夯。只见九个壮汉子一齐弓腰，猛拉绳索，石夯起了二十厘米，旋即"扑哧"一声落下。《夯歌》声起。嘿哟哟……

铁山唱起《夯歌》序曲。九个汉子再次弓腰，绷紧拉绳。

嘿哟哟……嘿哟哟……

一起拉紧绳哟……嘿哟……

朝着中间砸哟……嘿哟……

再往两边夯哟……嘿哟……

拐角砸三下哟……嘿哟……

瓷实又得劲儿哟……嘿哟……

为给李玉梅家打夯，张铁山被难为得差点掉泪。王翠翠不同意张铁山带人去，主要是不想让铁山和玉梅见面。

沁水湾人打夯，缺不了烙饼的妹子。翠翠是烙饼妹的小头头儿，她不同意，打夯的汉子就吃不上那喷香酥脆的热油饼。

阳光艳丽，和煦风吹。翠翠带着四个穿着红衣服的烙饼妹，用架子车推着烙饼用的小面板、铁鏊子和三大包烧火用的麦秸，有说有笑地来到了玉梅家。

一棵老枣树下，翠翠和四个小姐妹一溜儿排开，每人用三块碎砖支起个铁鏊，身边都放着烧火用的麦秸。沁水湾人烙饼讲究，用的铁鏊子得厚实，烧火得用麦秸，麦秸火烟熏火燎，烙出的热油饼才够味，再卷上自家种的大葱，那滋味，可得劲儿。

说话间，烙饼妹开工了。烙饼的面是翠翠提前和好的，烙饼的油、盐、葱花也是翠翠带来的。玉梅家有困难，翠翠心里有数。就像耍魔术一般，五个烙饼妹劈里啪啦、咣咣当当一阵响，一张张喷香酥脆的油饼，就飞到了面前的大簸箩里。

三年前，玉梅嫁给了大柱。

翠翠和玉梅是同学，都喜欢铁山。两人都是犟脾气，怒气憋得脸通红。村东的打麦场上，"仇人"相见，话都没说，就撕扯对方的衣服，把张铁山急得头晕。他站在两人中间，光挡人不说话。大夏天，张铁山穿了个小背心，汗水出溜溜往下掉。

玉梅和翠翠骂累了，伸出双手挖对方的脸。张铁山在中间来回阻挡，前胸后背被两人的长指甲挖出道道血痕。

后来，迫于家庭压力，玉梅嫁给了东街的大柱，翠翠这才放了心，就一直跟着张铁山的打夯队，成了烙饼妹。说起来玉梅也真是命苦，一年前，大柱因车祸丧失了劳动能力，水灵滋润的玉梅愁得生出了白发，家里原本拮据的日子就更窘迫了。

翠翠和铁山商量了，先不结婚，想尽情享受谈恋爱的滋味。现在，麦子熟了，玉梅家麦罢要盖房，收麦前要打夯，翠翠那小心思，一圈圈咕噜噜急着转。

半晌功夫，玉梅家五间新房的地基砸完了第一圈。

两张热油饼吃过，一大碗茶水喝完，打夯队员们重整阵容，夯歌再起。张铁山再唱《夯歌》序曲。九个汉子再次弓腰，绷紧拉绳。

头天晚上，张铁山差点就给翠翠跪下了。和玉梅咱俩从小一起上学，就像亲姊妹，她家里困难，咱能不管？盖房打夯，咱能不去？打夯的汉子都去了，能少了烙饼妹？铁山絮絮叨叨，硬是说笑了翠翠。

我动员打夯汉，你动员烙饼妹，街坊邻居的咱再多说说，大伙儿给玉梅家捐点钱咋样？翠翠抹了把泪说，俺不会拖后腿。

翠翠和玉梅在打麦场吵过架后，再没说过话。想来想去，趁夜深人静，翠翠悄悄来到玉梅家。敲敲窗户，翠翠喊，姐，攒了一竹篮土鸡蛋，给俺哥营养身体。玉梅赶紧穿衣开门，翠翠一溜烟跑了。第二天早上，翠翠的屋门口又放了满满一竹篮带着露水的青菜。

起夯。《夯歌》声起。铁山唱起《夯歌》序曲。九个汉子弓着腰，绷紧拉绳。

兄弟们听清楚哟……嘿哟……

一起拉紧绳哟……嘿哟……

朝着中间砸哟……嘿哟……

这边厢，场面依旧，好生热闹。打夯的汉子们看到，翠翠和四个小姐妹还是一溜儿排开，每人用三块碎砖支起个铁鏊，劈里啪啦、咣咣当当一阵响，一张张喷香酥脆的油饼就飞到了面前的大簸箩里。

吃着喷香酥脆的油饼，张铁山拿眼瞟了瞟翠翠。翠翠就从身上摸出个红布包塞给玉梅。姐，这是大伙儿凑的钱，一点儿心意。玉梅的泪水就唰唰地往外流。

瞅人不注意，翠翠紧紧挽住玉梅的胳膊。收罢麦，请你和俺哥喝喜酒。

（选自《小小说选刊》2023 年第 7 期）

尖叫

陈小庆

1

1279 年春，那个薄暮时分，黑衣人来到猎音师七宝的工作室。

"我想定制一批尖叫……"蒙着半边脸的黑衣人说。

"尺寸、音效等具体要求说说。"七宝研墨抻纸，记录客人的要求。

"宽一拃，高十丈，要有回环往复的效果，后面细若游丝部分要持续二十个吐纳。"

七宝记了一半撂下笔，说："对不起，没弄过这么特殊尺寸的尖叫，这么窄这么高……还要持续二十个吐纳……敝店能力有限，您还是另请高明吧！"他觉得来客没有诚意，说不定就是来砸场子的同行冤家。猎音十年，他深深地明白：不是什么活儿都能接的。

黑衣人拿出一大卷赤金丝，放到七宝面前的银秤盘里，盘子重重地沉了一下。

七宝脸上浮现出一丝不易察觉的微笑——他打算生产这批尖叫。

最开始，他每天打磨自己从集市上收集到的叫声，指望能小成本制作一把，自然这些都属于偏尖的声线。

他点燃炉火，拉起风箱，拿出专用的金铁锤和玉锉子，从桐木匣子里把那些活蹦乱跳的叫声拖出来，放在专门打制各种声音的金条几上，他要剔除杂音，反复淬炼，提纯出最尖厉的声音。但是一直没有令人满意的声音出现。他费了九牛二虎之力，也不过是得到了稍微尖一点儿的声音，那些声部太宽了，大都在三尺左右，而高度，最高的也就三丈高，如果再变窄些，高度同时也会跟着降低，而且里面还有很多含混不清的东西，像是贫民窟里终日抱怨的人，喋喋不休——若去掉那些芜杂的声音，又不得不牺牲掉最尖厉的部分，至于最好听的"细若游丝"更是从未出现，太多问题困扰着他的生产进度。

2

七宝在工作室门口挂了一张启事：高价收购尖叫！启事墨汁未干，就来了位蛇身猫脸的姑娘。

"我从小就喜欢尖叫，你能出多少钱收购我的尖叫？"

"如果是优质尖叫，有多少我要多少，价格好商量。"

七宝让姑娘站在一口特制的大瓮前，给姑娘讲明白注意事项，他退到了远处。

姑娘对着大瓮高声喊了好几次，七宝用测音仪测量了一下，说："这勉强能算是入门级的尖叫，你看宽度都二尺多了，高度才四丈。这哪是尖叫，分明像是一个大胖子，我要的是像你身材一样苗条的声音。我只能给你一个铜钱，别再喊了，我不需要这样的叫声。"

姑娘没要铜钱，很不高兴地走了。

接下来一段日子，每天总有好奇的人前来吼两嗓子，以妇女和孩子居多。挑剔的七宝觉得他们发出的声音完全不能算尖叫。那些平时看似声音非常高的尖叫，到他这里都不符合要求，他连一个铜钱都不想付。常常因为如何界定尖叫而拌嘴打架，从七宝工作室出来的人总是鼻青脸肿，也有孩子带着大人来闹事，七宝自己每天也都是脸肿鼻青的。

饶是如此热闹，令人满意的尖叫还是没有出现。

3

七宝在毛驴脖上挂了收购尖叫的牌子，写上地址，让老爹牵着驴走街串巷招徕生意。

转了好几天，没有人再愿意来七宝工作室献嗓。

老爹疲惫不堪地坐在街头，一个小女孩来到他面前。

老爹打起精神问："你愿意去喊一嗓子吗？"

小女孩没有说话，旁边一个老太婆摇摇头说："唉，这个来历不明的哑巴，从来没有吱过一声……"

毛驴驮着那个瘦瘦的穿着白底蓝花小裙的哑巴女孩，径直来到七宝面前，老爹在后面紧赶慢赶气喘吁吁。

这时，天空开始为久旱的大地降下甘霖。

"她是个哑巴……看到牌子，非要坐驴来……"老爹说。

七宝垂头丧气地望着这个美丽而无声的女孩，挥挥手，让老爹送回去。

却见女孩不说话，站到大瓮跟前，开口叫了起来——

大瓮应声而裂，七宝没戴测音仪就震疼了耳朵——那声音尖细挺拔，最多一拃宽，却足有十五丈高，直往耳朵深处钻，那回环往复的回响，细若游丝部分足足持续了三十个吐纳！

七宝反应过来时，女孩已经倒在了黄金条几上。

七宝忙去扶那个女孩。可那女孩变成了一个青花瓷瓶，就在七宝扶起她的一刹那，瓷瓶无声无息地碎了——就像是一个哑巴瓷瓶，碎了也没有声音。

裂开的大瓮里收集的是目前世上最完美的尖叫！

七宝抱着一怀瓷瓶碎片哭了，仿佛那就是他耗尽了所有尖叫声的女儿。

4

约定的时间到了，七宝把没有经过任何加工的尖叫缠绕着放在一个精致的桐木匣子里，依依不舍地交给了黑衣人。

"可惜，只此一声！"

黑衣人测听后格外满意，说："如此天籁，一声足矣……"

黑衣人来到一座窑厂。在密闭的内室，太多的瓷坯等着烧制。几个匠人默默等着烧窑前最后一道工序，只见黑衣人端着七宝给他的桐木匣子，放出了哑巴女孩儿的尖叫——那青玉颜色的尖叫，在窑厂里持续了很久很久，仿佛哑巴女孩儿一生未说的话此刻都说了出来。那一批瓷坯吸足了声音，直到长长的细若游丝完全消失……

工匠们迅速点火烧窑……

从此，世上有了元青花！

据说，加入哑巴女孩儿尖叫声制作出来的那批元青花，至今仍在世间。而检验其真伪的一个重要标准，就是瓷器落在黄金地板上碎裂的声音，但没有人听到过那个声音。

（选自《小小说选刊》2023 年第 4 期）

月光鱼

黄传安

苍耳山的峰顶将天捅了一个窟窿。

从窟窿里落下的雨带着魔咒，河里的鱼沾了它身体变得透明，山下的人淋了它长出了翅膀。

窟窿黑漆漆，另一头不知道连在什么地方。有人说是王母娘娘的瑶池，有人说是天篷元帅掌管的天河。我说像是苍耳山流下的眼泪，大家对我的话嗤之以鼻，质问我道，是其他的山欺负苍耳山了吗？我哑然。

唐广君是赤谷第一个长出翅膀的人。

割完麦子回家的他气喘吁吁地舀了一大勺水下肚，边喝边脱掉褂子，手臂泛红，像是被什么虫子叮咬一般。他越挠越痒，抓痕像流动的河水一样漫延到他的后背。

结实的肌肉和肋骨颤动不止，唐广君忍无可忍，粗重的手掌又拐不了弯，他只能学山里的黑瞎子把后背交给院子里的柳树。

树荫下，越搓越热，越搓越舒服，四肢柔软地舒展着，柳树变成了一条鱼，唐广君也变成了一条鱼，柳树的鳞片撒落一地，唐广君的鳞片破出了口子。他长长吁了一口气，身后一对洁白的翅膀将他包裹起来，遮住了晌午的烈日——这是目前最让他欣慰的。

赤谷有良田，土地平坦，至于为什么叫赤谷，唐广君等人不知道，只是他们躲徭役逃来的时候发现石碑刻着"赤谷"两个字，就这么叫了下来。这十几年来，无天灾人祸，生活越过越好，唯一遗憾的，应该是索伊母亲的伤寒。我知道索伊翅膀硬了总会惦记着离开这里。

长翅膀的人越来越多，大家才惊恐地发现月光鱼不见了。

我告诉他们月光鱼可以强身健体，但又不是蟠桃仙丹，也不能治百病，没了就没了。可大家找疯了，甚至连赤谷的蚂蚁窝都盘问了数遍。

即便如此，依旧无果。

冷静之后，唐广君把精壮小伙聚集起来头脑风暴。他们逐步分析，试图找到些蛛丝马迹。皇天不负有心人，在三天没日没夜的分析中，他们终于意识到疏漏了什么——疏漏了苍耳山。这一切的变化源于苍耳山下的一场神秘的雨，那么月光鱼的消失也能让他们在苍耳山上找到答案。

连接苍耳山与赤谷的通道是西边月上的桥。苍耳山上生活着一群男男女女，他们没有名字，也可以说他们每个人都叫乔月。

我们现在该怎么办？人群里发出疑问。西边月水深千尺，且大雾终年不散，从来只有乔月过桥来赤谷，赤谷还没听说有谁走过桥去找乔月们。唐广君听后摇了摇头，大家糊涂啊，游不过去，还不能飞过去吗?

天亮以后,唐广君和索伊带队向着西边月出发,他们的翅膀纯洁无瑕,闪着光辉。

西边月另成世界,在这里,他们遇到了牛面人身、狗面人身和象面人身的居民。这些人在打水球,唐广君一行人刚闯入,便被兴奋的居民冲散。他们没有恶意,只是热情地邀请大家一起打水球。索伊看着眼前似人非人的东西仍处在震惊中,根本没听到有人提醒他球来啦,索伊没接住直接被撞飞。还没等他反应过来,又飞来一个球,索伊这回用脸给弹了回去,头破血流。一头大象焦急地跑向狼狈不堪的索伊,随后将他扶进了岛上的小房子里。小房子布置简单,只有一张床、一个桌子和一把椅子。大象从篮子里取出草药和热毛巾敷在索伊的伤口处就走了。索伊四处打量,发现抽屉里有金子,他装进口袋不顾伤势翻窗户跑了。

到苍耳山时,一行人十不存一。

苍耳山家家户户的门都敞着,碗筷摆着,灶台一尘不染。他们没有见到乔月们,但苍耳山月光鱼的数量让他们目瞪口呆。

我听说,赤谷人搬进了苍耳山,不管自己叫人,他们相信自己是神灵的后代,是最接近神灵的人,他们称自己为神。

我依旧留在赤谷,再后来,又有一批新人定居在了赤谷,我告诉他们苍耳山上有一种神奇的鱼,名叫月光鱼。

〔选自《小小说月刊》2023 年 9 月(上)〕

青衣

廉彩红

　　她在这个县城剧团唱青衣。她演过许多青衣角色，嫦娥、窦娥、白蛇、秦香莲……

　　有人问她最喜欢哪一个角色。她笑笑，都喜欢。

　　是啊，哪一个角色在她心里都那么重要，无论扮演过多少次，每一次演出前，她都要认真排练，没日没夜地练。团里来的小年轻笑话她不知道取巧，只知道用笨办法。

　　她笑笑不说话，年轻人懂什么，取巧能唱好青衣？水袖甩得好不好，到位不到位，能不能传递出当时的心情，取巧就行了？那一抬头一低头间的千回百转，眼波流转间的风情妩媚，或者蹙眉哀切的痛苦悲哀，取巧就行了？还有……唉，现在的年轻人，没有谁扎扎实实学戏的，还口口声声说爱传统艺术、传统文化，哪一个传统文化不是靠着老祖宗们踏踏实实一步一步走出来的，汗水浇灌出来的。

　　其实，她也知道年轻人口中的取巧是啥，就是录音，然后上场时对口形。她极度反感这样的做法，她也要求她的学生，不能取巧，不能对口形。必须每天吊嗓子，背唱词，下腰啊，走步啊，甩袖啊……哪一样都得学透彻咯，还要自己学化装，别认为自己是主角了，得让人伺候，自己化装才能在化装过程中慢慢品味这个角色的情感，拿捏出上台后的情态，眉眼如何更传神更生动，也只有自己才体会得更真切。

不过，她虽然反对别人给自己化装，但有时候也由不得自己。那时候，她就细细给化装师说，这一抹如何匀色，那一抹怎么勾画，眉毛多长，如何让眼睛更符合角色的痛苦、怜悯、哀切情绪等等。她这样的要求，一开始自然让化装师很不高兴，觉得就她事儿多，嫌她固执。可时间长了，化装师明显感觉到自己也把握到角色的情绪了，即便给另一个唱同样角色的人化装，也化得流畅贴切，让那个人惊喜万分。

可她老了，年轻时，日夜勤苦地练习，连续奔波在各地的演出，风餐露宿，生活艰苦，让她的身体损耗很大。那次，她在练功时，一个不小心，从高台上摔了下来，腿骨折。医生说，她已经不适宜再上舞台了，并且她已经带徒弟了，可以让徒弟上。但她心里放不下，她太爱舞台了，太爱嫦娥、白蛇、秦香莲了。

经过救治，加上她不服输地加紧练功，她重新站在舞台上了。

她病后第一次上台，唱的是《白蛇传》。她一身素衣，眉眼清亮，猛一登台亮相，即获得满堂喝彩。

到和法海打斗那场戏，她的腿又开始疼了，她头上冒出细微的汗珠，但她忍着，她的每一个动作依然流畅优美，每一句唱词依然清脆高亢，情感充沛，她怒斥法海、水漫金山寺的勇武，再次迎来如雷般的掌声。

在断桥那场戏，所有人都能感觉到她的身体在微微颤抖，脸上的汗水隐约可见。众人都提着心，盯着她在舞台上的一举一动。

可，尽管放心，她演绎得非常好。她把对许仙的爱怒交加表现得淋漓尽致。当她在许仙和小青的搀扶下，颤巍巍地下舞台时，那眼角余光的泪珠，更让观众们感动得无以复加。

她只好再次休养。她下定决心，一定要带出一个好徒弟，让徒弟青出于蓝。

她认真观察几个学生，终于挑选出一个身量娇小，体态轻盈，即使不说话，眉眼也流光溢彩的姑娘来。那姑娘戏词咬得清楚，唱出来特别清亮有味，有她年轻时的范儿。

小姑娘对于自己能得到老师的独宠，自然欢喜不尽，学习起来用心尽力。

小姑娘也有一股子傲劲儿，我一定要像老师一样优秀。

她却笑笑，说，不，要比老师更优秀。

当小姑娘第一次上舞台唱嫦娥时，她亲自到后台给徒弟化装。

那一抹一撇的油彩化在小姑娘的脸上，也化在小姑娘的心里。

她轻轻地说，记住，唱戏的人，戏比天大。你敬戏，戏就敬你。

小姑娘庄重地点点头。

〔选自《民间故事选刊》2023 年 11 月（上）〕

幸福

雷　鑫

茉莉最近很烦躁。只要一想起山楂，或看见与他搭得上边儿的事物，她就头疼得厉害。

她企图用工作分散她的注意力，下班之后没有半点歇息便伏案拼命做一名"称职"的员工。在她喝尽最后一杯咖啡，抬头看见墙上两人的婚纱照时，整个充满希望的眼神瞬间却又完全黯淡下去。

啪——

她惊慌失措，条件反射般，咖啡杯飞出去砸在合照上，照片上的两人恰巧从中间渐渐分开，之间的距离越来越远。

这是分啊。她呆滞了好久，吐出这句话。

过了一会儿，大概十分钟吧，她瘫软在地上，头埋在两膝之间无声地哭了起来。

电话铃声响起。

她没理。

再响。

她仍没理。

继续响。

她接了起来。

茉莉，我觉得我俩需要好好谈谈。

她没应，但哽咽着。

我承认我出轨了，这是我的错。我希望你能够答应。

她仍然没有说话。

我们这样拖下去也不是办法，我希望你能够把字签了，我们之间是可以好聚好散的。

我可以见你最后一面吗？我已经有一个多月没有见你了。你放心，只要见了你，我就签字。她语气激动道。

电话那边顿了顿，不行啊，我正在外地和栀子一起旅游呢，实在……

茉莉放下了电话。

这是绝望。

她心里明白她和山楂之间已经没有半点可能了，或许在那个叫栀子的女孩儿出现时，在山楂经常借口加班晚归时，在她一次又一次质问对方而对方却闪烁其词时，她就应该想到的。

为什么到现在她才大彻大悟呢？难道真是被爱情冲昏了头脑吗？可她已经不是十八岁的小女生了。

现在山楂已经搬出去一个多月了。一星期前的离婚协议书还是他的律师送来的。

她知道这一切不是山楂的错，而是她的错。

她今年已经三十岁了，结婚这么多年，却没有半点怀孕的迹象。她哪里不知道山楂的心思呢？他做梦都想要一个孩子呀！

她是一个事业心极强的女人，因为工作，她已经不记得自己和山楂上一次出去旅游是什么时候了。或许是半年前，也可能是一年前。

在这样的情况下，当年轻漂亮、温柔贤淑的栀子出现时，山楂又怎么可能不出轨呢？山楂是男人，又不傻，是可以作出"正确的选择"的。

尽管当初结婚的时候，她没有嫌弃山楂穷，甚至还自掏五万块钱交给山楂，让他给自己父母作为彩礼钱。尽管她一直缺少一枚属于自己的戒指，尽管现在住着的房子还没有付清贷款。但是茉莉知道，这绝对不是他犯错的理由。

她又看了看不远处的两人的合照，不过她和山楂已经分开了，已经不能叫合照了。

或许这一切是天注定。

她闭上了眼睛。

第二日清晨，一道电话铃声划破了寂静。

山楂，我同意离婚。茉莉面容沉静，语气中没有任何波澜。

另外，我祝你幸福，绝对是发自内心的哦！

山楂喉咙蠕动了一下，看着手中已经挂掉了的电话。

电话铃声已经将另一间屋子里的女人惊醒了过来。

是栀子。

她的确年轻，漂亮。

离了？

离了。

你还有什么愿望吗？比如再见她最后一面？

既然她现在已经放下了，那就不必了。她只要以后过得幸福，就是我最大的愿望。

哦。

这天还真热啊，早上也这么热。他摘下头上戴着的帽子。对了，栀子小姐，我差不多已经有两个月没有付你薪水了吧，难道你忘了？

栀子看着他，看着他脱下帽子之后因为化疗秃了的头。

（选自《微型小说选刊》2023 年第 4 期）

白露河

杨帮立

秋收后，白露河两岸的大地，像分娩不久的母亲，充满喜悦的疲惫。颗粒归仓了，刚子要返回工地了。

娟子忙碌着，把刚子的衣服洗得干干净净，叠得板板正正，装进行李箱。这时，一场大雨来临，浸透的土地，表皮晾干翻过来，湿漉漉的，正是秋播的好墒情。

也好，歇两天再走。娟子说。

债还没还清，心里不踏实啊。

儿子央求星期日一块儿到白露河钓鱼，刚子爽快答应：好，带你去玩玩。

白露河是一条季节性河流，水一涨，鱼汛就来了。哪来的鱼呢？有人说是上游水库或鱼塘开豁子鱼跑了。这不大可能，这雨不会有那么大的威力。很神奇，鱼似从天上或者地下或者是哪里，突然来了。

刚子扛着推网，来到河滩。推网头是毛竹坯子扎成的半圆形骨架，前面横档扁平，中间装上长把。钓竿是两三米长的旱竹子，这种竹子光滑细长，韧劲儿足。竹梢拴上一根齐竿长的尼龙线，线那头绑牢鱼钩。这种钩似鹰嘴，钩尖向内弯。

星期天，晨雾散去，父子俩把家中小船划到对岸小河岔里。水在干流奔涌，河岔里非常安静。芦苇丛被淹去大半截，水面上的明草变成了暗草，鱼儿在这里栖息、捕食。隔十米插上一根钓竿，钩上挂着的泥鳅在水里挣扎着，闹出的动静引来大鱼。大鱼一口吞在嘴里，一拽一拉，竿梢张弛起伏传递出中鱼的信号，力道越大，竿梢弯曲弧度越大，鱼儿个头也越大。儿喊爹跑，拔竿、遛鱼、起鱼，忙得不亦乐乎，乌鱼、鲇鱼、大翘嘴，一条接一条入网了。

阳光洒在白露河里，让打着漩涡的水流变幻出无数朵金色的花儿，簇拥在小船周围，映衬着儿子那满足的笑脸。父子俩抬鱼上岸。刚子把船拴在了河边的一棵大树上。拴绳是有技巧的，绕树一箍，从箍里拉个套，再把绳头绕套缠几圈，绳头折着穿在套里，一拉套是个死结，一抖绳头，死结又瞬间解开了。

刚子把鱼儿倒在埂坡上，鱼儿在草丛间活蹦乱跳。刚子拔几根野麻把鱼穿成几串，从村头到村尾挨家送去。小村庄在青壮年出门后，鸡毛蒜皮的矛盾变得无关紧要了，邻里互相帮衬，随和温暖。

哇，好大的鱼！你咋不自己留着吃？

有、有，刚子连声应着。

刚子杀了一条大乌鱼，娟子把锅烧热，油炸了一把蒜瓣、几根红彤彤的羊角辣椒，鱼块在锅里翻炒收汁。

刚子说，有酒该多好啊。娟子眼里含着笑，瞅了他一眼，拿出一瓶酒来：给你准备好了。在家喝一点，出门可不敢喝呀。那工地天上是钢筋砖头，地下是木板铁钉，人喝酒魂散了，天上地下都危险着呢……刚子看一眼儿子，娟子努努嘴打住了。

第二天一大早，娟子娘俩送刚子到白露河对岸白虎岗坐班车。

船没有了，绳子被砍断了。刚子向下游看去，说，有人用俺家的船过河呢。儿子说，在哪儿？我咋没看见呢？俺爸的眼真尖。娟子说，可能是下村老吴干的，家里再难，用船也该招呼一声吧。刚子说，用一趟船，没啥，别急，等会儿。

划船返回的果然是吴家媳妇。不容易呀，她丈夫病在床上，只能是她送儿子过河。她吃力地把船划到岸边，连连说想走早点，不能耽误你家的事，你看这……刚子说，没啥，俺家娟子划船也是老手了，两支桨一起划，很快的。

一家三口人很快到达对岸。走过长长的河滩，爬坡上坎，登上白虎岗，班车呢？已跑得无影无踪了。

人坐满，车就走了。

儿子眨巴眨巴眼睛，开心地说，爸又可以在家里多待一天了。娟子说，回家吧，菜园笆子被谁家的猪顶了一个大窟窿，咱回家补菜园笆子去。

（选自《内蒙古日报》2023 年 10 月 26 日）

父与子

张国平

"你也是当爹的人了，你闺女都八岁了，还没见过你这个爹。你闺女的名字是我起的，爹没多少文化，因为她是秋后出生的，所以就起了个'秋梅'。今天你说啥也要跟我回去，去看看你自己的闺女。"他让爹坐下说，爹不肯，蹲在地上吧嗒吧嗒地抽烟卷儿。

不清楚爹是怎么摸到百里之外的军营的，他刚从团部回来，一进门便吃惊地看见了八年未曾相见的爹。团长已传达了攻城的命令，就在明日拂晓时分。时间紧迫，他没工夫跟爹纠缠，便哄劝："爹，您先回，后天我就回家看她娘俩，也看看娘。"

爹将烟屁股拧在地上，又踏一脚，说："不，今天你就得跟我走。"

"爹，不差这两天。您先回，我后天一准回去。"他这样说，无非是想先把爹哄走。战斗一定会很惨烈，谁也无法保证能顺利攻下来这座顽匪盘踞多年的县城。之前的两次攻城都以失败而告终，部队已接到命令，要他们渡过黄河，千里挺进大别山。刘邓首长下了死命令，要不惜一切代价，拔掉这颗钉子。除了这座叫永年的孤城，华北地区都已解放，如果留下这股顽匪，大部队开拔之后将后患无穷。

爹梗着脖子，将头扭向一边说："爹不信你。"

爹说得没错，八年前他撒了个弥天大谎才跑出来参的军。他是家族中读书最多的人，爹希望他能留在家里，子承父业，光宗耀祖。爹哪里知道，他在学校已悄悄地入了党。爹为能拴住他的心，让他成了亲，并派了名最壮的家丁左右不离其身。爹对家丁说："万一他想逃跑，断胳膊断腿都没啥，只要能把人留下。"

他哄骗妻子，说要陪她回娘家，半道谎称肚子疼，顺着水沟逃跑了。八年了，他也想家，想念他走时已怀有身孕的妻子，想念他未曾谋面的孩子，但他不敢回，担心一旦回去又被爹看管起来，再也无法返回部队。所以，八年来他南征北战，浴血奋战，赶走了日军，又投身解放战争，一次也没回过家。

爹在兜里摸了半天。他还以为爹又在摸烟，爹却拿出一张照片说："看看吧，你闺女。我是专门派人将她娘俩送到县城照的。多水灵的闺女呀！人心都是肉长的，难道你一点儿也不想她？"

"爹，瞧您说的，我自己的骨肉我能不想啊？"好可爱的闺女啊！他将照片攥在手里，鼻子突然酸了。可是，时间不允许跟爹再磨叽，他现在满脑子都是想如何将爹劝走，好全力以赴备战即将到来的这场恶战。

他将闺女的照片小心翼翼地装进衣兜，说："爹，您先走，我后天一准回家。"

爹干脆脱掉一只鞋，垫在屁股下，坐在地上说："你不走，爹不走。你啥时答应了，就跟爹一块走。"

"爹，您……"他心急如焚，却又奈何不了爹，拧着眉头转了三圈儿，说，"好好好，爹，您等着，我安排一下就跟您走。"

再回来时，他手里牵着一红一白两匹高头大马。他将一根缰绳递给爹，说："爹，上马，咱一块回家。"

爹的脸顿时乐成了花儿，说："这就对了嘛，保家卫国，说到底还是为了家，还是为了都能过上好日子嘛。"

"爹，没有国哪有家？等咱打胜了仗，全国的老百姓才能有好日子过。"他见爹又想说什么，忙说，"爹，咱不说这个了。上马，咱走。"

他骑红马，爹骑白马。他在前，爹在后，朝家的方向绝尘而去。

太阳落山，月牙悬空，寒风如刀，可是爹却大汗淋漓，在后面喊："快了快了，就要到家了，慢一点儿，歇歇吧。"

他问爹到了哪里，爹气喘吁吁地说："前面就是善义店，离家也就十来里了。"

两人都下了马，他接过爹手里的缰绳说："爹，您歇着，抽口烟，马给我，让它们饮口水。"

爹毕竟上了岁数，颠得肉疼腰酸，一屁股坐在地上，摸出烟啪嗒啪嗒地抽上了。一根烟不过瘾，爹又抽了一根，不过等第二根抽完了，仍不见儿子回，便起身去河边看，可是，哪还有儿子的影子！

爹大呼上当，急得骂娘。爹动了驴脾气，不把儿子揪回来誓不罢休，于是又屁股一撅一撅地往回走。

再回来已是三天之后，部队不在了，原来是营房的地方却多出了一座座新坟，爹的心顿时提了起来。一位老者正在给新坟培土，爹提心吊胆地问："打仗了？"老者噙着泪花说："枪炮响了整整一天一夜，打得那叫一个惨烈。唉，他们还都是孩子啊！为了能让咱过上安稳日子，就这样牺牲了。"

"三营张营长怎么样？"爹本来想问的，却因为紧张得喉头发干，没问出来。问了又怎么样，老者也未必会认得他儿子。

爹紧张得摸出烟，抖了几抖才点上火，猛抽两口压了压心跳，问："剩下的人呢？"老者说："战斗结束后，他们连脚也没歇就开拔了。据说要渡过黄河，挺进大别山。"

一座座新坟，土堆之下全是牺牲的战士。爹又提着心，绕着一座一座土堆瞅来瞅去。爹的心里矛盾极了，既希望能感受到儿子的气息，又期盼这里没有任何他存在的迹象。

地上好像有样东西，爹刨了刨，刨出来的居然是孙女的那张照片。照片上的孙女露着一只小虎牙，笑如花朵。

爹喊着儿子的名字仰天长叹，这时，他看到了天空中一队南飞的大雁。

（选自《百花园》2023 年第 2 期）

打春

施永杰

缨子拉亮灯。身边的被窝空着，妈妈不见了，爸爸不见了，只有昨天妈妈用碎花布做的春鸡，还在床头柜上望着她。

缨子大哭起来。

缨子，别哭。奶奶就过来。等天亮了，奶奶给你戴春鸡，今天打春。

妈妈说话不算数！又不要我了。奶奶听着就心酸。

缨子的爸爸、妈妈除夕那天下午才回来。见到妈妈后，缨子第一句就说，你等我开学了再和爸爸去打工。

缨子1岁时，妈妈就外出打工了，每年与妈妈相聚的时间不超过7天。缨子3岁时，知道妈妈打工了，想妈妈了就问奶奶，妈妈啥时回来？过年。啥时过年呀？等天冷下雪了。年前下了第一场雪，缨子问，妈妈还要多长时间回来？奶奶说，30天。30天是多长呀？奶奶说，床头墙上贴的有张白纸，每过一天你用铅笔画一道……缨子画到16道时，问，妈妈明天该回来了吧？不够数。缨子画到21道时，问，妈妈明天该回来了吧？还不够，奶奶又补充说，你画够30道了，妈妈就会回来。缨子听了，心里暖乎乎的。当天晚上，缨子拿起铅笔，为了把道道画得更直，又找来一根筷子当尺子，一口气画了9道，又一道一道地数了一遍，然后高高兴兴地跑去对奶奶说，妈妈明天就回来啦！听谁说的？听你说的！缨子拉着奶奶的手来到那张白纸前，说，够30道了，请奶奶再数数。奶奶点了缨子额头一指头，笑着说，傻妮儿。说完，泪出来了。

奶奶帮缨子穿衣服。缨子口中喃喃：世……上……

你说啥？

世……上……只……有……

奶奶明白了。年前第一场雪的下午，她去学校接缨子，见几个爷爷、奶奶跟教唱歌的老师说，老师，别再教这首歌了。孩子一回家就哭着唱、唱着哭，听着怪叫人伤心……

世上只有妈妈好——缨子大声唱起来。

缨子，奶奶不好吗？

奶奶也好！奶奶也是妈妈。夜里，缨子躺在奶奶怀里，醒了，摸着奶奶干瘪的乳房叫妈妈。奶奶说，是奶奶！后来才慢慢习惯奶奶这个称呼。

缨子又补充一句：奶奶是爸爸的妈妈。

奶奶肯定是爸爸的妈妈呀！奶奶又在心里说，奶奶哪是你这个爸爸的亲妈呀。

缨子3岁时，妈妈带着一个男人回了家。一进门，男人就扑通跪到奶奶面前，长叫一声"妈——"。奶奶悲喜交加，说了句，儿呀你可回来了！又问，儿呀，你叫啥名？我叫洪强。其实，男人姓董，名强。奶奶把男人扶起，对缨子说，你爸爸打工回来了！缨子就拉着男人的手，连声叫爸爸，那叫一个亲。原来，缨子出生那年，缨子的亲爸洪钢在打工的小煤窑瓦斯爆炸中遇难了。

洪钢遇难后3个月的一天晚上，奶奶来到缨子妈房间，沉默好大会儿劝她改嫁，把缨子也带上。缨子妈紧紧抱着奶奶说，妈，我一辈子也不离开这个家。

奶奶说，傻闺女，别硬撑着了，你现在还感觉不到一个女人家里没个男人会有多难。婆婆第一次跟她说了自己往日的痛。

又过了一段时间，奶奶说，等种罢秋，你也到南边打工吧，家里我一个人能行，缨子我能带好。奶奶是想，现在年轻人大都在外打工，会有男子追她，何况儿媳妇的人品和身体条件都不错。可缨子妈还是那句话，妈，咱娘儿俩永远也不分开。

又过了几天，奶奶说，缨子妈，你不为自己想，也要为缨子想呀。现在跟过去不一样了，你一个人总会撑不下去的。出去打工咋能是分开呢？去吧、去吧，你看年轻人谁还在村里待着呀？

几天后，缨子妈对奶奶说，妈，我听您的，出去试试。您在家里多保重……语未了，抱住奶奶哭了。奶奶说，这我知道。在外头要是碰上合适的，你就再往前抬一步……奶奶哽咽了。缨子妈说，妈，看您说什么呢……奶奶说，我说的是真心话，是为你好，也是为我好，更是为缨子好，钢子在下面也会这样想……

缨子妈过年回来，奶奶问，在外边能受得了吗？缨子妈说，还可以。脸上很平静。

缨子两岁半时,缨子妈第二次返家。奶奶又问,碰到的有合适的吗?妈,看您又来啦,都说些什么呢……我带缨子到村里转转。缨子妈转身的一瞬间,奶奶看到了她脸上的笑意。原来,有几个男工友追她,都很痴情的。想不到的是,她中意的那个男人的长相、神情和性格酷似洪钢。她只给他提一个条件:嫁给他,除了带着缨子,还得带着缨子的奶奶。男人说,那我到你家落户吧。男人兄弟仨,两个哥哥都成家立业了,父母都已下世。她听后,一下子伏到男人肩膀上。

后来,奶奶劝缨子妈再要个孩子。缨子妈说,不要了,又说,也真想再要一个,可他硬是不叫要,怕再要个孩子他会对缨子分心。

奶奶和缨子来到院门外。

东方地平线上露出微微一片红。

缨子用小手摸着胸前佩戴的花公鸡,说,大公鸡,你叫呀,你看,天亮了,太阳快出来啦。

(选自《驻马店日报》2023 年 11 月 13 日)

西湖醉

尚培元

阳光透过纱窗，摇摇晃晃落在窗台上，落在几案上，落在鸳鸯枕边，似荡漾的湖水，摇醒了徐兰缠绵的梦境，摇散了徐兰款待诗人的那场雅聚。

醒来的徐兰忽而觉得很是失落，她又把自己慵懒地摆放在温香的象牙床上，眯上了眼睛。她想回到梦里，回到昨夜那场与诗人对饮雅叙的情景里去。

诗人姓林，瘦弱，忧郁，自始至终都在沉闷饮酒，都在说着悲伤的话。

诗人说，临安，君临即安，君临了，临安安宁了吗？天下安宁了吗？

徐兰不知道如何与诗人对话，只得说，诗家，你醉了。

诗人饮下一杯酒，搁了杯盏说，我醉了，西湖醉了，天下皆醉了啊！

徐兰为诗人斟满酒杯，低声说，诗家忧国忧民，奴家寸光之目，能够安身已心满意足，哪顾得临安，哪顾得天下？

诗人不再饮了，起身说道，商女不知亡国恨啊！

徐兰幽怨地说，冤屈煞也！南朝陈后主的《玉树后庭花》，奴家也从未唱过。

诗人回身，抱歉地说，见谅。说罢便出门去了。

徐兰蜷卧在床上。自己只是一个柔弱歌女，能够做些什么呢？只能跟随那些王公显贵，苟且临安，歌舞享乐了。

想到这些，徐兰起身坐在了梳妆台前。正在梳妆的时候，侍女进来，递上名帖说，吴兴客人来了。

徐兰是杭州有名的歌妓，懂诗词、精音律、通书画、晓歌赋，身姿绰约，容貌艳丽。贵族富商士子骚客争相访会。徐兰住在西湖岸边的一条深深的巷子里，居所不大，却极尽曲折华丽。亭榭园池、锦被纱衾、销金帐幔、金银宝玉、器玩字画、茶饮珍馐，皆是精妙绝伦，又养着婢女乐工十余人，日子极尽奢华。

徐兰看了名帖，便知客人是吴兴沈承务。

沈承务是吴兴乌墩镇豪富，久慕徐兰艳名，遂驾一艘大船到杭州拜会。徐兰慌忙梳洗打扮，描眉，点唇，眉宇间皆是风尘，身形里尽显风情，浑身上下，珠光宝气，极尽浓艳。徐兰亲自将沈承务迎至庭堂，献上香茶，又令侍女置了精馔盛宴，对坐了，徐徐雅谈。

过了几日，徐兰又将沈承务延至别室，依旧是娇语如莺，媚眼如星，曲意侍奉着沈承务。隔了一日，徐兰送一套绫缎新衣给沈承务，连随从、舟子也有厚酬。每天歌舞不绝，美酒不断，晚间则铺床叠被，温柔侍寝，饮宴笙歌十余日，日日陶醉在西湖美景里，夜夜沉醉在温柔美梦里，所有用度都是徐兰来出。沈承务却也是个好面子之人，忽而觉得，这小娘子行事在妓家里头很是少见，在花钱这事儿上似乎有些不合情理了，怎么能让人家如此破费呢？感动之余，以千两黄金、百匹彩绸馈赠，徐兰就让人收下了。

这样的日子里，徐兰时而也会想起那位瘦弱的诗人，想起他题写在小笺上的那一阕词。过了一些时日，徐兰让人打问清楚了，那瘦弱的诗人名叫林升。

两个月后，沈承务要回吴兴，徐兰设了个豪华席宴为他饯行，邀请太学士边云遇和新科状元邹应龙作陪，还专意邀请了诗人林升。

席宴设在徐兰居所的庭堂上，徐兰邀来杭州风流雅士、文人墨客吟诗暖场，又邀了西湖岸上多名妓家姐妹侑酒助兴。西湖暖风融融，熏人欲醉，宴席上仙乐阵阵，笙歌如缕，在深深的巷子里传得很远。

徐兰起身，举杯说道，今日设宴为吴兴富商沈兄送行，诸位畅饮，一醉方休啊。

沈承务先自饮一杯，又添满杯盏，朝着众人说，多谢徐姑娘美意，多谢诸位抬爱，明日返回吴兴，处理完杂事，改日再来与诸位痛饮。

红颜满座，美目盈堂，觥筹交错，众人欢饮。每饮一杯酒，就有乐妓、舞妓表演一番。

乐曲起处，舞姿翩翩，新科状元邹应龙悄声对徐兰说，明日，我出百两银子，如此再设一席，算我回请诸位，如何？

徐兰抿嘴一笑，说，百两银子，只够姐妹们的脂粉钱。

新科状元的脸慢慢红了。

徐兰拿眼光捕捉到了诗人林升，却见林升坐在那里，不与人说话，慢慢自饮，一副沉闷的模样。

徐兰端起酒杯，轻呷一口，来到近前邀饮林升。诗人林升并没有表现出太多的热情，只是礼节性地起身浅饮一杯，便又沉闷地坐下了。

徐兰就说，诗家为何如此呢？

林升淡淡一笑，看着沈承务说，这位富豪商贾一掷千金，是在夸耀他雄厚的财力吗？是在炫耀他高贵的地位吗？是在展示他浪漫的情调吗？

徐兰"扑哧"笑出声来，斜眼瞟着沈承务，说，粗鄙之人，有何情调？

林升又说，粗鄙之人不也让杭州名妓为之倾心吗？

徐兰的笑容凝固了。

停顿一下，徐兰凝视着林升的眼睛说，诗家难道不知，奴家的才情是用来换取商人银两的吗？

林升冷冷一笑，陌生地看一眼徐兰，忽而觉得，这杭州名妓似与那吴兴商人一样粗鄙了。

诗人林升缓缓起身，将杯中之酒一饮而尽，走出庭堂，来到院子里的一株海棠树下，神情忧郁地仰望着北方，很是悲愤地叹了一声。

这是宋孝宗隆兴元年（1163）的一个初夏，诗人林升正值壮年。从高宗到孝宗，从来没有人思虑过要收复中原失地，要回都汴京。从朝廷到民间，皆是沉迷于糜烂的生活，处处充斥着荒淫奢侈、颓废之风。如醉如迷的西湖歌舞侵蚀着民众的精神，消磨着官军的士气，这西湖歌舞不正是消磨抗金斗志的淫靡歌舞吗？

诗人林升，流下了眼泪。

林升看见庭堂窗子旁有一影壁，那是文人骚客题写诗文的地方。林升近前，唰唰沙沙，提笔在影壁上写下了一首诗，名为《题临安邸》：

山外青山楼外楼，西湖歌舞几时休？

暖风熏得游人醉，直把杭州作汴州。

写罢，掷笔，刚要离去，却发觉徐兰立在身边。

徐兰赞了一声，好诗！

林升止了步子，叹声说道，北方大片的土地仍被金人霸占着，可在这天堂一般的杭州城里，在这繁花似锦的江南一隅，我们却依然纵情声色、纸醉金迷啊！

徐兰正了颜色，由衷说道，诗家，这诗，我会时时记着，也会时时吟唱。

徐兰又说，我也会让世人知晓，大宋朝曾经的都城，原是汴京。

（选自《辽河》2023年第8期）

向往

张学鹏

金棒和我们一样，都是农民工，在一个工地上流汗，一个锅里吃饭，一个工棚里睡觉，一起排忧，一起解难。金棒勤快能干，脑瓜灵活，我们都喜欢他。

喜欢金棒的不仅仅是我们，还有他的媳妇陶花。

周末，陶花常来工地。金棒大我们两岁，陶花来了，我们都喊花嫂子。两口子有一儿一女，儿子读高中，女儿上初中，家里除三亩田外，孩子上学花费全靠两人打工挣钱。尽管如此，花嫂一直很乐观。

一个春天的周末，花嫂提着一袋橘子来到工地。花嫂每次来都不空手，有时拿几个苹果，有时提几串葡萄，有时带点瓜子、花生什么的。这天恰巧歇工，我们几个工友正在工棚房里玩扑克。看见花嫂进来，我停下手中的扑克，笑道："嫂子来了，我们就有水果吃了。"

吃着橘子，我又提议："走吧，兄弟们，我们出去逛逛，让棒哥和花嫂单独说说话。"

花嫂瞥我一眼："就你皮，吃着橘子还堵不住你的嘴。"

我们从河边遛到街上，又从街上遛回河边。回到工地时，花嫂正在洗衣服，兄弟们的脏衣服已经洗得干干净净，晒在晾衣绳上，在春阳下迎风飘扬。

日近中午，花嫂围上围裙，绾起长发，为大伙儿做了一锅猪肉炖粉条，每人分一大碗。吃着花嫂做的菜，大伙儿赞不绝口。

吃过饭，花嫂把锅碗瓢盆洗干净，帮我们叠好被子，把工棚里外打扫一遍。

我们过意不去："嫂子别忙了，歇会儿吧。"

花嫂抹了一把额上的细汗："我不累，这点活儿算个啥，你们住得干净，我安心。"

我感叹："以后找媳妇，能有嫂子一半，我就心满意足了。"

棒哥望着花嫂，嘿嘿地笑。

棒哥送走花嫂，回到工地，周围华灯初上。棒哥坐在窗前，望着万家灯火，喃喃自语："陶花跟着我，没有过过一天好日子。她最大的愿望就是在这里安个家，有车有房，不再居无定所，四处漂泊。到那时，该有多好。"

我说："棒子哥，凭你的本事，车子、房子都会有的。"

一个工友说："我要是能娶上和嫂子一样的媳妇，再苦再累也值，冬天不穿棉袄也能过冬。"

工友们一阵大笑，棒哥也跟着笑。只有我看见，棒哥的眼角依稀闪烁着泪光。

时光在水泥搅拌机的转动中缓慢流淌，我们建设的高楼像庄稼拔节一样，一天天长高。

春节前夕，工程完工了，我们完成了使命，也要离开工地，各奔东西。

分别那天，花嫂也来了。花嫂说："感谢兄弟们一年多来对我和金棒的照顾，有缘千里来相会，相信我们一定还有机会再见面。"

花嫂给兄弟们每人织了一双手套，算是分别的礼物。我戴上手套，不大不小，暖融融的。

花开花谢，斗转星移。我和工友们辗转在城市的不同工地。多年后，一个蝉鸣的日子，我和工友去一个工地商量接活儿的事情。没想到，接待我们的竟然是金棒。棒哥看见我，紧紧握住我的手，亲切的话说不完。

我们正在叙旧，花嫂走了进来，一眼认出了我，脸上写满惊喜。

花嫂说："这世界真是太小了，真没想到会在这里遇见你们，兄弟都还好吗？中午都不能走，让金棒请你们喝酒。"说着话，花嫂给每人发了一罐饮料。

我打趣说："既然嫂子来了，老规矩，我们还是出去逛逛吧。"

大家都乐了。花嫂拍了我一下，笑道："还是这么皮。现在用不着了，我们有车有房，比过去强多了。"

花嫂还说："感谢兄弟们过去的帮助，苦日子总算熬到头了。我和金棒努力打拼，开了个小公司，儿子和女儿已经大学毕业，有了工作，生活越来越好了。"

棒哥办公室的墙上，挂着一张两口子的合影：在一个开满鲜花的小区里，花嫂挽着棒哥，站在一辆小轿车前，花嫂笑得像一朵盛开的桃花。

照片下面有一行字：再硬的钢筋水泥，也阻挡不了我对幸福生活的向往……

（选自《湖南工人报》2023 年 2 月 10 日）

美好的夜景

魏海亮

作家每到一座城市都爱登上高高的楼顶，观赏城市车水马龙、人流如潮、灯光迷人的夜景。然后把自己的观感写成优美的散文发表在报刊，给读者美的享受。

今天，夜幕降临后，作家刚登上了高高的楼顶，想不到一位身材修长、亭亭玉立的姑娘也随后来到了楼顶。姑娘的出现，使作家不由得怦然心动。作家不知道该用什么词语来描写姑娘摄人心魄、脱俗清雅的美，作家顿感语言的匮乏。只感到姑娘犹如黑暗中刺裂夜空的闪电，又像是撕开乌云的阳光，一瞬间使作家如饮甘露、如沐春风，让作家明白了美女在这个世界上并非只存在小说虚构的描写中，而是真实存在的。现在仍是单身的作家感谢上天安排的这一场最美的际遇，作家欣喜得心花怒放，激动不已，夜色陡然缠绵起来。

作家想走近姑娘，引起她的注意，但又怕姑娘产生猜疑和误会，作家只好表现出随随便便、漫不经心的走走停停的样子，与姑娘的距离时近时远，显出没有经过设计的自然状态。

作家表面在观望夜景，但眼角却发现姑娘也在悄悄地注意他。作家心里很欣悦，呼吸急促，心跳加速，血液在身体里欢快地流淌，作家感到他和姑娘之间有一种心灵感应，将要产生神秘而动人的故事来。突然，姑娘转身向另一个方向走去了，作家一怔，不好，莫非姑娘发现我窥视她后，认为我有不良企图？作家沸腾的热血顿时冷却了下来。少顷，作家蓦然发现姑娘的神色有些异样，两眼直直地望着楼下。作家心里一惊，莫非姑娘遭到了生活或工作上的重大挫折，一时想不开想跳楼？向世界做最后的告别？作家从姑娘绝望的目光中肯定了自己的判断。作家想，他现在必须和姑娘保持随时抓住她的安全距离，作家不允许在他眼前发生美的毁灭。作家又想，如果她突然冲向楼下，自己能及时抓住她吗？万一自己失手，悲剧将不可避免，悔之晚矣。作家还想，话语是开心的钥匙，如果通过劝说能阻止她跳楼，将不失为一种良策。作家的大脑在高速运转，作家不愧为作家，很快就想好了一番动之以情、晓之以理的劝慰词。但作家想，第一句话应该向姑娘说什么呢？作家触景生情，灵感顿生，对，就用"这座城市的夜景真美"这句话开头吧。就在作家要向姑娘搭讪时，想不到姑娘却向作家笑着说："这座城市的夜景真美！"说罢，未等作家搭话，飘然离去。

作家看着姑娘离去的倩影呆在了原地。

（选自《小说月刊》2023 年第 2 期）

大鱼

方奥旗

"伢，湖里没有那条大鱼的，别找了。"

"快上来，要下雨了，水很快就要涨起来了。"

润生不语，自顾自地在大湖里边游边摸索，不理会岸上的人。

"你这伢，赶快上来啊！水涨起来就危险了！"几声闷雷响起，润生抬头看天，游上了岸。他不舍地看了看湖面，暗暗发誓，大鱼，我一定会找到你的！

在润生很小的时候，一个再寻常不过的雨天，他似乎感受到某种神秘力量的召唤。一阵雷声过后，润生没穿雨衣，也没拿油纸伞，头也不回地推门而出，拔腿就跑，任母亲焦急的呼喊声消散在雨里。

在村外的大湖旁，润生停下了脚步。村里人不知道大湖的名字，也不知道它的来历，只知道它大得一眼望不到边，方圆几里都找不到和它一样大的湖，索性称之为"大湖"。

润生听过许多关于大湖的传说，曲折离奇、引人入胜的故事催生了他的好奇心。大湖到底是怎么来的？这个问题在润生心中盘桓不去。

润生为此问遍了村里的老人，他们只知道自己很小的时候大湖就已经存在了，大湖的具体来历连他们的父母也不清楚。

充满神秘色彩的大湖让润生的好奇心与日俱增，他越发相信，大湖的神奇之处肯定不止于此。

雨越下越大，湖岸突然剧烈地晃动起来，湖面像烧开的水一样翻涌不止。润生跌坐在地上，仍目不转睛地盯着湖面。

湖岸渐渐停止晃动，湖面上闪过一道金光，润生睁大眼睛，一条通体金黄的大鱼跳了出来，溅起的水花落在润生脸上。

那是条巨大无比的鱼，比村里最大的八仙桌还大上好几倍，鳞片足有盘子大小，尾巴画出一道优美的弧线。

时间仿佛停止了，大鱼在空中停留了很久才回到湖中，湖面恢复了往日的平静。润生惊得目瞪口呆，没有意识到自己已经全身湿透。

润生回过神来，马不停蹄地跑回家，一进门就看到母亲担忧的面容。母亲问他去哪儿了，怎么这么久才回来。

润生激动地说，自己在大湖里看到了一条神奇的大鱼。

母亲没心思听润生描述细节，麻利地给他换上干衣服，边煮姜汤边嗔怪道："你这孩子真傻，大雨天的往外跑。还大鱼呢，我看你像条刚从水里捞上来的鱼！"

润生没再说话，默默喝完姜汤，和母亲一起准备晚饭。晚上，他一闭眼，那条大鱼就在脑海里翻腾。

第二天，润生兴致勃勃地来到学校，逢人便说自己亲眼看到大湖里跃起一条浑身闪着金光的大鱼，然后绘声绘色地描述细节。

同学们哈哈大笑："润生，你是不是昨天被大雨淋傻了，大湖里怎么可能有那么大的鱼呢？"

润生刚要反驳，一个同学立刻追问："如果真的有那么大的鱼，我们怎么没见过呢？你怎么不抓上来给我们看看呢？"紧接着又是一阵哄堂大笑。

润生强忍泪水，握紧双拳，指关节攥得发白。

"北冥有鱼，其名为鲲。鲲之大，不知其几千里也；化而为鸟，其名为鹏……"平静下来后，润生看着课文，出神地想，再次见到大鱼时，它也许会变成背若泰山，"其翼若垂天之云"的鹏鸟，扶摇而上，振翅翱翔。

几天后，一阵雷声过后，润生冲出家门，满怀期待地来到湖边，希望再次看到大鱼腾空而起的壮观景象，可湖面上只有一层白色的雨幕。润生等到雨停也没有看到大鱼。

润生日复一日、年复一年地到大湖旁寻找大鱼。随着年龄的增长，他不再下水搜寻，而是在湖里撒下鱼苗，在岸上栽下树苗，划着小船清理浮萍、水藻。

"伢，湖里没有那条大鱼的，别找了。"

"不，我要找到它。"

"你已经找到它了，不是吗？"

"它在哪里？"

"就在你的心里。"说着，村主任拿出一份文件。大湖不仅有了名字——金龙湖，而且被定为新的国家湿地公园。

（选自《今古传奇》2023 年第 9 期）

借钱

王振东

村西头的天福来的时候，老堆正蹲在院子里吃午饭。老堆忙起身说："天福哥，吃饭没有？"

"吃过了。"天福笑着说道。

老堆给天福搬了把椅子，见他欲言又止的样子，问道："天福哥有事吧？"

望望老堆手里的窝头，天福把到嘴边的话咽了下去。

老堆说："天福哥，有事你就说。"

天福这才鼓起勇气说："兄弟，你嫂子心脏病犯了，没钱抓药。你手里宽裕不？借我几块钱。"

那时乡下都是靠工分养家糊口，谁家都不宽裕。老堆愣了一下，微笑很快又回到脸上："宽裕、宽裕。你需要多少钱？"

天福说："五块吧。"

老堆说："家里的钱由你弟妹把着，她去娃他姨家了，后晌就回来。晚上你过来拿吧。"

天福听了，说："中、中！"

天傍黑时，老堆的老婆春妮回来了，一进院门就去了灶屋。

老堆对老婆说："先别做饭，你赶紧去二哥家借五块钱，有急用。"二哥是春妮的娘家哥，家里开着豆腐坊，手里有活钱。

春妮一惊，问："咋又借钱？上次借的还没还上哩。"

老堆说："晌午时，天福哥来咱家，要借五块钱给嫂子抓药，我就编了个瞎话，说钱你把着，让他晚上过来拿。"

春妮听了，脸立时就黑了，说："你明知道咱家没钱，咋不给他直说？竟然还打肿脸充胖子，编这么个瞎话！"

老堆一本正经地说："你就没想想，天福哥来咱家借钱之前，肯定左右权衡过，谁家有钱，谁家没钱；谁家能借，谁家不能借；谁家愿意借，谁家不愿意借。这些问题在他脑子里不知道要转多少弯儿。他能来咱家，是没把咱当外人，肯定认为咱能借给他。"

春妮说："问题是咱家只有一块多钱。"

"要不咋会让你去找二哥借？"老堆赔着笑，一边把春妮往外推，一边说，"上山擒虎易，开口求人难。人在难处，帮他一把吧！"

春妮嗔怨道："你咋不去？"

老堆嘿嘿一笑："孩儿他娘不是面子大吗？"

春妮其实也是个热心肠，平时村里谁家有事，春妮宁可放下自家的活儿，也要去帮忙。还有借钱这样的事儿，也多次给邻里救急。今天这事儿，尽管她心里有点儿不情愿，但还是去了二哥家。

二哥就在本村住，春妮很快就借到了钱。

鸡鸭上架时，天福来了。老堆喊春妮："孩儿他娘，赶紧给天福哥拿钱。"

"来啦！"春妮答应着从灶屋出来，手里捏着五张一块的票子，"天福哥，你数数。"

天福满脸堆笑，俯下身，双手接过钱说："不数了，错不了。过两天我把家里的羊卖了，就把钱送过来。"

老堆忙说："不急、不急。"

第三天早上，老堆下地了，春妮正在做饭，天福还钱来了。天福说："弟妹，你们真是帮了我大忙，谢谢了！这五块钱，你数数。"说着，天福把钱捧给春妮，又把一篮红红的桃子放到饭桌上，"这是咱树上结的，你们尝尝。"

春妮一向心直口快，说："谢啥呀，都是乡里乡亲的。"

天福走了。春妮捏着天福还来的几张一块面额的票子，感觉不对劲，一数，竟少了一张；再数，还是少一张。她立马变了脸色，心说：这人咋能这样？我们看你作难借给你五块钱，自己没有，还是借别人的，你却只还回来四块，良心呢？

想到这儿，春妮没心情做饭了，坐在那儿生闷气。

吱呀一声，院门开了，老堆回来了。春妮捏着那四块钱对老堆嚷嚷："你看看，你看看，咱明明借给他五块钱，他只还回来四块，啥人呢？"

老堆一惊："你数了？"

"都数了好几百遍了，就是四块！"

老堆放下镬头，接过钱一数，还真是四块。老堆也不清楚天福为啥只还四块，只好安慰春妮：“天福哥不是爱占小便宜的人，兴许他数错了。”

“不管咋说都是少还了。我去找他，一块钱对咱来说可不是小数目。”春妮余怒未消。

老堆赶忙拦着她：“甭去，天福哥那人脸皮薄，去了多难看。”

“那咋还二哥呀？”

“你把咱家的钱拿一块添上不就中了？”

春妮噘着嘴，不情愿地来到里屋，翻出床席下那一块多钱，数出十张一毛的票子，和那四块钱放在一起，还给了二哥。

午饭时，天福急慌慌地赶来了，手里捏着一块钱，进门就赔不是：“实在对不住你们！早上来还钱时，明明数好的五张钱，谁知这张掉到饭桌下了。要不是刚才扫地发现了，我成啥人了?!”

“没事、没事！”老堆两口子齐声说。

秋天时，春妮突然得了脑出血，家里能卖的东西都卖了，还借了一屁股债。天福知道了，把刚收获的苞谷卖了，凑了二十块钱给老堆送来了。

老堆接过天福送来的钱，眼睛红了。

（选自《天池小小说》2023 年第 23 期）

我和黎女士的长期较量

冷清秋

夏日的午后，蝉鸣陷入短暂的歇息。正是暑假，已经尝试着让自己从许许多多的练习题中挣脱而肆意妄为、无法无天地钻进一本本绘本中，去探索绘本中那些美妙的插图和简洁的文字给我描绘出来的世界，直到让自己在那一个个美妙的画面和故事中沉沉睡去——每当此时，黎女士就会像神一样地降临。

我是说，每当这个时候，刚刚从午睡中醒来，浑身懒洋洋的我，就像是被人施了魔法一样一点儿也不想动，一动也不能动的时候，黎女士就出现了。

她的手里总是端着一盘切开的西瓜、香瓜、荔枝或者是别的什么，我的意思是总之就是那种看起来很好吃的水果之类的玩意儿，但其实只有我心里明白那都是浮于表面来蒙人的，实际上这些都是黎女士特意拿来对付我的"软武器"。

黎女士还有一样对付我的武器，她第一次出现在我面前的时候，我就有所察觉，并在随后和她的一次次较量中逐渐明晰和确定——那就是她的迷之微笑。

对此，我的父亲大人应该是毫无抵抗能力进而沉沦的，他坚定不移地认为黎女士是这样温柔善良、知书达理的女人，对，这些当然都是我的父亲大人亲口对黎女士的描述，父亲大人说：她会像妈妈那样好好爱你！父亲说这些的时候，我看到他的整张脸和两个眼珠子都发红了，我实在不忍心看到一个成年人在我这样的孩子面前这般模样，会让我对后面的事情惶恐，不知道如何收场，便不置可否地对父亲的安排不再作出表面上明显的拒绝。

反正，无论怎么样都是他们大人的事情。而我，只是一个初中一年级的学生。

是的，上面所描述的是我在初一时候的陈年旧事了。所以很快，我便从父亲的俯首帖耳和温良谦恭中晓得了黎女士究竟是怎样的一个厉害角色。

这一切当然是我通过黎女士和父亲的相处及以往我妈妈和父亲相处的日常来作对比得知的。

譬如妈妈总是有着让父亲突然间暴跳如雷的能力，或者是一些微不足道的小事情说着说着，原本好好的两个人忽然就活力四射，不，是火力四射，噼里啪啦、你来我往争执个没完。而黎女士恰恰相反，她像水一样流经父亲和我的身边，慢慢地，父亲说话也开始温言细语起来。相比较那位和父亲办理离婚手续、最后落荒而逃的妈妈和现在的黎女士，我其实谁也不喜欢。

但小孩子在很多时候是不能说真话的，我在小学二年级就明白这个道理。譬如在妈妈让我晚上早睡的时候我立即闭上眼睛盖好被子，等妈妈出去我再掀开被子睁开眼睛；譬如妈妈早上叫我起床的时候，即便是再困我也立即从床上跳下来去找自己的衣服袜子；甚至更多的时候就悄无声息地跟在她的身后，跟着她去盯梢父亲是不是和别的女人有了约会。

虽然妈妈怎么也没想到她所怀疑的事情一次也没有发生，并不是父亲多么狡猾，多么会隐藏，而是两个离心的男女最后只会让对方和自己筋疲力尽。所以事情的最后，妈妈丧失了对我说她爱我的能力。

当然，我说这些并不是怀疑妈妈对孩子的爱，实际上即便是那些稚气未脱对生活毫无打理能力的人做了妈妈也会真心真意地爱自己的儿女的。这些从动物园里的猴子保护幼崽和母鸡捉到小虫喂小鸡便可感知，这是动物永远不会磨灭的天性。

但那个被我叫作妈妈的人已经淡出了我的生活。

所以现在，还是来说说黎女士吧——

从初中一年级到初中三年级在和黎女士的长期较量中，我是指这三年中，黎女士一次次借着关怀之名给我买衣服，给我买生日蛋糕，在我生病的时候陪护我，以及在我奋力把她买给我的《郑渊洁童话全集》直接扔出去的时候她默默掉了眼泪，这些，都不曾真正打动到我。

其实很多时候我都明白，没人懂小孩子天长日久锤炼起来的钢铁一样坚硬的心。但这颗钢铁般坚硬的心后来还是被摆放在书架上的《郑渊洁童话全集》侵袭了，这，应该是一切的开始了。

我是说，我跌进了小说的世界里，无法自拔。甚至明明知道这一切都是黎女士的阴谋诡计，却还是"自甘沦落"。后来，我的书架上多了一套路遥的《平凡的世界》，进而引导我知道了农村青年孙少平在面临不同抉择时不一样的人生。

那是在高一的第一个寒假，我兴冲冲回到家里，书架上最醒目的位置上赫然摆放着鲁迅的《呐喊》、萧红的《呼兰河传》，还有霍达的《穆斯林的葬礼》。我翻阅最多的是《呼兰河传》，进而记住了呼兰小镇和小镇上那些生生不息的人，这些，都成了我记忆中的阅读封存。而当目光在《呐喊》的篇章上停驻，懵懵懂懂中有一种疼痛尖锐而持久，也是在翻开书页的时候突然明白：原来人在孤独的时候，读书就像是书本带着你进入了另外一个世界，奇妙的世界，你在书本里面追随着书本里面的人物开心和欢喜，追随着故事情节的发展徘徊、忧伤和叹息，然后合上书本，就像是关闭了门窗，悄然返回现实。

我在浙江读大学的第一年春天，身体发福变形的父亲驾车和黎女士一起来看我，他们带了在洛阳时黎女士经常做的咸肉、咸鸭，说是便于存放。听说我想吃坛子肉，黎女士笑着变戏法一样从箱底拿出了保温桶来晃。朋友们，我承认，那个时刻我原本瓷实冷硬的一颗心一下子通风透明和松软起来。或者和那段时间我没黑没夜去读余华、畀愚、莫言、毕飞宇、张楚等众多我喜爱的当代作家的小说也有着千丝万缕脱不开的联系吧。我突然变成那种很容易就鼻子发酸、心里潮湿的人来，也发现其实早在之前的许多岁月里，我早已经在不知不觉中爱上了黎女士做的菜，那是属于我自己的童年味道。

我也必须承认在我三十二岁的人生中我是幸福的。

当我下班归来，和家人一起用餐完毕，泡上一杯绿茶坐在舒适的小书房发呆，或者是忽然提笔去写些什么的时刻；当我下班迟归，看到家里亮着橘色灯光的那刻……我回想起我和小嘉大学毕业后顺利步入婚姻的殿堂，在婚礼上交换戒指的那刻，我是说毕竟很多校园恋情最后都不得善终。但没人知道这一切源于大二那年的暑假我带着小嘉回洛阳。

怎么说呢？提及这里我这个大男人其实是有一点哽咽的，这哽咽当然是源于黎女士带给我的触动。总之，我带着小嘉回洛阳这件事受到了黎女士前所未有的隆重接待，在家里的近两个星期，她们两个女人亲密无间亲如姐妹无话不谈，随随便便就头碰头挤在一起窃窃私语，或者是手牵着手出去逛大张超市，然后拎回来大兜小兜的食材，钻在厨房里变着花样做出更多的美味来，这里没提及我的父亲和我，实在是因为此时的我和父亲都成了可有可无的存在，完全可忽略不计。当然，您也可以觉得，在和黎女士的长期较量中我输了，而且一败涂地。

夏日的午后，我们的两个女儿安睡在黎女士房间的草席上，她们毛茸茸的小脑袋挤在一起，被斜射进来的光影照亮，身边缓缓摇着蒲扇的黎女士轻轻哼着什么歌谣，她的整个身子笼罩在黄昏香槟一样蜜色的光影中，推开门的瞬间——

我骤然愣怔，光影里朦胧模糊的她就是我的妈妈呀。

（选自《牡丹》2023 年第 23 期）

小船在绿波中行走

王垣升

白天鹅高雅地在水中游弋，绿鸳鸯可爱地在卿卿我我，红嘴鸥调皮地在游客手中抢食，这一切，随着快门的"咔嚓"声，变成了一幅幅动人的风景。

小林也在这拍摄的队伍中，他要拍一张与众不同的照片，陆浑湖湿地公园举办摄影大赛，小林的目标是金奖，他有个小心思，他要拍下最好的水鸟照片送给刚认识不久的姑娘，那姑娘从小对水鸟情有独钟，他要用实力去捕获姑娘的芳心。

小林已经来了多次，每次都拍了许多照片，却没有一张中意的。这段时间，小林闻鸡而动，日落而归，与晨曦相伴，与月影随行，每天都徜徉在陆浑湖畔寻找灵感。为了不惊动水鸟，他有时在草丛中一趴就是半天，白皙的皮肤被蚊虫叮咬起一个个红包，奇痒难耐，小林却顾不得去管，生怕错过了美好的瞬间。

为了更近距离地拍摄水鸟，小林决定租用湖边老农的小船去湖中拍摄。这些天，常在这一带走动，小林跟老农混得挺熟，偶尔也会在老农家蹭顿饭。

老农家的院子里种满了各色小花，一只小黄狗在花丛间蹦蹦跳跳，院墙是用青竹扎起的篱笆，看上去很有点江南水乡的情调。

老农让小林穿上救生衣，慢慢荡起双桨，小林则稳坐船头，优哉游哉地看着湖面，此时，小林又想起了那个小鸟依人般的心爱姑娘。

老农的船上有一只鸬鹚，时而振翅低鸣，时而又飞到老农肩头依偎温存，与老农甚是亲近。老农轻轻地划着双桨，偶尔有塑料瓶、木屑之类的东西从船身漂过，老农都很细心地捞起，放在船中。

小船在绿波中穿行，荡起圈圈涟漪，许多不知名的水鸟在水中嬉戏，时而互相追逐，时而钻入水中，时而又扑棱棱轻掠水面飞向空中，小林手端相机，聚精会神地捕捉着沿途的美景，不时地轻按快门。

渐渐地，一对黑天鹅进入了小林的视野，小林一边嘱咐老农尽量轻点划船，一边调好了相机。

两只黑精灵对他们的到来似乎并没有什么防备之心，依然在那里漂浮着、游弋着，时而还向他们这边看一眼。小林通过相机时刻关注着黑天鹅的变化，只见两只黑天鹅张开双翅，引颈高歌，忽而，又快速向对方游去，就在即将接触的一刹那，它们忽然止步，互相凝视片刻后，头颈相交，红喙相吻，亲昵至极，小林不失时机地按下了快门，记录下了这温馨幸福的瞬间。

那一刻，小林激动不已，碧水、蓝天、黑羽、红喙，心灵相通，惊鸿一吻，小林醉了，为黑天鹅，也为自己，想起这张照片，想起大赛的金奖，还有那一直在考验自己的心爱姑娘，小林觉得他与幸福只有一步之遥。

由于太过兴奋，小林猛地起身，船身剧烈晃动了两下，吓得小林赶紧坐下紧紧地护着相机，幸好老农有经验，及时稳住了小船。小林朝老农调皮地伸了伸舌头，不好意思地笑了笑。

回去的路上，小林显得很兴奋，一直滔滔不绝，与老农侃侃而谈，谈理想，谈事业，谈人生的规划，当然，还有他对心爱姑娘的爱恋，小林忽然觉得他与老农的距离拉得很近。

老农稳稳地划着船，笑呵呵地看着他，听着他的故事，偶尔接上一两句，但大多时候都在倾听。

夕阳西下，小船在霞光与绿波中穿行，偶尔有东西漂过，老农都会尽可能地捞起，放进船中。

很快，老农的船靠岸了，小林帮着老农将船内的垃圾拿上岸，然后向老农告别。老农没有留小林吃饭，只是意味深长地看着小林的背影，嘴角有一抹微笑。

很快，摄影大赛的结果出来了，小林那张名为《惊鸿一吻》的照片只获得了优秀奖，获金奖的照片题名《背影》，上边模糊能看到小林的影子，夕阳下，老农的身影显得格外高大，老农弯腰捞东西的瞬间被定格。

就在小林为没有获得金奖而沮丧时，惊喜也接踵而来，心爱的姑娘接受了他，姑娘说，很喜欢小林为她拍的那些水鸟，那些小精灵让她看到了小林的用心和善良。姑娘在微信上说，小林人实在，肯吃苦，有上进心。

更让小林想不到的是，姑娘说，那天划船的老农是她的父亲。

〔选自《嘉应文学》2023 年 4 月（上）〕

家里来了个锔锅匠

张志明

水玉去西地给猪薅菜回来，在胡家桥村口碰到了锔漏锅的锔匠，就领他一路回了家。前几天刷锅不小心，水玉把菜锅摔了一道缝。

锔匠五十上下，话不多，进门放下挑子就掏家什摆阵势，一样样一件件在自己身前摆了个扇面形，军阵似的。

一切准备停当，锔匠坐到马扎上，先用小刷把锅裂缝边缘刷干净，然后两腿夹紧，拉动摇钻，微皱眉，凝定脸，往裂缝两边钻眼儿。水玉在煤矿上工作的男人这时忽然进了门，一身衣裳像刚从水里捞出来。

水玉半张着嘴站起来，嗔道："咋了，掉河里了？"

男人抬手扒拉扒拉脸，胡撸胡撸头发，笑道："东边下得可大，到咱这儿了发现没下。"

水玉笑着横了一眼男人，说："你真会赶！"

"一会儿咱这儿也得下。"男人说着向屋里走。

丢下锔漏锅的，水玉跟男人进了屋，边问男人晚上想吃啥，边去柜子里给男人找衣裳换。

男人跟水玉进了里间，水玉一回头就看他眼神不对，急忙把衣服扔到床上便往外走，说："甭想啊，人家在外面。"拿手指指院里。

男人换了衣裳出来，坐在正间大椅上点了一根烟，吸了两口，讪讪着起身对水玉说去西边瞧瞧父母，叼着烟出了屋。

水玉在屋里喊："晚上吃啥饭？"

院里的男人回了声："吃汤面条吧。"走了。

水玉正要和面擀面条，院里锔匠喊锅补好了。水玉放下面盆出去。

锔匠让水玉舀点水试试。锅补得很精细，就像巧手女人把烂衣裳补得也好看。

水玉蹲在那儿瞧着锅，锔匠开始收拾东西。阴了半下午的天果然下起了雨。

瞧着天黑了，水玉就让锔匠住下别走了。

水玉说完才想起刚回来的男人，可话已收不回来。

锔匠看看天，看看雨，答应了。

水玉让锔匠晚上睡灶屋，两人忙着把挑子工具啥的往灶屋拿。

最后剩下个破皮包，里面鼓鼓的，锔匠拿起放到了枣树下。水玉一见，赶忙掂过来拿进了灶屋。锔匠赶忙拿起又放回去，说："这不用拿进来。"

水玉又跨两步出去拿回来放水缸边，说："哎呀没事，啥东西也甭叫淋了！"

锢匠见状，再次弯腰把皮包拿起又放到了枣树下，道："真不用真不用，灶屋地方小，放外头就中。"脸就有点儿红。

水玉没瞧锢匠的脸，又跨进雨里掂起皮包拿进来："哎呀大哥甭客气，别管是个啥，你叫它淋了干啥？"

水玉又要往水缸跟前儿搁，锢匠再次伸手去水玉手里抢，道："不是不是，这真不用往屋拿！"

俩人拉拽中，皮包口裂开了，水玉一下瞧见，包里居然装着一个夜壶。

像被啥咬了手，水玉一下丢开，脸呼一下火烫。

锢匠退到煤火前，水玉走到灶屋门口。外边雨越来越大，两人半天没说话。

过了会儿，水玉回头："大哥，你晚上吃啥？俺准备下汤面条。"

锢匠往前站站，道："晌午在裴闸炒的菜擀的面条都还有，借借恁的火，我下碗捞面条。"忽然想起什么似的，他蹲下去解一个袋子，说："你吃面条，我这儿啥都有。"

他掏出来一堆，有一把青菜、几棵蒜苗、两根葱、半块姜，油盐酱醋、锅碗瓢盆、水壶茶缸，竟然还有烙馍小鏊和蒜臼蒜槌。青菜、蒜苗、葱捆扎得整整齐齐。

水玉一双丹凤眼都大了，说："大哥，你带得真全！"

锢匠说："成天不在家，不想再亏待自己。"

锢匠把他的锅碗瓢盆在水玉家灶台一角摆得错落有致。天天在外游村串乡的他浑身上下干干净净，整整齐齐。

扎开煤火，让锢匠先做，水玉回屋擀面条。走到堂屋门口时，锢匠在灶屋门口道："我没蒜了，借我两瓣，我好吃蒜。"

"窗台上有，大哥随便吃。"水玉回道。

吃了晚饭，水玉添好火，把灶屋归置归置，腾出地方，招呼锢匠铺被褥，就和男人回了屋。

准备睡觉的时候，男人出去上茅房。雨停了，有个大月亮，刮起了风。一阵风过，灶屋门口的皮包翻了，男人正好走到跟前，就瞧见了那露出来的夜壶。

回来后，男人边笑边小声嘀咕："这货肯定是个神经病！"

"咋了？"已经在床上的水玉仰头问。

"他还带个夜壶！"

水玉便扑哧笑了，一翻身趴起，两只圆白臂膀撑起身，把傍黑那一幕一五一十学给男人。

俩人笑够了，男人说："成天背个夜壶到处跑，你说他是不是神经病！"

水玉说："人家那是会过日子，天冷了不用一趟一趟出来。一人在外，不好受了谁管？"

男人正要拉灭电灯，锢匠突然在外面喊："弟妹，有渣头（酵母面）没有？我想和点儿面，明个早上烙个锅盔。"

水玉急忙回道："有，等会儿啊！"

男人咬牙低声恨骂："神经病、神经病，绝对是个神经病。"

水玉披衣起来去外间掰了块自己留的渣头，让男人送过去。

男人不动，嘴里还在小声怨骂。水玉伸手掐了男人的腿，他才不情愿地爬起来接过渣头走出去。

开了门，男人咬着牙递出去，道："大哥真是个讲究人呀，会享受！"

锔匠道："胃不好，不敢吃死面馍。"

男人没接话，退步关门，乒里乒啷的。

第二天，锔匠起得早，自己先熬了稀饭烙了馍。水玉开门出来时，锔匠准备走了，他递过几个毛票和几个钢镚儿，说："我算了下，用恁两回火、两瓣蒜，一疙瘩渣头，给你四毛九吧，中不中？"

"哎哟，大哥，瞧你说的，出门在外不容易，给啥钱哩！"水玉推回锔匠的手。

"要给要给，不少就中！"锔匠把钱放到枣树下石头上，挑起了挑子。然后他看看挑上，看看灶屋，又看看院里，左看右看，瞧了好几遍，才挑起挑子出门而去。

送走锔匠，水玉给男人准备早饭。进灶屋一看，锔匠收拾得干干净净、规规矩矩，样样东西摆放得比原来还整齐、好看，小灶屋大变样。水玉心里不由得感叹了一下。

坐上锅添了水，等水滚的间隙，水玉回堂屋，忽然看着哪哪儿哪儿都不顺眼了，忍不住搬搬弄弄，又扫又擦。怕惊动男人，她猫一样轻手轻脚。

男人从里间出来，眼睛一亮，屋里不多的桌椅板凳、盆盆罐罐，被水玉重新摆了放了，焕然一新。

"哟，大早上发啥神经？"

"人家天天在外，比咱都干净。"

"拉倒，别学他神经。"

"我不觉得人家神经，那叫讲究。"

"行，随便你。"男人说着洗手吃饭。

吃了饭送男人到院里时，水玉笑着说："下次回来也给你买个夜壶带走。"

"买我也不拿。"

"那以后冬天夜里着凉别回来。"

"不回来，找相好去。"

"你敢。"水玉抬腿去踢男人，男人往前一跳，笑着跑出了家。

（选自《百花园》2023 年第 6 期）

香水

刘永飞

今天是她面试的日子，她觉得她应该让她未来的同事们觉得她与他们有些不同的地方。于是她取出了那两款香水。

此刻，正当她在镜子前为使用哪一款香水犹豫不决时，她的父亲已经汇入了上班的人流。路上，他一边抹去额头的汗珠，一边狠狠地给了自己一个巴掌。他觉得把女儿送出去是他这辈子犯的最大的错误。否则，都退休了，也不至于还要拖着肥胖的身体去挣钱养老。

他是个导游，经济并不富裕。当年，为了让女儿出国，他40万卖掉了一套回迁房。天知道，由于被划成学区房，待女儿回国时，这套房子已涨到1500万了。

这些也就算了，倘若拿个"绿卡"回来也值了。可是女儿偏偏未能如愿。当初，为了留在国外，他们也是想尽了办法。比如为了"积分"，连袜子都不愿洗的女儿申请去做志愿者——帮人家扫马厩。可是就连这个又脏又累的活儿人家也不给她机会。后来一打听，她前面还有100多个留学生排着队呢，等轮到她，签证早过期了。

为了延长签证，给女儿找工作换取时间，他们不停地给她报各类培训班。总之，只要能让她留在国外的事情他都去做。一来二去，夫妻俩的"棺材本"被掏空了。结果，女儿还是回来了！

回来就回来吧，他相信凭着女儿的留学背景找个好工作并不难。可是他做梦也没有想到，如今的留洋生已经没有先前的吸引力了。有的单位甚至觉得他们出去就是镀金的，未必真有本领。别说好工作，一般的工作也不好找了。

他上下打点，总算帮女儿落实了工作。他一打听收入，差点昏厥过去，就凭这点年薪，女儿工作 100 年也赚不回那套 1500 万的房子啊！想到此，他又给了自己一个耳光。巴掌落在多汗的脸上格外脆响，惊得座位两旁的人赶紧逃离。他顾不得这些，他真希望每个人都过来给他一巴掌。

其实，她今天的面试只是个过场，因为之前的铺垫父亲早帮她做好了。她过去就是填个表格，下个月正式上班。所以她的脚步格外轻松。

当她填完表下楼经过卫生间时，一下子停住了脚步。她闻到了一股浓烈的与她身上同款的香水的味道。家里的两瓶香水是她在那个让她倾尽所有仍不能留下来的国家买的。这香水很贵，贵得让人望而生畏！显然，这个公司有人跟她用同一品牌的香水，而这个人很可能就在卫生间。想到这里，她浑身不自在起来，于是快步离开了。

正式上班的那一天，她换了另一款香水。初次上班，人事部的领导带她每个部门走走，互相认识认识。她所有精力都集中在谁在使用那个牌子的香水上。每当领导介绍同事时，她会主动上前跟人家握手，其实，她是想闻闻人家身上的味道。这样一来，她大抵就知道这个人的身价了。

几个部门串过来，她发现今天的同事没人涂香水，她有些失望。可是接下来的事情就让她不舒服了。当她去卫生间时，她竟然又闻到了现在身上香水的味道。也就是说，单位里有同事跟她一样在使用这两款昂贵的香水。接下来的日子，她一直留意这个人是谁，一直未能成功。

这天，她刚走进卫生间，突然，从一个紧闭的位子的门里传来喷东西的声音。随之，一股浓烈的和自己身上一模一样的香水的味道传来。她心里一阵激动，她断定喷香水的这个人就要出现了。她想，这个人倒是怪异，竟然在卫生间里喷香水。同时，她已经在揣测这个人的职务、年纪、容貌和背景了。

正琢磨间，门开了，出来的是打扫卫生的阿姨。让她惊掉下巴的是，阿姨手里拿着一瓶香水，而且是那种超大瓶装的。阿姨以为她等着上厕所，连忙说着抱歉，给她让路。她没有挪步，而是眨巴着眼睛有些结巴地问阿姨："这……这卫生间的香水是……是你喷的？"阿姨说："是的，我一般两种香水轮流喷。"

"哦，咱们公司可真有钱，买这么贵的香水喷厕所！"

"不是公司买的，是我从家里带来的。"

"啊……"

见她表情吃惊，阿姨又告诉她，这香水是个亲戚从国外带回来的，而且每年都给她带，其实她本人并不喜欢喷这些东西。

她说："阿姨，您可真奢侈，拿这么贵重的东西喷厕所，您知道吗，这两款香水可都是很贵很贵的！"

阿姨说："嘁，这有什么奢不奢侈的，不就是个香水嘛，你不知道，这厕所时不时地会反味儿出来，工程部几次都修不好，我就是想喷一点压压臭气。对我来说，这东西就是用来压臭味儿的。"

"啊……"

见她张大嘴巴，阿姨又说："小姑娘，你要是喜欢就拿去，我家里还有好几瓶呢。"阿姨说着话就递香水过来。她看到这华贵的香水的瓶体上沾满了灰尘和黏腻的斑点，显然阿姨用完都是随手丢在什么地方的。

阿姨伸手过来时，她闻到了一股更为浓烈的香水味，不知为什么，她的胃部一阵痉挛，然后抑制不住地干呕起来。只见她有些慌乱地摆摆手，逃也似的跑了。

（选自《当代人》2023 年第 7 期）

羊叔

刘 万 勤

羊叔名叫杨菽。我晚他一辈，他又喜欢养羊，我就戏称他"羊叔"了。羊叔养羊，不只是喜欢，还能弄出绝招来。

那天，太阳快要挨到西山了，飞鸟啾啾叫着归巢。在村东一条窄得仅容一人行走的小路上，出现了惊人的一幕：头羊在前，三十来只奶羊昂起头，随后"一"字排开，像一长队守规矩的小学生在行进。小路两边长有没膝深的麦子和绿莹莹的蔬菜，面对这些诱惑，没有一只羊扭头，更没有一只羊偷偷地啃一嘴。

我正好路过这里，见到这情景，不由得张大了嘴。走在羊群最后面的羊叔瞅见我，得意地笑了笑，举起手里的鞭子，呱地朝空中兜了一个响鞭。我问，你这是练手功吗？羊叔说，不，羊群要穿过大路了，给提个醒。我朝大路那边一看，只见头羊走到大路边站住，左右看看，等两辆汽车交叉驶过，它才一扭一晃地率领队伍经过，向家的方向走去。

我震惊了，这些羊怎么这样训练有素？望着羊叔远去的背影，我赞叹不已。从此一有空，我就转到羊叔的羊圈边，看能不能有意外的收获。

羊叔六十多岁，他的脸黑中透红，两只眼睛格外有神。别看他整天跟羊混在一起，可他穿的褂子和裤子都是干干净净的，闻不到半点儿羊膻味。他说，时代不同了，搞好卫生是大事，污染环境遭人嫌。羊叔的羊圈周边，排列着规规矩矩的木桩，说圈里没有一个羊屎蛋是假的，总体看是干净的，要不是有羊在，谁也不会知道这是羊圈。我在羊圈边来回转着，看到羊叔拿个瓶子在圈里转着，一按一按喷着白雾，我猜这是在喷药消毒。羊叔看见我来了，去水龙头边用香皂洗了洗手，搬俩小凳子过来，招呼我坐下。

我想从羊叔的嘴里掏出些有关羊的新鲜事，就这样那样地询问他。羊叔掏出旱烟袋，按烟、打火，吱地吸一口，吐出一圈一圈白烟。他说，你是读书人，你应该能领会，生灵为啥带个灵字？就是说生灵都有灵性，它们可不是傻货。就说羊，它们也能着哩，通人性，你敬它一尺，它敬你一丈。我养这三十来只羊，就当作家里的三十来口人。这些羊都是我一手带大的，担心它们饥着，担心它们渴着，担心它们冻着，还担心它们热着，像妈妈待孩子一样，哪只羊要是有个头疼脑热，都把我急得吃不下饭。夏天歇晌时，天气热得像蒸笼，人跟羊都受不了，我就带着羊群到东边小树林里，叫它们爽快。这时羊歇人不能歇，首先要关心头羊，它要是口渴了，就掏出灌水的大奶瓶，喂它几口，再摸摸它的脖子、按按它的肩。这时，它会不眨眼地看着我，我这心里啊，可是爽哩。对别的羊，我也要亲近亲近，捋捋它的毛，再夸它几句。

我问，羊不听话了，你咋办？羊叔说，能咋办？要像妈妈对待孩子一样，讲讲这样为啥不好，让它慢慢领悟。羊瞪起眼睛听我说话，这是在入心哩。

我又问，它要是还不听话呢，就该鞭子收拾它了吧？羊叔摇摇头说，还不能，呱的一鞭子下去看似很来劲，可是会伤它的心，伤了它的心，它就会找机会捣鼓事。除非是屡教不改的羊，用力给它一鞭子，叫它想想是为啥，就长记性了。

我来了兴趣，又问，你的话它们懂吗？羊叔说，简单的都能懂，像不能吃、不能跑、慢点、回来、站住等等，它们听了，就像听到了命令。训练它们，我一般是在大路边的树底下。绿化树四五排，树下是草，树那边是庄稼，我不眨眼地看着。若有不守规矩的羊跑过去，我大喊一声"回来"，它就扭头往回走。要是它不听，我就"以理服羊"，直到它明白，吃的只能是草，不能是草以外的庄稼。训练久了，它们就懂得了规矩。

我感慨道，这可不是简单的事啊。

羊叔说，你们年轻人常唱，天上掉下个林妹妹，你听说过谁接住了林妹妹吗？

我恍然大悟。说话间，华婶拿个空瓶子走了过来。羊叔起身接过瓶子，走到羊圈外用石棉瓦搭建的小屋子里，掀开冰柜，拿出一瓶灌好羊奶的白瓶子递给华婶。华婶说，啥都涨价了，咱这羊奶也该涨涨了。羊叔说，都是乡里乡亲的，涨钱就薄气了。

后街的咯哇伯拿个空瓶子走来，说，你都两回没要我的钱了，再不要，这奶我就不喝了。羊叔一挺脖子说，你手头正紧，身子又虚，不兴我给个小帮衬？早先我爷爷快要饿死的时候，是你爷爷送来两个菜饼子救了他的命，这事能搁一边？

戏台后的吴奶奶拿个空瓶子一扭一扭地来了，她咋给钱，羊叔都不收。羊叔说，那次羊得了怪病，是吴爷爷跑前跑后用偏方给摆治好了，这咋说哩？

马驹拿个空瓶子拐着腿一边走一边说，倒霉，一脚蹬空，从树上摔了下来。羊叔推出三轮车要送马驹回家。我说，羊叔，还有人来取奶哩，家里得留人，我去送吧。

我推着马驹出了门，一路上，马驹不停地夸着羊叔，有好些事，我压根都没听羊叔说过。

（选自《天池小小说》2023 年第 17 期）

老宅

戴玉祥

退休后，我想回乡下的老宅住些日子，老宅的院子大，四周有不少的树，不远处，还有个鱼塘。

那次我带秘书回去钓鱼，碰见了豹子、枝子和刘叔。我和他们唠家常，可他们的话很少，明显在敷衍我。现在我退休了，没有秘书跟着了，这样回去……我犹豫了。

但我还是决定回去。

我是打车回去的，我像个笨拙的贼溜进了自家的院子，将带来的熟食放到院子里的石桌上，便开始打扫起卫生。打扫完，太阳也落山了，我把熟食热了热，重新放到石桌上。月色正好，我要在小院里痛快地喝几杯。

正要倒酒，院门被推开了，进来的是豹子。豹子手里拎着一瓶酒，一屁股坐到了对面的石凳上。豹子说，看到你家烟筒冒烟，我就猜到是你回来了。豹子把自带的酒倒入杯中说，自酿的，大领导尝尝怎么样？

我喝了一口，感觉不错，说，豹子，手艺不错嘛！

三杯酒下肚，豹子的话多了起来。豹子说，刚子，还记得后岗的事吧？我说，记得记得。那天午饭后，趁大人们在睡午觉，我们跑到刘叔家的鱼塘里抓鱼，当时有五六个人吧，我们下到鱼塘里排成队赶鱼，鱼被赶急了，跳出了水面，有一条竟然跳到塘埂上了，还是你给按住的呢。那条鱼足有三斤重，我拎着鱼兜往后岗跑，伙伴们跟在我身后跑，只有你一个人往家跑。伙伴们说，豹子胆子真小，怕刘叔知道了揪耳朵吧。等我们跑到后岗才想起来，煮鱼是需要锅和油盐的。我们正发愁，你就提着锅跑来了，身边还跟着枝子。枝子真会做饭，那天，枝子煮了一大锅香喷喷的鱼，我们吃得那个香呀！现在想起来，牙缝里还留着鱼香味呢。豹子见我这么夸张，就哈哈地笑了起来。

豹子，咋这么高兴呢？说话的是枝子。

枝子？我惊诧地盯着枝子问，你咋来了？枝子冲我扮了下鬼脸，然后像自家人那样，进厨房拿了餐具出来坐下。当年，枝子可是我们心中的女神呀，她那弯弯的眉毛，大大的眼睛，高挺的鼻子……几十年过去了，都还刻在我脑子里呢。我给枝子的杯里倒满酒，我们仨端起杯，碰了一下，啥也没说，都喝了。枝子以前是不喝酒的，但今天，她没说不喝。我问豹子，枝子酒量好了？豹子说，她高兴，就随她。我点头，说，今儿我也高兴，多喝几杯。

豹子带的酒喝完了，就喝我带来的酒，枝子喝多了，看着天上的月亮不停地笑。我问，枝子，有啥好笑的？枝子说，刚子，你还记得那天晚上拔秧的事吗？枝子没等我回答，继续说，那晚的月亮也是这么大，这样圆，蚊子嗡嗡地叫着，我们只想着多拔秧，谁还管蚊子叫呢。正拔着，我感觉腿肚子痒，一看一条大蚂蟥趴在了腿上，吓得我哇一下哭了。是你跳过来，拍掉了那只蚂蟥。真要感激你呀，刚子，干一杯，这杯酒是感激酒！豹子说，枝子，你和刚子还是同年同月生呢，再干一杯吧。枝子听了，又倒了一杯酒，说，好，再干一杯！

这时，刘叔走了进来。刘叔说，我看见你家的烟筒冒烟了，本来是要早点过来的，走到门口时才想起，刚子才到家，家里肯定缺这少那的，就转回家拿了筐鸡蛋来。刘叔把筐放下，说，你们几个熊孩子，喝酒怎么不喊上我？说着，笑呵呵地坐下了。豹子赶紧给刘叔倒酒，说，我自罚三杯！枝子也要喝，刘叔没让，枝子就坐在那儿咯咯地笑。刘叔说，这孩子只要笑，就差不多了。这些年，我是没少喝酒，现在毛病都找上来了，不能多喝了，你们也要少喝。我说，今晚高兴，豹子不能喝了，我陪刘叔喝一杯。

刘叔高兴地说，刚子，你是得陪我喝一杯，还记得你们几个熊孩子偷生产队西瓜的事吗？我说，记得记得。那年，也是一个有大月亮的晚上，我和豹子、枝子一群孩子在后岗玩，后来累了，也渴了，就琢磨着偷队里的西瓜吃。当时刘叔看瓜地，我们兵分两路，一路由枝子带队，到刘叔的瓜棚里闲聊，一路由我和豹子带队，从后面潜入瓜地偷瓜。计谋是成功了，可第二天队长到瓜地，发现西瓜少了，就盘问刘叔，刘叔一口咬定说没少。队长生气了，指指被踩断的瓜秧问，这几个瓜怎么没有了？刘叔见了，就不作声了。队长查了几天，也没查出偷瓜的人，就不让刘叔看瓜了。后来，我们才知道，刘叔当年知道西瓜是我们偷的。

我对刘叔说，刘叔，您当年为什么不供出我们？刘叔独自抿了一口酒，说，傻孩子，我要是说了，你还能考大学吗，还能有今天吗？刘叔说得没错，那年月，偷集体的东西，可是非常严重的事。

我感激地给每个人的杯里都倒上酒，说，豹子、枝子，今晚再醉，也得敬刘叔这杯酒。

豹子端起杯，枝子也端起杯，我们三个并排站着，同时敬刘叔一杯酒。

这天夜里，我做了一个梦，梦里，我问刘叔、豹子和枝子，我没退休前，有一次带着秘书回来钓鱼，你们见了我，为啥那么生疏呢？要是像现在这样，多好啊！

豹子挠挠头皮，想说什么，没说。

枝子捋捋额前的刘海，想说什么，也没说。

刘叔的目光聚到我的脸上，慢慢说道，那会儿，跟你热乎的人不是多嘛，我们这些人，跟着掺和啥呢？

（选自《天池小小说》2023 年第 15 期）

山韭菜

赵宏欣

星期天，儿子嚷嚷着想吃韭菜饺子。妻子便指使我去采购原料。妻子说，你把韭菜、猪肉和葱、姜、蒜都买回来，我负责做馅儿和包饺子的全程操作。

我便去菜市场购买做饺子馅儿的原料。先后买了猪肉和葱、姜、蒜。剩下的就是要买韭菜了。

买韭菜的时候，转了好几个摊位，摊位上的韭菜不是根老叶黄，就是被肥料催得根粗叶壮，没有一家的韭菜称心如意。正纠结着买还是不买的时候，突然发现一个农村打扮的小姑娘在卖韭菜。她面前的地上，铺着一张报纸，报纸上排摞着一捆一捆的韭菜，尽管那些韭菜看上去蔫蔫的，而且择得也不是太干净，但细细的棵儿、嫩嫩的样子还算称心。

她见我想买韭菜的样子，就赶忙推销她的韭菜，说，叔叔，买点韭菜吧，这是山韭菜。

小姑娘的肤色黑黑的，幼稚的面容上带着倦色，清澈的眼睛里飘动着一种期待。

山韭菜？我的眼睛一亮，忙蹲下身子，抓起一捆，细细地打量着韭菜的根茎和叶条，判断着是不是山韭菜。那韭菜细细的棵儿，茎的根部还沾着黄黄的泥土。这真的是山韭菜吗？

叔叔，你闻闻。那女孩的眼睛里闪着真诚的光。

这些韭菜蔫蔫的，不像是新鲜的韭菜啊？我提出质疑。

昨天下午采的呢，在山上。她仍然表露着真诚的目光。

我说，为什么要昨天下午采啊？我不解，今早采不是更鲜嫩吗？

她说，那样就送不到城里来了。

我明白了，只有昨天下午采的山韭菜，今早才能运到城里来。

我下意识地闻了闻，一股山野的清香和山韭菜那独特的气味浓郁地扑入我的鼻孔，洋溢在我的嗅觉里。我知道，这毫无疑问，的确是山韭菜。

这年月，猪牛羊和鸡鸭鱼都是饲料喂的，各种各样的蔬菜都是肥料催的，想吃到天然或者说野生的东西是一件很不容易的事。于是，我如获至宝，连价钱都没问，便急切地说，来两捆。

一捆才一元，两捆才两元，我没想到这山韭菜会这么便宜。

肉和菜买回来以后，妻子就动用自己的技术，把那些东西做成了饺子馅儿。剩下的就是和面和擀皮儿了。

为了使饺子好吃，妻子还专门兑了酸汤，就是在饺子的汤里放上葱花、紫菜、虾米什么的，再配以胡椒粉、酱油、陈醋、细盐、鸡精等作料，兑成一种美味的酸汤。这样再配上鲜味的山韭菜饺子，可以说是鲜美可口了。

午饭在洋溢着山韭菜鲜味的气氛中进行。

儿子欢快地吃着饺子。我想，鲜美的韭菜味一定像一群令他感觉新颖的蝴蝶，飞翔在他味蕾和嗅觉的周围，激发着他愉悦的感官点，欢乐着他并不缺营养的胃肠。

这些山韭菜是那个小姑娘从她家住的山岭上采来的。我想告诉儿子这山韭菜的来历，以及说明这山韭菜的来之不易。

我说这话的时候，我的脑海里浮现了一座青绿的大山，那小姑娘拿着个布袋子，艰难地趴在山腰上的草棵子里，寻找着一茬一茬的野韭菜。天上的阳光毒毒地照射着，白云离她很近。

而儿子却只管吃着饺子，似乎韭菜的来源与他无关。我望着儿子漠不关心的样子，突然间感觉儿子很陌生，不知道他的脑袋里究竟在想什么。

那姑娘说，她考上了高中，家里贫穷，缴不起学费，就想到了山上的野韭菜。我一边吃着韭菜饺子，一边继续述说着我想要讲的故事。

儿子仍在吃饺子，像没有听到一样。他吧唧吧唧吃饺子的声音很响。

我的心灵一阵颤动。儿子啊，你的心是石头做的吗？

他父亲是泥水匠，给人家盖房子，从房子上摔下来了，摔断了脊椎，瘫了；她母亲是个类风湿患者，手指和脚趾都变形了。我想把这小女孩家的遭遇告诉他，以期引起他的重视。

儿子似有所震动，突然停下了饭碗，吃饺子的欢欢劲蔫下来，眉头蹙了蹙，若有所思。

她每天下午就去爬山采韭菜，第二天天刚亮，就背着山韭菜跑三十里山路，来到城里菜市场的早市上。我继续述说着山韭菜的来历。

三十里山路？儿子放下了筷子，脑海里似乎在想着什么，脸色凝重。

她想用一个暑假的时间来采山韭菜，然后用卖山韭菜的钱来缴学费。我没有去观察儿子的反应，而是继续说，那得采多少韭菜啊！这么一大把才一块钱。难怪我看到女孩的第一眼，就察觉到她青涩的眼神里，飘动着一丝忧郁……

儿子长长地吐出一口气，似乎震动了心弦。我望着他那心情凝重的面孔，我想我的同情心一定感染了他。

她那么小的一个小姑娘，本来不应该承担这么重的生活负担！那么一个瘦弱的小姑娘，那么一双瘦弱的小肩膀……我的语气沉重到了极点。

他静默了会儿，突然胸膛起伏了一下，有泪从他的眼眶里静静地流了下来。

爸爸，我们明天中午还吃韭菜饺子，韭菜还选那个小姑娘的山韭菜。儿子说着，抹了一把脸上的泪水。

我一阵释然，欣慰地眨了眨眼睛。这一刻，我发现自己也流泪了，眼眶里湿湿的。

这时候，妻子不知什么时候来到了饭桌前，听到了我们的对话，泪流满面，哽咽有声。

〔选自《嘉应文学》2023 年 5 月（上）〕

民警"郝一枪"

薛培政

人人都夸郝建国是英雄,他不承认,摆摆手道,哪是什么英雄。

从警三十八年,经他教出的神枪手一百多名,直接参与、指挥打掉犯罪团伙一百五十多个,抓获犯罪嫌疑人两千余名,可三级高级警长郝建国却认为自己离英雄差得远。

退休的前夜,他抚摸着那顶藏青色大檐帽,眼睛湿润了,讷讷地说道,岁月啊,真是不饶人!

当、当、当……墙上的挂钟响了十二下,他躺在床上依然难以入睡,往事就像泉水一样汩汩而来。

郝建国,你小子运气真好,一枪就把持枪杀人的犯罪嫌疑人击毙了,立个二等功,退伍还当了警察。多年之后,同年入伍的战友聚会,还少不了提这档子事。三十九年前的那个秋季,他已超期服役,却仍是武警基层中队"兵头将尾"的班长。

那天下午,中队正组织进行擒敌技能训练。突然,"嘟嘟——"一阵急促的紧急集合哨声响起,官兵迅速武装列队完毕,中队长铁青着脸宣布,犯罪嫌疑人齐某因宅基地与村组干部发生纠纷，用盗窃的枪支枪杀2人、枪伤3人后，乘火车逃窜至我们驻地，上级命我中队迅速配合公安机关进行追捕！

在一眼望不到边的玉米地旁，参战的公安武警忍着疲劳困乏和蚊虫叮咬，围捕了一夜。

次日凌晨，交上了火。

犯罪嫌疑人齐某将两个起早下地割草的少女劫为人质，逼其左右贴身做掩护，一边疾步后退，一边双手开枪，进行垂死顽抗。

追上来的公安武警唯恐误伤人质，竟一时难以下手。郝建国快速绕到犯罪嫌疑人身后，就地卧倒，端枪瞄准。就在这时，一旁的民警发现犯罪嫌疑人缩回枪要更换弹夹，便急忙向两个吓呆了的少女高声呼喊："快闪开！"就在两个少女和犯罪嫌疑人都愣怔的瞬间，郝建国抓住这一时机，果断地扣动了扳机，一枪将犯罪嫌疑人击毙。郝建国荣立二等功，年底退伍被市公安局招录当了特警。

很快，民间传开了，说公安局来了个"郝一枪"。

没几年，有关"郝一枪"的传说就足够写一本书了。

有人说，"郝一枪"出枪速度奇快，从出枪到完成射击只需2秒钟。

有人说，"郝一枪"枪法真神，说打左眼就不会打右眼。

就连那个自诩为会飞檐走壁、七年"三进宫"的江湖大盗"草上飞"，被警察抓获后，竟也赌咒道，若不彻底悔过自新，就挨"郝一枪"的枪子了。

郝建国听了微微一笑，没有说话。

他当射击教员多年，除了教警员练好枪法，更多的是教给他们勇气和智慧。

他喜欢带着警队队员研究罪犯心理，针对不同类型的犯罪案件，制定处置预案，反复模拟演练。他说平时做足功课，关键时候就能派上用场。

有一年夏天，刘某讨债未果，腰缠炸药闯进了某公司经理室，将经理劫为人质后，朝室外大声吼道，快给老子准备 50 万！

接警后，已升任特警支队队长的郝建国，带领几名警员火速赶到现场。刘某见到警察更显得疯狂起来，你们给我听着，不许过来！马上给我准备 50 万，否则老子跟他一块儿上西天！

考虑到人质的安全，郝建国立刻要求警员把站在走廊里的员工疏散到安全地带，并做好警戒。

有年轻警员看这架势，心想这回要见识师父的神枪法了。哪知，郝建国却只身徒手走进了那个房间。

被冲昏头脑的刘某逐渐失去了耐性，拽开衣服露出腰缠的炸药包，扬言再不送钱就拉响炸药包，与室内的人同归于尽。

你别激动，把手挪开，我是市公安局特警郝建国，公司拖欠你的钱，我以人格担保，负责帮你要回来。他话锋一转道，刘茜是你的独生女吧？那可是咱市一中的学霸，她十二年寒窗苦读，马上就要高考了，你可不能毁了孩子的前程啊！

说到他女儿，刘某的情绪渐渐平静下来。在郝建国的感召和强力攻势下，刘某终于解下了腰缠的炸药包。

不知不觉，又是一个不眠之夜。

天蒙蒙亮，郝建国就起了床。沐浴之后，他穿上那套崭新的警礼服，在老伴儿的陪同下，要去局里参加光荣退休仪式。

冬日的暖阳下，这对老夫妻有说有笑地走在路上，忽然发现前边路口围着一堆人。

有情况！他猛地甩开老伴儿挽着的手，快步朝前奔去。

老伴儿急得在后边喊，老郝，你都退休了——

退休了，我还是警察，该管的还要管！他边说边头也不回地朝前跑去了。

望着他那倔强的背影，老伴儿刚舒缓的心，不由得又揪了起来。

（选自《北极光》2023 年第 5 期）

羊册遗梦

淮草滩

林海雪原，茫无涯际。羊册与李斯已经在风雪迷途里艰难行进了大半日。他们突然发现，转了一圈又返回到原地。

李斯叹气，羊册鼓励他遇到艰难，勿俯首，勿屈膝。

天色已晚，二人只好再次返回昨晚栖身的洞窟里。

"兄长带那么多干粮，怎么就全给了那祖孙仨呢！"李斯一边抖着身上的雪，一边说。

"儿子被官兵杀死，媳妇被强匪虏掠，一个瞎眼老妪带两个幼孙，如果没有接济，他们怎么度过饥荒？为兄就是饿死，也不后悔把干粮给他们！"羊册沉静而又坚定地回答。

倒春寒的夜晚，森冷无比。

篝火早已熄灭，李斯蜷缩在火堆旁睡熟，羊册脱下自己的棉袍，盖在李斯身上。

一个月前，羊册在燕都蓟城看到了秦王的招贤榜。身为司库胥吏的他，为燕王看管库房三十载，突然下决心换一种活法，因此不远万里赶赴秦都咸阳应榜。羊册途经韩国都邑新郑，意外结识了同为胥吏的法家学人李斯。二人心意相投，一拍即合，义结金兰。李斯本打算前往郢都，求取功名。羊册以为楚人妄自尊大，嫉贤妒能，楚大夫屈平魂断汨罗就是例子；秦据汉中粮仓，秦王年轻有为……在羊册的极力劝说下，李斯决定跟着羊册，二人一同远赴秦国。

雪驻，风息，天幕现出一轮淡淡的圆月。

李斯被一阵奇异的肉香惊醒了。他坐起来，发觉兄长的棉袍盖在自己身上。羊册双手端着一个粗大的陶盆，盆里的肉汤散发着诱人的醇香。

"贤弟，你醒了。快喝肉汤。"

"兄长，哪里来的肉呀？"

"有一只兔子闯进来，为兄就炖了这一大锅好汤。"羊册微笑着说。

李斯爬起来，先把棉袍轻轻搭在兄长瘦弱的身上。

"兄长，您先喝汤。"

"为兄吃饱了。见你贪睡，为兄就先独自享用了。"

李斯接过汤盆，大口吞咽美味的肉汤。

雪霁，旭日照耀着整个山林，照亮了羊册和李斯蜗居的洞窟。

"兄长，可以出发了。今天有了太阳，不会迷失方向。"李斯说。

羊册静静脱下棉袍，轻轻搭在李斯肩上，说道："贤弟，你走吧。挨了这两夜的寒冻，为兄的旧疾复发，双腿疼得不能走动。看来为兄的一生就要结束在这无名山中了。也好，这里风景优美，山林幽静，是个长眠的好地方。"

李斯大吃一惊："兄长何出此言？你我相识虽不足十日，却情同手足，此时正是你我走向人生巅峰的开始。兄长何出此言？"

李斯去扶羊册，不小心触到羊册的腿，那里正不停地渗着血水。

"贤弟呀，你我不能都困死在这里。贤弟满腹经纶，胸怀寰宇，兼济天下，乃华夏黎民、天下苍生的希望。你一定要赶赴秦国，施展自己的抱负！穿上为兄的袍子，快走。为了天下苍生，为了你自己，也是为了为兄。再不走，为兄就一头碰死在这石壁上。"

李斯双膝跪地。

"贤弟，牢记为兄的话：他日飞黄腾达，不负万民苍生，不负天下。"

"李斯谨记！"李斯连磕了三个响头，跌跌撞撞地走了。

李斯至秦，果然得到重用。李斯向秦王嬴政与相国吕不韦哭诉了兄长羊册的义举。君臣涕下。秦王从楚人手里夺下了桐柏大山与伏牛岭之间的大片土地，李斯亲往兄长去世的洞窟，在原地为兄长起陵，并把此地命名为"羊册"。

〔选自《小小说月刊》2023 年 8 月（上）〕

楼下的男人

刘　敏

　　搬进这个小区位于二楼的新家后，最令我满意的是一楼的院落。

　　这个四合院正中央，是一段干净的水泥路面，两侧是平整的土地，东边花草葳蕤，西边蔬菜碧绿。正前方立着三间平房，中间是过道，旁边是两间耳房，房顶上整齐地码着两排鸽笼，三三两两的鸽子在里面咕咕地叫着，煞是热闹。

　　屋檐下扯着一根晾衣绳，上面吊着两只毛绒玩具，一只雪白的小狗在中间穿梭跳跃玩得不亦乐乎。院子里蹲着一只纯黑色猫咪，悠闲地看着狗狗玩耍，仿佛在看一场演出。黑猫的脖子跟随狗狗奔跑的身影来回扭动着像拨浪鼓似的。

　　"这下不寂寞了。"老伴儿说。

　　傍晚时，院子的主人回来了。他西装革履、气宇轩昂。看外表，男人并不老，个子高高的，他大步流星地穿过院子，径直走进了正房。只是抽根烟的工夫，男人又来到院子里。男人换了装束，一身深灰色格子家居服，一双黑色拖鞋，吹着口哨招呼着狗和猫："伙计们，开饭了。"

男人将两个饭盆分别放在正房门口东、西两侧，狗和猫见了，立刻扑了上去，很快就将饭盆舔食干净。这时，男人蹲下来拍拍狗的脑袋说："玩去吧。"狗便欢叫着去捉绳子上的毛绒玩具。

男人又摸了一会儿猫，然后起身沿着楼梯爬上了房顶。

鸽子见到男人，兴奋起来，扑扇着翅膀迎接他，男人则以响亮的口哨回应着。笼子被一一打开，鸽子呼啦啦飞了出来，在空中盘旋。有两只鸽子落在男人的肩膀上，男人扛着它们朝笼子里投放水和食物。

"进屋了。"男人朝四周喊道，同时像鸽子一样张开双臂扑扇着。很快，出去放风的鸽子被男人赶进了笼子里享用晚餐。

男人从房顶回到院子，进了左边的耳房，一串叮叮当当的响声从窗口蹦了出来，窗外的排风机呼呼转动，院子里弥漫着袅袅炊烟。

饭菜香味四下飘散的时候，一位身材曼妙、装扮入时的年轻女人走进院子，和男人一样先是进了正房，出来时换了装束，一身粉红色家居服，一双浅紫色拖鞋，径直进入右边的耳房。

男人一趟趟将碗碟端进右边的耳房，隔着窗户能够清晰地看到两人对坐用餐的情景。吃完饭，女人伸着懒腰走过院子，进了正房没再出来。男人在两个耳房之间进进出出，打扫"战场"。

这样的情景一天天呈现，勾起了我的好奇心，一听见楼下有动静，我便趴在阳台窗口前朝下张望，看楼下的男人和风景。

一天清晨，我看见男人在院子里浇花，整个面部是黑色的，像个包公，我吃了一惊。正疑惑间，女人出来了，面部也是黑色的，也像个包公。

我这才明白，他们这是糊了面膜啊，不由得在心里暗暗称奇。

让我更为惊奇的是，男人洗去面膜后坐在院子里修起了眉毛，他左手举着小镜子，右手捏着小夹子，神情专注，动作轻缓，仿佛在修复一件极其珍贵的工艺品。

"还不去做饭，在这儿瞅啥呢，天天瞅也没够。"老伴儿嘟囔着走过来。

我努努嘴，示意他往楼下看。

老伴儿嘟囔一句："真是稀罕事。"一脸不可思议的神情。

今天是周日，一大早我看见男人蹲在菜地里忙活着。菜地里生机盎然，他拔出几棵生菜，抖落泥土放在一旁，旁边还堆放着菠菜、蒜苗和大葱，不一会儿，这些菜就被他端上了餐桌。

早饭后，男人在院子里手洗衣服，洗衣机静静地摆在左边耳房的屋檐下，看上去很是落寞。

男人洗完衣服洗鸭蛋，他把一篮子鸭蛋一个个用水冲洗完，然后又用刷子细细地刷，刷完再用水冲。

男人洗完鸭蛋洗水泥路面，先是拿扫帚蘸水刷洗，然后拿拖把拖洗，最后拿抹布抹一遍收尾。

男人做这些事情时，女人慵懒地窝在躺椅里晒太阳玩手机，一副事不关己、高高挂起的样子。

"你快过来，看看人家男人。"我冲着在客厅发呆的老伴儿摆手。

"看啥看，碗也不洗，我看你是着魔了。"老伴儿又开始嘟囔。

男人忙完之后穿戴齐整出门了。女人晒饱了太阳，在院子里支起了麻将桌。我回屋洗碗，再来阳台时见楼下的女人和另外三人正在搓麻将。

四个人一天没出门，亦未见男人的踪影，午餐和晚餐有外卖送进来。女人没有忘记给院子里的猫和狗喂饭，给房顶的鸽子放风投食。

晚饭后，我早早上了床，迷迷糊糊刚入睡，就被一阵乒乒乓乓的摔打声惊醒。起先，我以为是梦，清醒之后发觉声音来自楼下。我抑制不住好奇心，扭亮台灯起身去了阳台，只见楼下灯火通明，房顶的鸽子扑棱棱乱飞，在沉寂的夜里显得异常突兀，令人心悸。猫和狗似乎受到惊吓，匍匐在院子的角落里，乒乒乓乓的摔打声愈加清脆，男人的叫骂声和女人的哭喊声从正房荡了出来，飘荡在铅灰色的夜空里，张扬而凌乱。

"一只鸽子都看不住，老子要你干啥？"男人的怒吼剑一般刺破苍穹，悬在这个四合院的上空。

（选自《天池小小说》2023 年第 23 期）

大口妮子

李月强

小蔡庄的口妮子"口"（当地指女人泼辣、霸道、不讲理）出了名。

口妮子自从做了母亲后更"口"了。她干活时和队长吵，分粮食时和会计吵，还和邻居吵，和自己男人吵，和公公婆婆也吵。

口妮子不仅爱吵架，还总变着法寻死。她喝过药，上过吊，投过井。男人整天为她提心吊胆，几个孩子在惊吓中一天天长大。

口妮子家住村外。盛夏，她家的小屋就湮没在庄稼的森林里。

小城西面是山区，山沟里野狼多，庄稼长起来后野狼借以掩护，常在村外出没。一天晚上，口妮子家猪圈里的小黑猪被狼叼走了。另一次，大白天，她从田里回来，看见一只野狼正扒着木门，盯着锁在屋里的孩子。

这天晚上，口妮子又骂起了自己的男人，声音比平时都高，高到一村子的人都别想睡觉。

深秋，口妮子的男人拉起架子车进山了，进山打石头。小蔡庄到西山沟几十里路，架子车一天只能拉回三两块石头。快过年时，口妮子家门前的水沟边垒起一道石头墙。

"拉这么多石头，盖房子？拉院墙？"村里人嘀咕。

翻过年，口妮子像换了个人似的，脸上有了喜色，见人先打声招呼。尤其是见到队长闫收，口妮子也会说几句好听的话了。这可不太对劲，以前的口妮子见人总是横眉竖眼，好像谁家都欠她家八百斗麦子似的。

这天一大早，闫收向村口走来。口妮子老远便迎过去。

"闫收哥，这是去公社开会啊？"

"啊，是啊。"

闫收没停下脚步，背着手走了。烟布袋在他身后晃荡着，走一步拍打一下屁股。

"开个会还扛着烟布袋？"

"学习去，公社管饭，挨黑才回来。"

"十几里路得走到啥时候，你赶紧去吧。"口妮子笑了。

闫收走了，走出老远后又回头看了一眼，军人出身的他觉得今天的口妮子行为异常。

口妮子回到家中，过了一会儿她男人出门向北奔去。

不多时，口妮子家门前热闹了，几个男人叫叫嚷嚷地装起了石头。这几个人是口妮子的娘家人——她爹，她三个兄弟，还有两个堂兄弟。石头装好后，架子车拉出来排好队。口妮子走在队伍的最前面，像个女将军一样领着架子车队开进了生产队的菜地中。

队里的菜地在村子东南角，一亩多，方方正正像小岛，四周有沟，沟边有树。原来口妮子早有预谋，她要抢占队里的菜地盖房子。

几个男人忙得热火朝天，打线、挖土、拉石头、放石头、砌石头，分工有序，有条不紊。村里人远远看着，这阵势他们第一次见，被吓着了。谁敢动公家的东西？吃了豹子胆了！

傍晚时分，口妮子坐在新打好的地基旁，等队长回来。

天擦黑时，闫收出现在村口。当看到菜地里的口妮子和新打的地基后，闫收瞬间黑了脸，他命令村里人拆了地基。晚了，地基扎上了，谁要敢动，口妮子就和谁拼命。

官司连夜打到大队，大队摁不下，第二天早上又转到公社。当着公社干部的面，口妮子不怯不惧，说得头头是道：

"人家老祖宗有本事，留下了宽宅大院、大鱼塘、大路。俺家老祖宗没本事，十几口子挤在一个小洼洼里。村里后来是给了片儿地方，可是在村外。那次我干完活儿回家，一只狼正盯着屋里的孩子。野地里是养孩子的地儿吗？现在是新社会了，你们不能让老百姓没地儿住吧！"

公社干部无言以对。这事最后不了了之，口妮子家到底从野地里搬回了村子里。

口妮子本来就叫"口妮子"，自从她抢去队里的菜地盖了房子后，人们在她名字前加了个"大"字——"大口妮子"，倒也名副其实。

口妮子还真没辜负村里人送给她的名号。土地承包后，她因耕地、宅基地问题又和村里的几户人家干过仗。

干仗归干仗，有件事让村里人对大口妮子竖起了大拇指。

那年冬天，大口妮子的二儿子准备结婚。新房在村西头，彩色电视机、自行车、录音机都买回来了。一个大雪夜，晚归的主人开门后发现新买的物件不翼而飞了。

小伙子也不含糊，拿起手电筒顺着新鲜的脚印一路寻找。天亮后，派出所抓走了队长家的三儿子。

按偷东西的价值定罪，队长家三儿子至少要坐牢一年以上。队长一家人慌了，跑去公社派出所，队长老婆见到派出所所长就"扑通"一声跪下了。

"你们求我没用，回去求人家失主，求得人家谅解，争取从轻处罚。"所长说话了。

求大口妮子原谅？当初两家因为宅基地大打出手，大口妮子是吃了大亏的。有仇不报非君子！村里人猜测着，看大口妮子如何报仇。

这天，大口妮子端坐在自家堂前，队长的大儿子跪在地上"婶子""婶子"地叫着。村里有分量的人物到齐了，他们是来讲情的。

"他二十六了，说个媳妇不容易，眼看也快成亲了，要是去坐牢，一辈子就毁了。这样吧，把偷俺的东西还回来，认个错，这事就算完了。"大口妮子发话了。

就这样完了？屋里的人用目光相互询问着。嗯，就这样完了。这话可是大口妮子刚说的。

"但是!"大口妮子突然大声说道。她像被什么东西卡住了喉咙似的,脸色阴沉,表情由悲到恨。

屋里的人面面相觑,刚放松的神经忽地又绷紧起来。

"那年春天,因为两家宅边的几棵小树,他一个大男人领一群儿子打我一个女人,这口气——我咽不下!"大口妮子的一只手重重地拍在桌子上。

"啪!啪!啪……"队长的大儿子代父受过,抽打着自己的脸。再看大口妮子,她那疏淡的三角眉没动一下。

(选自《百花园》2023 年第 12 期)

迟暮

邵远庆

迟暮很早以前就是我们颍水镇公认的大美女。

那时迟暮还在镇上的图书馆上班。正因为有大美女迟暮的存在，我们颍水镇的学习氛围才显得空前浓厚。数以百计甚至数以千计的年轻小伙儿，干脆放弃手中的活计，锲而不舍地、钻头不讲屁股地拼命往图书馆里钻。图书馆整天人满为患，书架上那些为数不多的图书被他们翻得稀巴烂。弄得馆长一直为这个事头疼，甚至都想自作主张地把迟暮调离此处，或者为她戴上一张面目狰狞、惨不忍睹的丑陋面具。

迟暮的家离图书馆很近，所以她上下班时间没必要乘坐交通工具，仅靠两条腿、两只脚即可满足生活和工作需求。每次上下班时间，迟暮身边都会呈现出前呼后拥的局面。迟暮无论走到哪里，哪里立马就热闹非凡，有给她送水的，有给她送早点的，有给她送花的，有给她撑伞的……当然还有很多小伙儿，不失时机地往她手里塞字条。迟暮如果把每天收到的字条积攒起来，大抵都能救活一家濒临倒闭的废品收购站。

正因为追求迟暮的人实在太多，很容易让她眼花缭乱和六神无主。迟暮的父母都在镇中学当教师，桃李满天下的同时，也阅人无数。一个叫郭努力的小伙子，大概是看自己在迟暮那里不占优势，所以干脆抄近路，直接对准迟暮的父母展开攻势。夏季，郭努力不厌其烦地给迟老师送蔬菜、水果；冬天，郭努力继续不厌其烦地给迟老师送米面和煤球。郭努力的努力显然没有白费，有天迟暮回到家，她父母递给她一张电影票，说有个得意门生想邀请她看电影。

迟暮如约而至，到地方才知道是郭努力。

跟郭努力一样自告奋勇的还有刘兴旺。刘兴旺没从迟暮的父母那里下手，而是直接把目标对准迟暮。刘兴旺的父母是镇政府干部，家庭条件比郭努力好，所以出手也比郭努力大方。刘兴旺让母亲从县城捎回一条裙子，悄悄塞进迟暮背包里；赶上情人节的时候，他还真抱着九百九十九朵玫瑰，足足有一团树丛那么大，吭吭哧哧地捧到迟暮面前。

郭努力邀请迟暮看电影和刘兴旺给迟暮送玫瑰花的消息，像长了腿一样在我们颍水镇疯传了好长一阵子，也让很多小伙儿的心像喷了除草剂一样枯萎甚至死掉。迟暮所在的图书馆，一下子冷清了许多。

迟暮经过认真筛选和慎重把握，最终跟刘兴旺确定了恋爱关系。迟暮和刘兴旺牵着手，行走在我们颍水镇大街上那天，一街两行站满了人，很多小伙儿都面色凝重地默默注视着这对新人，有的人竟然差点儿当场掉泪。

最痛苦的当然是郭努力了。数以百计甚至数以千计的小伙儿当中，唯独郭努力没到大街上去，有人看见他一个人躲在酒馆，开怀畅饮和酩酊大醉。

以上故事发生在多年以前，我们颍水镇的小伙儿，随着时间的推移和故事的结局，早已将迟暮从心中抹去。后来发生的事只跟郭努力一个人有关。

迟暮发现刘兴旺对自己不忠时，刘兴旺已经是身价上亿的企业老板。刘兴旺的身前身后都是女人，数量和情景跟当年迟暮在图书馆上班时差不多。刘兴旺已经很长时间没碰过迟暮了。迟暮每天孤灯孑影，就像一束被遗弃、被淘汰、任其自生自灭的花朵。

迟暮突然决定报复刘兴旺。

迟暮主动给郭努力打电话，主动请郭努力吃饭，主动陪郭努力上床，主动逼郭努力离婚。前三个"主动"郭努力都欣然接受，对于第四个"主动"，郭努力尽管作出巨大努力也没能成功。郭努力的老婆都把这事闹到我们颍水镇政府了，接下来还要到县政府和市政府去闹。郭努力想退却，就有气无力地对迟暮说，你已经报复过刘兴旺了，我们的事到此为止吧。

迟暮铁了心似的挑起一根食指在郭努力面前晃了晃，轻蔑一笑说：NO！

迟暮干脆拉郭努力跟自己住在一起。

迟暮跟郭努力的事也像长了腿一样在我们颍水镇疯传了好长一阵子。有人向刘兴旺告密。刘兴旺咧开嘴露出里面两颗黄澄澄的大金牙，又吐出一口接近于黄腾腾的烟雾，像诗朗诵一样说，美人迟暮，英雄末路，江郎才尽。由她去吧！

不久之后，郭努力遭遇车祸双腿尽失。郭努力不得不重新回到他老婆身边。有人说是刘兴旺派人干的，也有人说是郭努力老婆的娘家人所为。众口不一。

一天清早，天蒙蒙亮，我们颖水镇的大闸附近还到处氤氲着雾气。突然有人在桥上看见迟暮。迟暮身穿一条洁白的连衣裙，正像骑木马一样横跨在大桥栏杆上。河风调皮地把迟暮的裙子掀起，迟暮的双腿还是那么修长那么细白，跟她在图书馆上班时一模一样。

人们预感到可能要出事，都惊呼着上前去拉迟暮，可是为时已晚。迟暮纵身一跃，瞬间像鱼一样钻入平静的水面。

认识迟暮的人并没对此作出过多评价，他们只是淡淡地说了句，她把水花压得很好！

（选自《小小说选刊》2023年第10期）

寻亲记

吴万夫

陈子米是个苦命人，刚出生时就没了爹，五岁那年，走投无路的娘撇下她，跟着一个养蜂人走了，从此再无音信。经过几次辗转，陈子米被一对好心的夫妇收养了，但对亲生母亲的思念就像一粒种子，深深地埋在她心中。

长大后，陈子米结了婚，有了孩子，这时愈加体会到做父母的不易，对母亲的思念与日俱增。只要一有机会，陈子米就四处托人打听母亲的下落。农闲之际，陈子米打发男人吴小亮骑上自行车多方找寻，但都无果而终。

就在陈子米为寻找母亲感到无望时，事情出现了转机。有天傍晚，泥瓦匠三棍叔给陈子米提供了一条线索，他在十八里路外的小杨庄帮人砌墙时了解到，村里有个老太太当年也曾走失过女儿，其年龄与陈子米大致吻合。三棍叔的话，又一次为陈子米点燃了希望。

夜里，陈子米躺在床上翻来覆去睡不着，翌日天没亮，就迫不及待地叫醒了吴小亮。两个人匆匆地洗把脸，摸着黑儿朝小杨庄赶去。正是深秋季节，露水有些重。因为走得仓皇，陈子米和吴小亮的脑额上，沾着几绺湿漉漉的头发。他们脚上的黑色圆口布鞋，在尘土的沾染下，早已失去了原色。

　　陈子米和吴小亮到小杨庄时，天色刚刚放亮。在早起村民的指引下，他们很快找到村西头老人的住处。那是三间红砖青瓦房，老人的儿媳妇几年前遭遇车祸不幸去世，现在家里只剩下她和儿子、孙女相依为命。儿子瘦高个儿、黑脸膛，少言寡语，自称叫杨金喜；孙女名叫杨雨，身材随她爸，高挑苗条，浑身散发着少女青春的气息，给这个稍显黯然、凋敝的屋子增添了不少光彩。

　　陈子米和吴小亮推开屋门时，老人在迷糊中还没起床。年过八旬的老人，乱麻般的头发说不清是白还是灰。由于早晨光线不好，窗户开得过小，又蒙着一层半透明的塑料薄膜，一抹晦暗、压抑的光晕斜斜地映照进来，将老人满是褶子的脸勾勒得更显沧桑。杨金喜在一边低低地说："娘的心思一辈子都花费在寻找妹妹身上，家里人都跟着她受煎熬。如今，娘双目失明了，她每天早晨醒来的第一件事情，就是念叨我妹的名字。"

　　杨金喜正说着话，不想惊动了半梦半醒状态中的老人。老人微微睁开浑浊、无神的眼睛，问："谁呀？"

　　慌乱中的杨金喜随口答道："娘，这是我妹来了。你辛苦找了几十年，她今天上门来认亲。"

　　老人听说是女儿回来了，一下子来了精神，利索地翻身坐起来："是俺的毛毛回来了吗？她在哪儿？"老人说着张开双臂，做了个要下床拥抱的动作。

陈子米扫视一下凌乱的房间,心头猝然涌起一股辛酸,她快步上前搀住老人,颤声说:"娘,我是毛毛,我在这儿呢。"陈子米的乳名叫"英子",她不知道是老人记混了,还是有意对她的昵称。

"你真的是俺毛毛吗?娘早就说过,俺妮儿不会撇下娘不管。"老人说着,伸出老榆树皮一样的手在陈子米的头上、脸上摩挲,呜呜地哭起来,"不错,眉骨、脸盘儿很像俺毛毛。俺记得很清楚,在你左肩胛下,有一块铜钱大小的红色胎记,快让娘瞅瞅。"

老人挣扎着要替陈子米解纽扣,被杨金喜捉住双手及时制止了:"娘,你真是老糊涂了。"

陈子米搂住老人,泪水扑簌簌地流:"娘,我就是你要找的毛毛,我再也不离开你了。"

吴小亮的眼圈儿也忽地红了。杨雨见状,赶紧拿过来枕头,扶奶奶倚靠着床头半躺下。

谁也没想到,时隔数十年后,陈子米终于与母亲相见了。

认了亲,两家人的走动也日益频繁起来。隔三岔五,陈子米都要买些好吃的东西,到小杨庄去看望老人。陈子米去了,给老人擦澡,帮她剪指甲,陪她唠嗑儿,老人的脸上绽放出少有的笑容。

老人是在第二年春上过世的。老人瘫痪在床的那些日子里,陈子米寸步不离地伺候在老人身边,直至她撒手人寰。

这之后,两家人的走动更是有增无减。时不时地,杨雨都要到姑姑家小住几日,和姑姑一起洗洗涮涮,帮她做些力所能及的活儿；待到地里起了花生，或是家里积了不少鸡蛋，陈子米的儿子吴远都会给舅舅送一些过去。一来二去，杨雨与吴远彼此萌生了好感，只是谁也没有说破。

又一年的正月初头，陈子米携家人到哥哥家拜年。饭桌上，陈子米郑重地向哥哥杨金喜提亲："哥，你都看见了，俩孩子出双入对的，感情甚好，我想把他们的亲事定下来。"

杨金喜与吴小亮挠着头，两个人吭哧半天没表态。坐在下首的吴远，不时用眼角的余光瞟向杨雨，希望听到她的明确意见。杨雨缄默俄顷，说出了心中的顾虑："姑姑，我知道你是一番美意，我对吴远也没啥可说的。但我们是近亲，不能结婚。"

陈子米笑道："傻孩子，你说的这个情况姑姑懂，但有件事情我一直没有告诉你们，其实你奶奶并不是我的亲生母亲。还记得第一次来见你奶奶吗？她叫我'毛毛'，其实我的乳名叫'英子'；她说我左肩胛下有一块胎记，事实上这块胎记根本不存在。那天看到老人的模样，我实在不忍心拒绝她……"

杨雨再也抑制不住自己，扑进陈子米怀里失声恸哭："姑姑——"

后来，杨雨果真嫁给了吴远，并生下一双可爱的儿女。一家人和睦相处，其乐融融。令人稍感遗憾的是，陈子米至今还没有找到自己的亲生母亲。

（选自《回族文学》2023 年第 6 期）

我和小猜没关系

李士民

工地上最热闹的地方是食堂。

人们早上六点上班，中午十二点下班，半天的时间下来，个个肚子都咕咕噜噜叫了。

要开饭了，四方的脸上还挂着几处灰浆，挤在人群里，一双筷子把白瓷碗敲得叮当作响，像舞台上表现力极强的小丑。

午饭照旧是萝卜炖粉条，还掺裹着肥瘦相间的几片大肉，足以吊起大家的胃口。听说有一回，一伙人抢着打饭居然挤倒了一堵墙，幸运的是，只压坏了几个大冬瓜。

工地食堂打菜的女子叫小猜，小猜的个头不高，打菜却是干脆利落，一把勺子握在手，往菜盆里一拱一抖，然后啪的一下，不偏不倚扣到某个工人碗里，惹得人群里一阵惊呼。

有人看见，四方碗里的肉，比别人碗里的肉多上几片。

有人说，是小猜对四方好，偏心眼。

四方说，哪能，十个指头还有长短，小猜不是故意的。

有人说，好几次了，都是这样，是小猜看上四方了。

四方表面上辩解，心里却暗自乐呵。四方心想，真的假的，试试就知道了。

那天，趁着干活的间隙，四方说，自己拉肚子。四方悄悄带着泛黄的大个水杯，一转圈，两拐弯，来到了食堂。

食堂里，小猜正在切萝卜，四方咧着大嘴自我介绍，我是工地上木工组的四方，来找点水喝。四方自我介绍的时候，很像小学生在背诵课文上的"一只乌鸦口渴了，到处找水喝"。

小猜切菜的刀，并没有停下来，唰唰唰，一片一片的萝卜像是从流水线上运送过来的，小猜说，工地路口就有热水炉，去那里倒水就行了。

就在四方准备转身的时候，小猜停下手里的活儿，接过四方手里的杯子，为四方倒了一杯热水，最后，还在四方杯子里加了一勺白糖。

小猜为四方加白糖的这个情节，很多人都知道了。

一天下午，四方正准备去上班，却被工程队王队长喊住了。王队长说，四方，到我办公室来一趟。

四方有点纳闷儿，挠着头想：难道我干的活儿出问题了？

刚进办公室，王队长就为四方倒了一杯茶。王队长说，经过工程队综合考评，你荣获上个月的"木工技能之星"，填上这张表，就行了，下个月，你的工资就会涨一级，当然，"木工技能之星"也有奖金。

四方听了王队长的一番话，像喝了几杯酒一样，脸红了，心跳了，晕晕乎乎就中了"状元"。

临走时，王队长悄悄说，四方呀，有机会的话，小猜那儿，给我添几句好话。

四方愣着说，王队长，我和小猜没关系。

王队长笑着说，没关系，没关系，都是你个人的能力。

当天下午，办公室工作人员找到四方，要为四方拍照。四方拍照的时候，洗干净了脸，换了新衣服，还戴上了大红花。

四方披红戴花的照片，被贴在了工地大门口的宣传栏里，过路的每一个人都能看到。一天傍晚，四方正准备去吃饭，却被木工组的孟师傅叫住了。孟师傅不说话，连拉带扯，把四方带到了外面的餐馆。

四方说，孟师傅，这是干吗呢？孟师傅说，咱弟兄俩能一起在木工组里共事，都是缘分，咱们坐一坐，喝一杯，解解乏。

很快，服务员上菜了：干煸毛肚，油焖大虾，地锅家鸡，清蒸鲈鱼。孟师傅打开一瓶高粱酒，两个人喝得风生水起。

回工地的路上，孟师傅扶着四方说，有机会的话，小猜那里，给我美言几句，看下个月，我的照片能不能上光荣榜。

四方苦笑着说，孟师傅，我和小猜没关系。孟师傅说，没关系，没关系，我懂，我懂。没过几天，瓦工组的郑师傅把四方领到了小吃街。郑师傅点菜很麻溜：羊肉串，鹌鹑蛋，酸菜鱼，桶子鸡，外加一罐鲜啤酒。小吃街人声鼎沸，香味四溢，郑师傅和四方猜拳行令，推杯换盏。没等郑师傅说话，四方先说了，郑师傅，我和小猜没关系。

郑师傅说，没关系，没关系，咱哥儿俩接着喝酒。

这时候，四方的手机响了，是媳妇枣花从老家打来的。枣花在电话里问四方，这会儿在哪儿呢？

四方回答，在工地上加班呢。枣花说，还学会撒谎了，我咋听着是饭店的声音呢，是不是和小猜一起喝酒呢？

四方说，你咋知道这事呢，枣花，我和小猜没关系。

枣花说，没关系，咱们离婚吧。说完，枣花挂了电话。

第二天，四方收拾了行李，决定回老家去。四方走到工地大门口，正好遇到小猜，小猜说，干得好好的，怎么说走就走呀？

四方摇摇头，不知道怎么回答才好。前几天四方打听了，这个小猜，是项目总经理的侄女。

就在刚才，四方离开工地前，一笔一画地在工地的小黑板上写下了一行字：我和小猜没关系。

（选自《小小说选刊》2023 年第 10 期）

我挺羡慕你的

彭永强

这几年，农村的日子越来越富了，几乎家家都盖起了楼房，开上了汽车，更为重要的是，村里村外的环境也更美了。村外青山妩媚，村口溪流清澈，村内干净整洁，家家户户窗明几净。很多以前搬进城的人，也都鸟儿归巢一般回到了村里安居。这不，连村里最出名的赵小甲和钱小乙也都从省城回到了村里。

赵小甲和钱小乙是从穿开裆裤时的朋友。说是朋友，其实俩人又是对手。因为周围的人总是把他们两个人作比较。

赵小甲爱动，喜欢折腾，从五六岁时候就咋咋呼呼、调皮捣蛋的，常常领着一群小孩子玩各种疯狂的游戏。钱小乙爱静，喜欢安安静静地待在家里，看书画画儿收拾花草。

当时的大人们都很喜欢钱小乙，嫌弃赵小甲，甚至连赵小甲的父母都不止一次地训斥自己的孩子："你看看人家钱小乙，多懂事，多让大人省心！你看看谁像你这样，三天不打上房揭瓦……"

当时的孩子们却都喜欢跟着赵小甲玩儿，他们嫌钱小乙太闷，天天一个人憋在屋子里，跟个大姑娘似的，多没劲，多没意思。

在大人的褒贬或者评判声中，孩子们渐渐长大。

钱小乙因为喜欢读书，考上了北京一所名校，后来又读完了硕士和博士，接下来留校任教。在众人羡慕的眼光中，享受着安静的读书、教书生活。

赵小甲在高考中名落孙山，他倒没怎么伤心，跟着一个表叔进了省城。进城后的赵小甲先是帮人修理汽车，接着倒腾廉价服装，随后跟人合伙开了家租车公司，后来又到非洲一个偏僻的小国家混了几年。对于这一时期的赵小甲，有人羡慕，说他经历丰富多彩，见过大世面，必有大前途；也有人说他整天瞎折腾，一事无成，还不如老老实实找份工作，娶个媳妇，养家糊口，孝顺老人。

又过了几年，钱小乙还是一如既往地过着自己安静的小康生活。赵小甲却不知道从什么时候开始发达起来，在省城买了别墅，开起了豪车，娶了一个比他小十多岁的年轻老婆，据说还是名校毕业。赵小甲每次回家都非常大方，为老家人办了不少好事。家乡人都称赞赵小甲混得不错，最重要的是还不忘本。提起钱小乙，尤其是看到钱小乙每年先坐火车再转汽车倒腾多次，提着大包小包地回老家，都不免有点儿惋惜："这么大的学问，却挣不了多少钱，学问再多又有什么用呢……"

转眼间，赵小甲、钱小乙都到了退休养老的年龄。赵小甲由于几年前的一次投资失利，这些年挣的钱几乎全都赔进去了，好在他还多少有点儿固定资产，他将这些资产处理掉，用来回家养老已经足够。钱小乙谢绝了多家学校的返聘邀请，安安静静地回到老家，继续过着读书、画画儿、侍弄花花草草的生活。

这天傍晚，赵小甲、钱小乙在河堤上偶遇，俩人找了个小馆子坐下来，几杯醇香的酒下肚，两人愈加兴奋，畅聊开来，分享着这些年的感悟与经历。

畅聊过后，俩人都沉默了，过了好大一会儿，两个人几乎异口同声地说道："其实，我挺羡慕你的！"

（选自《阳光》2023 年第 1 期）

想读一本你写的书

原上秋

咣咣，咣咣。小陈和小林边干着活儿，边和这家的主人聊天。主人是个老头儿，相貌和善。小陈和小林很愿意在这样的人家干活儿。

小陈问，你做什么工作？

主人说，在报社，退休了。

是个领导吧？

副刊部主任。

小陈和小林议论半天，副刊部是个啥部门，有副刊部就有正刊部吧。

房子已经很破了，主人在劳动市场找到小陈和小林，计划把屋里整一整。他们没有合同，小陈和小林报了个价，主人就同意了。

主人退休在家，大部分时间，不是把头埋在书里，就是埋在报里。

小陈就说，你很用功啊。

主人说，现在只有一只眼睛能看见，另一只什么都看不到。

小陈和小林就停下手中的活儿，过来看个究竟。可不是嘛，一只眼睛里眼珠子都泛白了。小陈问，一点儿都看不到吗？主人说，一点儿都看不到。

想不到，这个老人每天都是用一只眼睛看书看报看世界。

咣咣，咣咣。小陈和小林做得很认真。主人不看书报的时候，会过来和他们聊天。问他们父母的状况，问他们有没有成家，问庄稼的收成，问在外打工的苦乐。小陈和小林会把自己的情况一一说给他听。

两天下来，渐渐熟悉了，他们俨然成了朋友。

和主人熟悉之后，小陈和小林的活动范围就大了。休息的时候，他们端着茶杯进到了主人的书房。书架上有很多书，小陈和小林只看，不摸。他们喝着主人泡的好茶，感叹，好多书啊。

主人说，上面两层都是文学名著，下面一层是自己写的。

小陈和小林吃了一惊。刘——亮——德，你叫刘亮德？

主人说，是我。

署名刘亮德的书有十几种：《白话人生》《眼光放在灯笼前面》《只眼窥世》……主人介绍，《白话人生》是在报社写的专栏，《只眼窥世》是一只眼睛瞎了之后写的。

小林说，写电视剧才挣钱。

小陈拍了小林一下，嫌他话多。他们和书保持着适当的距离，用一种敬慕的神态看了一遍又一遍。

小陈问，这些书里都写的什么？

主人说，人生感悟。怕他们理解不透彻，他讲了书里的一个故事：

一个武士向一个老禅师询问天堂和地狱的区别，老禅师故意轻蔑地说，你是个粗鄙的人，我没时间和你论道。武士恼羞成怒，拔剑大吼，老头无理，看我一剑杀死你。老禅师缓缓道，这就是地狱。武士恍然大悟，心平气和地纳剑入鞘，鞠躬感谢禅师的指点。老禅师接着说，这就是天堂。

主人说，善恶就在一念之间，天底下没有绝对的好人和坏人，只有好事与坏事。

有意思。小陈和小林听得入了迷。

咣咣，咣咣。小陈和小林很长时间只埋头干活儿，好像一直在回味武士和老禅师的故事。

有一天，小陈和小林来晚了。他们互相埋怨，都说前一天不该喝那么多酒。主人笑着说，你们喜欢喝两杯啊。小陈说，他们一出来就好多天，有点儿想家，想家的时候喝点儿酒。小林插话说，喝了酒更想家。

小陈和小林干活儿没有精神，因为他们喝了很多劣质酒。主人问他们喝的什么酒。他们说了很多的牌子，都是小饭馆里面的低档货。

他们感叹，哪一天挣了大钱，一定买一瓶茅台酒，尝尝啥滋味。

晚上收工的时候，刘亮德拿出一瓶茅台酒送给他们。他说自己平时不喝酒，这酒是一个朋友送给他的，就剩下这一瓶了。

　　小陈和小林欣喜万分，他们轮番拿着酒瓶看来看去。小林边看边说，这酒拿回老家喝才有面子。

　　几天后，房子装修好了。双方都很满意。主人给他们工钱的时候，小陈和小林也在心里数数。数到最后，两个人的心抖了一下。也没说什么，拿着钱走了。

　　出了门，他们找了一个没人的地方数钱，数了一遍，又数了一遍。小林督促小陈，走吧，他眼神本来就有问题，哪能怨咱们。

　　小陈发了脾气，他觉得他们这样走了，对不起刘亮德。

　　他们又折了回来。

　　他们来还多出的两百元钱。他们还想让刘亮德送给他们两本书。刘亮德讲的故事，很吸引他们。

　　刘亮德在阳台上看到了他们。他想，他们一定是来还那两百元钱的。他们哪里知道，那是刘亮德偷偷给他们的奖金。

　　小陈和小林跟刘亮德打招呼的时候，发现站在高处的他另一只眼睛好像已经好了，像从前一样，明亮有神。

　　　　　　　　　　〔选自《小小说月刊》2023 年 6 月（上）〕

在异乡

张明重

抵达这个西北小城时，已是晚上八点多，华灯闪耀，人声鼎沸。

刘祥慢悠悠地走出车站，几个拉客的司机以近乎变态的热情同刘祥打着招呼。刘祥没有说话，只是微笑着加快了脚步。车站这个地方向来鱼龙混杂，稍不留意就会惹上不必要的麻烦，尤其是像他这样满口异乡腔调的外地人。眼见拉客无望，几个司机立马转移了目标，刘祥才得以脱身。

走在人声喧闹的街道上，刘祥深深地吸了一口气。西北的风有些粗犷和雄浑，夹带着一股牛羊肉、青草和泥土混合的味道，膻膻的，甜甜的，醇醇的。这是刘祥在内地平原小城嗅不到的，这也是刘祥临时起意来这里的原因。

在家乡小城生活的时间长了，刘祥总感觉到很厌烦。这种厌烦是骨子里的。每天面对一成不变的生活和一成不变的环境，对喜欢追求新鲜刺激的刘祥来说，是一种彻骨的折磨。所以，当年休假批下来后，刘祥几乎像个刑满释放的劳改犯逃离监所一样逃离了那里。

刘祥是一个天生喜欢流浪的人，这也是骨子里的。他喜欢到一个陌生的地方，看看不一样的风景和不一样的人，感受一下不同于家乡的味道。在这里，刘祥不认识一个人，也没有一个人认识刘祥，也不知道刘祥从哪里来，又要到哪里去。这种神秘感让刘祥有一种眩晕的快感。

刘祥欢快地走在街道上，面带笑容地看着每一个迎面而来的人，目不暇接地看着道路两边风格迥异的建筑和从来没有听说的美食。这个世界真奇妙，原来在它某个未知的角落里还有一个长成这样或那样的人，还有这样的建筑和美食。刘祥忍不住兴奋地大喊了一声。周围的人诧异地看着他，像看怪物一样。刘祥也不在意，反正也没有人认识自己，把自己当成怪物也好，疯子也好，好像都无所谓。这是刘祥在家乡所不敢做的，也不能做的。

按照导航的指引，刘祥很快来到了自己在网上订的宾馆——西域风情假日宾馆。在网上搜索时，刘祥一下就相中了它，这应该是自己梦想的休息之地。事实也不出刘祥所料。宾馆圆柱拱门，柱子上雕刻了精美的花卉和人物场景。大堂内，一个老人正在弹奏着天籁，让人有一种说不出的惬意。坐在宾馆大堂里的沙发上闭目聆听了一会儿，刘祥才起身去房间。

在房间里稍作休息，刘祥走出了宾馆，想找一家特色小吃店一饱口福。住大店，吃小吃，这是刘祥外出时掌握的一个原则。大店安全，小吃有特色，更何况这是自己神往已久的地方。

路边的一家"大骨头店"，让刘祥停下了脚步。这家店的名字像西北的景色一样简单明了和粗放，给人一种豪迈的感觉。

而且店里的人很多，一看都是当地人，肯定好吃。

刘祥毫不犹豫地走了进去。在老板的推荐下，点了一份牛大骨和两碟当地的特色小菜，又要了一瓶当地产的酒。酒的度数有点高，比家里的酒辛辣一点儿，但口感不错。大骨头量很大，味很足，刘祥一度怀疑老板在赔钱赚吆喝。面对美食的诱惑，刘祥也顾不上形象，用手抓着，大快朵颐起来。

正吃喝得畅快淋漓，一个男人拿着酒瓶和一碟菜走到刘祥面前，笑着说："老弟，外地来的吧？"刘祥好不容易把一大口牛肉咽下，连忙说："是的、是的，快坐下来，一起喝两杯。"男人也不客气，放下酒和菜，坐在了刘祥的对面。刘祥指着大骨头，说："你们这里的大骨头太好吃了，来一块。"男人苦笑了一声，说："老弟，你吃吧，我早就吃腻了。"刘祥给男人斟上一杯酒，说："尝尝这酒，味道不错。"男人说："我还是喝这瓶外地酒吧，你这酒我不习惯。"

两个人边喝酒边你一言我一语地交谈起来。男子说："挺羡慕老弟的，有空能出来走走。不知道你咋想到来我们这里了？这个地方太没意思，我在这里待了几十年，烦透了。空气也没有你们那里清新，饮食也没有你们那里精致，景色也没有你们那里灵秀。有时间，我得去你们那里一趟体验体验。"

刘祥愣住了，不知道如何回答。他嘴里无意识地咀嚼着牛肉，感觉也没有那么香了。

（选自《躬耕》2023 年第 12 期）

蜡烛

胡明桥

作为商人，我近几年的生意一直做得很不如意。生意场上，变化无常是正常的，但我和妻子闹心的却是，我们总感觉受到了当地生意圈那些所谓的朋友们莫名其妙的"背叛"，跟他们总搞不好关系。

一天，我和妻子商量，打算去深圳碰碰运气。儿子大学毕业后便在那里工作，这样我们一家人也可以在一起，互相照顾。我们很快收拾了行李，动身来到美丽的特区。

一路南行，我们在市中心的一个繁华商业区附近租了一套出租屋，简单打扫与布置后，暂时安定下来。

第一个周末的晚上，我与妻子正在收拾东西，小区突然停电了。我只好在沙发上坐下，正在想要不要到外面去买些蜡烛，门口突然响起一阵急促的敲门声。

"谁?"我问。在这个陌生城市的夜晚，突然而来的敲门声使我瞬间紧张起来。

妻子从卧室里走了出来："儿子昨天出差了，不可能这么快回来吧。在这儿我们两口子没有熟人啊，会是谁呢?"

"谁?"我鼓足勇气又一次大声发问。

"叔叔,我是你楼上的住户。"一个小女孩稚嫩的声音响起,"请问你家里有蜡烛吗?"

我极不情愿地把门拉开一条缝,看了一眼,干巴巴地回了两个字:"没有。"便立即关上门,还上了门闩。

"咚咚咚……"没想到我刚回身坐下,敲门声再次响起。我气鼓鼓地再次开门,一看还是刚才那个小女孩,她并没有离开。但这回我看清了,她一只手举着一根已点亮的蜡烛,红红的烛光照亮了上下两层楼道,另一只手还拿着两根蜡烛。

"又有什么事?"我有点恼火,尽量隐藏起不耐烦。

"叔叔,我奶奶听物业说,夏天时小区用电会超负荷,时不时要做检修就会停电。奶奶说,你们是新搬来的,肯定没准备蜡烛,她让我送两根给你们用。这是我刚下楼买的。"说完,她将那两根没用过的蜡烛递了过来。

她天真又可爱的大眼睛注视着我,我竟莫名其妙地窘迫起来:"哦……谢谢……不……"我一面结结巴巴地应道,一面慌慌张张地把门拉得更开些。闻声而来的妻子伸手接过小女孩递来的蜡烛,高兴地邀请小姑娘进来坐:"你奶奶真是一个好人,谢谢你。要不要进来坐一会儿?"

"不了,阿姨、叔叔再见。"

听着小女孩上楼的脚步声,我重新坐回沙发,脑中突然浮现出几个巨大的问号:自己一直觉得生意做得不顺心的原因到底是什么?我之前那些朋友真的一直在背叛我吗?难道不是因为我自己疑心太重或者过于冷漠？

　　我想起儿子前天拿回来的一箱水果，对妻子大声说："一会儿来电了，你送些水果过去，感谢一下那个小女孩的奶奶吧。"

　　　　　　　　（选自《羊城晚报》2023 年 7 月 26 日）

田月娥的鸡零狗碎

莫小谈

太阳西垂时，田月娥从五岭崖市场出来，她突然不想再提着五斤重的豌豆切糕赶公交，扬手截了一辆出租车。

田月娥的家在"幸福里"，租的是顶楼。夏天，太阳直晒着楼顶，屋内像烤箱，烤得人周身难受。从家里到地面，需要围着楼梯拐十一道弯，转呀转呀，就像驴子拉磨盘。田月娥已经烦透了那个地方："压根儿就不是人待的地儿。"

好在时下已是秋天，总算熬过了夏季。

田月娥突然无来由地怨起了家里那头"闷牛"。前些天，也不知他是哪根筋搭错了，非要托谁谁在汽车站盘下一个档口。倒不是心疼两瓶烧酒钱，她就是看不惯他那副嘴脸，说一不二，好像全世界就他一个人有想法。盘下档口，你守摊儿呀，他偏不，一出车就是十天半月，家里家外都撂给她，风里来雨里去，不都得她一个人蹬着三轮车从铺子到家，从家到五岭崖，有谁帮着推一把了？

比如今天，好端端的三轮车被人扎了胎。赵老三倒是会补，偏巧修车铺子里排满了三轮车，都是轮胎被扎的，不知谁家的野孩子没看住，坏了良心，也不怕遭报应。

田月娥钻进出租车的后排，将那盆豌豆切糕放到座上，司机扭头问她盆里装的啥，会不会洒？

"不会。"田月娥回答。

"去哪里？"司机问。

"幸福里。"

"十七块钱。"司机报了价。

莫名其妙，还没开车就要钱？田月娥的无名火"腾"一下窜上来。谁家的钱是大风刮来的？凭什么要让你多挣那一块两块的？您开出租不打表呀？田月娥的连珠炮一股脑扫射到司机身上，她认定眼前这位长相憨厚的男人没安好心，是绕路吃黑钱的惯犯。

司机显然被吓住了，默默按下计价器，启程。田月娥的心算是平复了些。

其实，田月娥今天完全可以奔铺子去的，但三轮车塞了她的心。屈指一算，连头接尾他小两口舍家弃子已进城九年，卖了九年切糕，这辆车也跟了她九年。人生能有几个九年啊。进货时，三轮车驮着她去五岭崖；卖货时，又载着她和切糕沿街找生意。年复一年，日复一日，多少个日出东方又日落西山，一晃都过去了。

说心里话，田月娥不喜欢站铺子，喊不能喊，叫不让叫。"五岭豆沙切糕，香糯可口哟——嗨——"这一嗓子喊出来，无论卖不卖货，心里头就是畅快。站在那个方框里，哪像个卖东西的样子，杵着活像一根电线杆子。

眼前的道路越来越熟悉，幸福里到了。司机一脚刹车，车稳稳地停靠在路边。田月娥早已准备停当，下车，瞟了一眼计价器：不多不少，正好十七。田月娥脑袋"嗡"了一声，她惊讶地望向司机，心气陡然间泄完了，像是一名败下阵的战士，又羞又丧，付了钱，匆匆下车。

三轮车修好了，赵老三没收钱。他说，都是老门老户的，举手之劳，不费啥料，不值当。田月娥不那么认为，人家赵老三也不容易，谁活着都不容易。离开时，她悄悄地将适才司机找回的三块钱压在赵老三的茶盘下。

田月娥到底没有去铺子，还是原样，她把一块木板支到三轮车厢上，又搭一块净布，将那盆新鲜切糕倒扣在净布上。先转幸福里，然后往乔家门，"五岭豆沙切糕，香糯可口哟——嗨——"

其间，"闷牛"打来电话："铺子生意咋样？"

"还好。"

"车站人多，不比你蹬车瞎转悠强？"

"多卖不了几个钱。"

"多一块也是多，主要是不累。"

田月娥不想在这个话题上多费口舌，她问："你那边起风没？"

"没事，不冷。"

"我问，你那边起风了没？"

"没事，穿得厚。"

"我问的是，你那边刮风没?!"田月娥不耐烦了。

"刮了、刮了，下午就刮了。"

"夜间大车不让上路，你就躺车里眯一会儿，记住盖厚点儿。"田月娥嘱咐道。

"知道。"

"别吃酒，连啤酒沫子都不能吃。"

"知道。"

"别整天只会说知道知道知道。"田月娥说，"你要把我的话记心里。"

"知道。"

"可别学大力，管不住嘴，更不能学强子，管不住心——钱没了，人进去了，鸡飞蛋打。"

"知道。""闷牛"又答。

今天，天公不作美，秋风中还夹着雨星儿，路上行人不多。田月娥干脆把摊位扎在乔家门，等生意。

不经意间，田月娥看到一辆出租车停靠在不远处。司机下了车，是他，是下午遇见的那个"坏司机"。恍惚间，司机向她走来："是五岭崖切糕不?"

"正宗五岭味儿。"

"来十块钱的。"

田月娥麻利地从案上拿起刀，手起刀落，一块切糕不偏不斜落进事先备好的托盘内，唰唰唰，三刀两刀切成一排菱形块，装袋递了过去。

"也不称称?"

"不用称。"

"还是称称吧,万一你手抖多切了呢。"司机打趣道。

"放心,不会抖。"

"还是称称吧。"

田月娥拿起电子秤,十块零五毛。"五毛算送你的。"田月娥说得干脆,脸上露出了得意的笑容……笑着笑着,田月娥的表情僵住了——刚才的一切都是梦境——"坏司机"并未走向她的摊位,而是径直走进了旁边的烩面馆。

败了,真的是败了,败得连还手之力都没有。田月娥立在秋风里,冷。

望着车上还没卖完的切糕,足足还有一小半儿,此时,田月娥莫名地想哭:"扔吧,扔吧,早就吃伤了,真的连一口也吃不下了。"

(选自《芒种》2023 年第 9 期)

哑嫂巧巧

曹世忠

这女人，葫芦里到底卖的啥药？急死人了！

摇车，挂挡，刘涛涛刚要开车起步，却被哑嫂巧巧拦下来了。她嘴里咿咿呀呀，摸摸白菜，用手做了个环抱的样子，又向村里的方向指了指。

刘涛涛以为巧巧想往塑料袋里装白菜，他下车连忙把一摞袋子递给她。

巧巧不接袋子，弯下腰，摸着白菜，再一次往村里指了指。

刘涛涛如坠五里云雾。

巧巧再一次弯下腰，用手转了几下。转着转着，突然间就加快了速度。

刘涛涛恍然大悟，巧巧是说，他每天都开着拖拉机走村串乡去卖白菜。可这又怎么了？他转身上车要走，却被巧巧拽住不松手，嘴里仍是咿咿呀呀的。

真叫人费解。刘涛涛忽然同情起达州哥来，一辈子摊上这么个女人，成天打哑谜，窝囊死了！

巧巧原来会说话，五岁时害了一场急病，病好后，不知道啥原因竟成了哑巴。达州哥比巧巧大五六岁，比刘涛涛也大，刘涛涛便喊巧巧哑嫂。

刘涛涛开车要走，巧巧却拽住他，死活不让他上车，不停地指着地里的白菜。直到巧巧看到梅花走过来，才撒手去地里铲白菜了。

啰啰唆唆耽误事，以后再忙也不喊巧巧帮忙了。刘涛涛心想。

刘涛涛今年种了十六亩白菜，棵棵长得溜圆。遇上好年景，又遇上好收成，刘涛涛很是高兴。可是，今天天气预报说，一星期后有暴雪，得赶紧把白菜铲掉收起来，不然冻在雪窝里，可就卖不出去了！

找谁帮忙铲白菜呢？刘涛涛想起对门的梅花在家闲着，就去叫她。梅花正在家里看电视哩，听见有人喊，忙从屋里走出来。

刘涛涛说明来意，梅花笑着说，中，我早点儿去！

真是远亲不如近邻啊！刘涛涛感激地说。

巧巧也在家，看她闲不闲？梅花又说。

刘涛涛就又去了巧巧家。见了巧巧，刘涛涛先朝西南方向指了一下，又用手比了个"铲"的动作，表示要她帮着去村西南地里铲白菜。巧巧指了指桌子上的碗筷，又指了指案板上的面条、菜刀和盆子，意思是，等她把厨房里的杂活儿收拾完就去。

巧巧干活儿很利落。巧巧铲下来的白菜一棵棵整齐地放在那里，外边的老菜帮子被剥得干干净净。巧巧的脸红通通的，头发上结满了霜花，蓝色衣服上沾了泥巴，手上的裂口有血迹。刘涛涛递过去一双新手套，巧巧却没有接，她指指自己的手，大概是觉得，戴手套干活儿不方便，耽误事。

这时候，刘涛涛的妻子也来了，两个人赶紧把铲下的白菜往车上装。车装满了，两个人都累得气喘吁吁。刘涛涛看看手机，已经上午十点半了，梅花到现在还没有来。刘涛涛暗自思忖，看这人，答应得怪好，就是不往地里来，咋回事？他这样想着时，梅花走过来了，梅花说，哎呀涛哥啊，家里来客了，刚打发走，不好意思啊！

刘涛涛心里不高兴，嘴上却没有说什么。他心想，一上午就这么短短四个钟头，你这时候才来，出勤不出力，咋算工钱？

梅花干活儿像个懒牛，慢腾腾的，一会儿去一趟厕所，一去就是一二十分钟，真是"老牛上套，不屙就尿"。刘涛涛又想，照这样干法，一上午铲的白菜卖了，还不够她的工钱呢。可咋说呢？是自己跑到人家里喊人家来的，埋怨谁？算了，抬头不见低头见的。

天快黑的时候，刘涛涛顺带着跟妻子说了巧巧让他"猜哑谜"的事儿。

妻子说，我知道巧巧的意思，她去梅花家借气筒，看见梅花屋里有一堆白菜。梅花说是她舅送的，叫她过年炖菜吃。

妻子又说，我也去了梅花家，也只是瞥了白菜一眼，梅花便连着给我解释了好几遍，一直说是她舅送的。

刘涛涛疑惑地问，那天我去张岭卖菜，她舅还买咱的白菜，咋会送给梅花呢？

夫妻俩忽然明白了巧巧要表达的意思。

众人捧柴火焰高，总算是赶在暴雪到来之前，把白菜全都收回家里了。梅花干了三天半，付工钱时，刘涛涛给她算了四天，她还嘟嘟囔囔不愿意。巧巧整整干了四天，刘涛涛付了跟梅花同样的报酬。刘涛涛心里有点儿嫌巧巧吃亏，塞给她二十块钱。哪知巧巧咿咿呀呀比画半天，非要退还二十块钱不可。这时候，达州哥来接巧巧，达州哥说，巧巧的意思是给别人家干活都是一天六十块，咱乡里乡亲的，涛涛兄弟工钱给多了。

刘涛涛听了有些感慨，把梅花和巧巧又在心里比较了一番。

（选自《辽河》2023 年第 12 期）

艮师傅的警用摩托

尚纯江

小李很久都没想明白，艮师傅为啥不让他骑那辆摩托。自毕业进入警营那天起，他就觉得艮师傅骑那辆幸福牌摩托车的形象很帅，简直帅呆了！你看，那真是要多神气就有多神气！

小李多么想骑那辆摩托车啊！出现场时，骑摩托又快又神气。还有，摩托车排气筒喷出的气味儿老好闻了！小李爱闻汽油味儿。

艮师傅从不让他骑那辆摩托，说这辆车是从附近驻军那里淘来的退役车。淘来时，是一辆报废车，是艮师傅花了好几天工夫才修好的。就买零件这一项，就花去了艮师傅一个月的工资。锈蚀的发动机都锈成了一块。清洗发动机和车体时用了小半桶汽油。抛光，喷漆，换螺丝，老费功夫了，老费钱了。

人们说，那摩托是艮师傅的心头肉，是一点儿不错的。一有时间，艮师傅就把摩托车上上下下检查一个遍。把车擦了又擦，上机油、洗滤芯，老上心了。别看这摩托是淘汰的旧车，可在艮师傅手里，像脱胎换骨一样，焕发了生机。艮师傅骑着摩托在小城的东西南北大街上绝尘而去，看见的人都羡慕不已。

所以，在小李的梦里，骑着摩托车，带着女朋友，在县城的大街小巷这么溜上一圈，那感觉绝对爽！

可艮师傅总说，这辆车外表看着光鲜，发动机到了衰老期，毛病多得很！一个不慎，摩托就像脱缰的野马一样尥蹶子。闹不好，会出大事！

艮师傅外号"老艮"，说话更艮，斩钉截铁，给小李不留一点儿幻想。老艮，死老艮，"老鳖一"老艮，不管骑，你为啥骑？骗谁呢！

出现场时，小李坐在艮师傅骑的幸福摩托车后头，掂着勘察箱，背着照相机，却一点儿也没感到幸福。小李噘着嘴，心里数叨着：老艮，老艮，死老艮。

可一工作，小李啥都忘了。艮师傅说，勘查现场要用心，不允许有其他杂念。现场，哪怕一根头发丝都不允许放过。有时，一丁点儿不起眼的微小物证就会成为案件的突破口，或一个疑难案件的铁证。

艮师傅勘察现场是老手，是远近有名的痕迹物证专家。艮师傅手把手教小李，怎么勘察脚印，怎么提取指纹、物证，一点儿蛛丝马迹也不放过。艮师傅说，一到现场，就把眼睛、耳朵、鼻子全部张开，把心和大脑打开。做到手勤、眼勤、嘴勤、脚勤、鼻子勤、相机勤，多观察、仔细观看，用心、用脑、多提问。

小李爱学习，进步很快，很快就成了现场勘查的一把好手。这一点，小李很感激艮师傅。但是，小李就是想骑艮师傅的那辆摩托。

艮师傅说，骑摩托车要有驾驶证。小李说，知道，我有，在警校上学时考的。艮师傅说，这车"猴"得很，即使老手，也不免会摔跤出事。伤了人不好说，要是成为烈士，他是负不起这个责任的。

小李知道，这辆车对艮师傅老艮金贵得很。没有大案、要案，他不轻易骑那辆车，都是骑那辆"除了铃不响啥都响"的自行车。

"油贵！"小李问他时，艮师傅回他两个字，之后想想，又加了四个字，"还不好弄！"

后来，局里为技术股配了辆三轮摩托，小李第一个报名学习。不多久，小李就骑三轮摩托出现场，他让艮师傅坐在挎斗里，把那辆破摩托扔掉。

艮师傅不坐，也不扔。说，还是骑他那辆幸福摩托得劲。说，这摩托不能扔，还能派上用场。

有一天，小李外出学习，艮师傅骑那辆摩托出现场，半路上碰到一个在逃犯罪嫌疑人。那犯罪嫌疑人披肩发，骑一辆崭新的雅马哈摩托，唱着歌，骑行在乡间的公路上，从艮师傅身边一闪而过。

艮师傅瞅了瞅自己的幸福摩托，再看看犯罪嫌疑人的摩托，知道不是对手，就悄悄拐到一条斜路上，在犯罪嫌疑人前方截住了他。艮师傅把摩托车一横，拔出枪来，向犯罪嫌疑人喊道：我是警察！停车！

那犯罪嫌疑人迟疑了一下，没有停下车来，径直加速向艮师傅撞过去。

艮师傅没开枪，将摩托车调头摆尾，迅疾撞向犯罪嫌疑人的摩托。

犯罪嫌疑人倒下了，艮师傅也倒下了。两个人都被送进了医院。

小李学习回来看望艮师傅。

艮师傅说，他骑着那辆摩托摆头甩尾时，摩托关键时刻掉链子，突然失了控。要不，他完全可以把犯罪嫌疑人甩倒，自己没有事。

艮师傅懊悔地拍拍腿，却拍了个空。小李这才发觉艮师傅的一条腿被锯掉了。小李的眼泪流出来了。

艮师傅说，别哭了，没事。骨头撞碎了，截了肢，装上假肢我还能骑摩托。

可艮师傅再也没有骑上摩托。艮师傅手术后没多久，因卧床时间太长，导致肺栓塞，没抢救过来，去世了。艮师傅的那辆摩托，小李保存了下来，一直到当支队长，也没有舍得扔掉。那不，存放在博物馆的那辆绿色的幸福摩托车就是。李支队长说，那是艮师傅的最爱，是技术支队的第一辆警车。

（选自《河南工人日报》2023 年 11 月 30 日）

澧水白与花母鸡

陈 洪 涛

一次，澧水白去地里干农活儿，水沟里冲来一个鸡娃。鸡叫叫得像找不到娘的娃儿。澧水白生过娃，最不能听这声音了，扑通一声跳沟里。鸡娃得救了。回庄上，澧水白问了这家，没丢鸡，问了那家也没丢。是条命啊，澧水白感叹着。

怕啥糟蹋了，上地了，澧水白弄个鸟笼提着。谁知鸡娃大些了也是跟着澧水白。人家说真稀奇，赶集、上店狗跟着没啥，鸡子跟着，少见。

你不让它在家？留不住。

那拴住不就行了？不忍心啊。

有人这么一问，她这么一答。于是那人说，还是恁情谊真。

嬢蛋了，花母鸡咯嗒个欢，澧水白家里好若有个响器班。每天一响，有时一天还两响呢。邻居一听就骂自己的鸡，光吃不下蛋的懒蛋啊！澧水白一听，心里就高兴，苞谷撒得更勤。亮亮的苞谷就像澧水白的笑声，在花母鸡面前蹦啊跳，花母鸡爹着翅膀啄呀啄，咯咯又咯咯。

澧水白像花母鸡般在地里刨食，一年弄不了几个钱，还落一身病。一天，家里来了干部，一算两算，自己成了贫困户，享受帮扶了。

帮扶之一就是自己有工作了。工作就是在门头路上打扫卫生，叫什么来着？对，叫公益岗位。大道理澧水白不懂，只懂扫一月后有工资了。这好哇，在家门口上班，做梦都梦不到的好事儿。每天天一明，澧水白就拿扫帚出院，花母鸡勤务兵样打前站，翅膀一拍，头伸着，像欢快的风儿。澧水白一扫，花母鸡左看看，右看看，咯咯个曲儿。有时，还啄一些突兀的草尖，烂泥，袭击一下路上的虫子。末了，翅膀一参，跑个起飞的姿势，像个吹风机，吹得路光光的，一片比一片干净，还闪着亮。

帮澧水白脱贫的干部总来家里，一次两次，成了澧水白的好朋友。有一天，花母鸡竟啄了干部脸一下。干部气得吆喝着出来撵，澧水白也撵。谁知，还没跑出院子只听扑通一下，院墙倒了一截。这时澧水白才发现，原来花母鸡是发现了情况，救他们命呢。不过，由于挨澧水白一棍，花母鸡成了晕头鸡。

晕头鸡走路会转圈，跑着会跌倒，啄一下食甩一下头，但不影响咯嗒叫。下蛋一天不是一个就是两个，咯嗒得让邻居照样眼气。你家母鸡是铁打的？病秧秧了还这么无敌？俺家花母鸡是老天派来帮我的。澧水白站在路边，手执着扫帚，笑咯咯地说。

一天，澧水白在路上扫地，成了晕头鸡的花母鸡依旧当跟班。此时它就像一个芭蕾舞演员，看见虫子，左转一下头，眼抿着，爪抓地抓成个稳定器，一阵硬啄。

穿街过巷的风，吹得树叶哗啦啦，吹得羽毛迎风展。花母鸡就像孔雀开了屏，映得街上有彩儿了。

忽然，浓荫中跑来一惊牛。惊牛红着眼，一窜一窜的，浑身荡着一种杀气，澧水白扫地没有察觉。十米，五米，三米，有人看见嚷嚷，有人追赶，有人开始张大嘴，眼看要撞上……猛然，惊牛腿颠一下，不对称的身子轰然倒地。后面追着的人说，好险呀，好险呀。

人们发现，阻挡牛冲向澧水白的正是那只晕头鸡。不过，此时，晕头鸡在牛身下已被压瘪了。

邻居的鸡围了路旁，一阵咯咯。有个公鸡，还跑着，拍着翅膀，咯咯成一种钻心的尖叫。

澧水白拄着扫帚，瞳孔放大。晕头鸡身后一连串没蹦出的蛋黄，一个个连成一串，成为澧水白惊叹号的一部分。

〔选自《参花》2023 年 6 月（下）〕

三姆的反击

林　冬

枫叶红的时候，十八格格来到了维卡山居。

她从谢博士车上下来时，看到三姆正在修理一棵巨大的松树。冬天来了，主人需要阳光，得把低的枝丫锯掉。地上的松枝有好大一堆，三姆一把揽着小山般的松枝往园子角落去了。

确切地说，十八格格是到了山居之后，才有了名字"十八格格"的。谢博士把管家命名权给了自己初中的女儿谢小小，当时小小正在跟着妈妈欣赏一款高贵芬芳的兰花，那兰花的名字据说就叫十八格格。小小一抬眼，看到了同样高贵芬芳的女管家，所以就取了这个名字。

小小一眼就喜欢上了十八格格，但遗憾的是，她在八岁那年已经授权三姆为第一阶管家，所以十八格格只能自动降为第二阶。但小小赋予十八格格的权限却在三姆之上。

十八格格吐气如兰："小小，相处愉快。"

随着十八格格的话温柔溢出，小小竟真的闻到了兰花香："我喜欢这味道，我也想要。"

"完全没问题哦，来，咱们建立共享。"十八格格拉起小小的拇指，两人的指纹轻轻地合在一起，"亲爱的小小，你可以随意支配氛围库里所有的香味。"

小小高兴极了。

十八格格却在两个拇指印合的一瞬间，探测到了小小的秘密，但终究没有说话。

维卡山居是一个植物科研基地，谢博士夫妇是科研带头人，研究的方向是植物基因重组与断接，即在植物生长期进行基因干预，断除有害部分，留下有益的部分。博士夫妇的研究卓有成效，近年来，市场上出现的苹蕉、辣薯、梅蒜等奇奇怪怪的植物均源自此处。

山居设在山嘴，八方气流在此相遇，气候多变，气温不定，风雨陡然。博士夫妇认为这些多变的自然条件正好可以缩短研植周期，提升植物应对大自然的能力。

维卡山居杂活儿太多，清理、耕作、搬运等，谢博士三年前向维卡科研院申请了三姆，但三姆只能干点粗笨的工作，清洗、餐饮等还得夫妇二人大耗精力，所以又申请了更智慧的十八格格。

这个十八格格的确能干。她控制了所有的家电，洗衣、做饭、洗碗、打扫、插花，甚至氛围营造、修理修补等处处精致到位。更征服小小的是，只要小小看中的发型妆容，让十八格格看一眼，很快就能出现在小小的身上。这让原本住校的小小每月总要多回来好多次。

几个月过去了，维卡山居的生活质量明显提升了"N 个"

档次。一家人都拜倒在十八格格的石榴裙下，每天像一群母鸡一般："格格、格格"地叫个不休……权且理解成一种享受吧。

不出意外的话，该出意外了。这意外要从小小发现了三姆的高傲说起。三姆也算是个美男子，下颌线条硬朗，眼窝深深，眼珠、脖子会微微转动，嘴巴微微开合，腔调慢慢悠悠，面孔冷冷冰冰，显不出喜怒哀乐。他的皮肤苍白坚硬，不像十八格格的皮肤红润、柔软、芬芳。

园子里的一棵天然杏熟了，杏果黄灿灿地挂了一树。谢博士夫妇就是拿这棵树当母体，培育了四五种类别"情人杏"，颜色有赤、橙、黄、绿、紫，味道有玫瑰、桂花、薰衣草、薄荷，还有一种糅合了一款法国香水的味道，果肉也成了糯糯的，很有情人的感觉。

但小小还是喜欢母体上的天然杏，酸中带甜，脆然生鲜。

小小让三姆把自己送到树枝上，三姆像以往一样温顺地慢悠悠地道："好的，主人。"然后，抬高了下颌。

是的，三姆把下颌抬高了半厘米。就是这微小的半厘米，小小犀利地察觉了这个不应该有的细节，因为三姆所有的动作幅度都是经过精准核算的。小小确认那是三姆的傲气，三姆怎么会有了脾气呢？小小探测不出来。

此后，小小终于发现了十八格格与三姆之间的细微较量：比如十八格格以安放花架的缘由，把三姆的能源座移出了客厅，有好久三姆没机会进入客厅，工作区不知不觉限制到了廊下和园子里。

意外终于演变成了灾难。十八格格的脑回路因思维过于细腻、庞杂，出现了短路。一个雨夜，十八格格不知哪根筋搭错了，数百倍地加大了家中所有家电的电量，微波炉瞬间爆炸、电动按摩椅飞速旋压、洗衣机狂转至废、电动客厅门开合不停、所有的灯明灭不定、"砰砰"的炸裂声此起彼伏……

一家人惊恐至极，避无可避！十八格格美丽的身躯扭个不停，双目飞转，状似疯狂！无论谢博士和小小发出任何指令，十八格格似有反应却无法控制。一家人包裹着棉被，躲避着随时爆炸的各种灯管，客厅大门闪电般的开合速度让他们相信，如果贸然冲出，必会被瞬间挤成肉条。

又一声炸裂！一盏灯炸开了落地窗，一家人得以逃出客厅。雨中，谢博士夫妇欲哭无泪。突然，小小发现了被安置在廊下休息的三姆，急忙向三姆发出指令。

三姆反击了。他按照小小的指挥，一双有力的臂膀紧紧抱住十八格格的娇躯，扭成了一团麻花，再用刚劲的手指撕开她的胸口，掏出了那颗正在剧烈跳动的枫叶一样红的心脏。

灾难过去了。简单低级的第三代智能机器人拿下了高端精密的第十八代。断了能量的十八格格死死地盯着小小的眼睛，她至死不信：小十九，竟然真的毫无痕迹地潜伏进了人类的世界。

（选自《郑州日报》2023 年 10 月 7 日）

兔子葵花

孙君飞

春天的时候，桃子养的一只兔子病死了。妈妈劝说了一整天，桃子才同意把闭上眼睛的兔子埋了起来。

桃子想把兔子埋得浅一些，心想，万一兔子活过来了呢？

妈妈没有办法，只好陪桃子一起挖出个浅浅的土坑，把四肢僵硬的兔子埋了起来。然后，两个人不停地填上湿润的泥土，渐渐隆起一个圆圆的土包。桃子没再说什么，她的眼泪一滴一滴地滚落下来。

接下来的几天里，桃子的脸上仍旧没有笑容。

这天，妈妈说："桃子，你还在担心你的兔子吗？它在土坑里睡得那么好，没有谁去打扰它的。"

桃子说："我担心小鸟会去打扰它。"

妈妈说："小鸟的叫声那么好听，它们是去给兔子唱歌的，还会说些安慰兔子的话，多好啊。"

桃子说："要是都像小鸟那样就好了，我担心乌鸦和鹰会伤害我的兔子。"

妈妈靠近桃子说："孩子，风可以去看兔子，风会带去我们的思念。"

桃子听了，大声说："是的，风是可以去看兔子的，雨也可以去，兔子在地下躺了这么久，一定渴了。"

接下来的日子，桃子照常上学，回家马上做作业，可是桃子还是高兴不起来。吃饭时，桃子夹一根青菜放进嘴里，嚼着嚼着，一滴泪珠就从眼眶里掉落下来。

妈妈见了，心里的那个洞，越来越大。妈妈找到家里剩下的一小把生瓜子，放进口袋里，一个人来到掩埋兔子的地方。这是片无人耕种的荒地，地面开满紫堇花，埋着兔子的土包却是光秃秃的。

妈妈围着土包转了一圈，用指头挖出一个个小洞，然后填进生瓜子，再用泥土压实，看上去谁也没有动过这里。泥土还是那么湿润细腻，凉丝丝的感觉一直缠绕在手指间。

妈妈计算着时间。这天，妈妈对桃子说："走，我们去看看兔子。"

桃子紧跟在妈妈身后，眼神忧伤，但充满期待。

走过野蔷薇和紫堇花，她们又来到掩埋兔子的地方。桃子惊奇地发现，埋着兔子的土包及其四周，长出了十株绿苗，油亮亮、肥嘟嘟的，绿苗舒展开两只耳朵，好像在倾听桃子她们的脚步声。

桃子问："妈妈，这是什么？"妈妈说："你仔细看看，它像什么。"

桃子蹲下来，看到其中一株绿苗的头上还顶着瓜子壳做的帽子，喊道："啊，原来是向日葵的幼苗啊，太可爱了。"

妈妈问桃子："对兔子来说，这算不算打扰呢？"

桃子叹息了一声，说："兔子睡了这么久还没有睡醒，看来，这些葵花苗不会打扰到兔子的。"

妈妈突然说："桃子，这些葵花苗是不是兔子变的呢？兔子躺在地底下，时间长了，它很想钻出来呼吸新鲜的空气，更想看看原来的世界有没有新变化。"

桃子说："我也在想，这些葵花苗是不是兔子变成的。我们的兔子跟别的兔子不一样，它喜欢光，有几次还勇敢地追着太阳跑了很远。兔子眼睛里的世界跟我们看到的世界是一样的，它要变成向日葵，努力地钻出来看看光、看看花和青草……"

妈妈听了，暗暗地松了一口气。

可没想到，桃子突然皱起眉头问："可是为什么是十株葵花苗呢？一只兔子是不是只能变成一株花苗？"

妈妈当初真的没有考虑到这个问题，她想让童话听起来就像是真的，于是对桃子说："我觉得，这十株向日葵苗，其中四株是兔子的四条腿变的，还有两株是兔子的耳朵变的，兔子的眼睛又变出了两株，兔子的嘴巴变出一株，兔子的鼻子是最后变的！你数数，是不是正好十株？"

没想到妈妈计得这么精确，桃子便相信了妈妈的解释，桃子说："假如兔子真的只变成一株向日葵幼苗，那将是多么孤单和寂寞啊，还是变成十株好。我们就叫它们兔子葵花吧。"

妈妈听了，舒心地笑了。妈妈看到，桃子的眼睛变得清澈温润，桃子的嘴角微微上扬，就像两朵小菱花从水中探了出来。妈妈的心被触动了，她竟然像一个孩子那样问道："桃子，你说兔子的尾巴，会不会变成另外一株别的花苗儿?"

这个问题出乎意料，却又那么自然。桃子不知道怎么回答，只好哈哈地笑了起来。

妈妈也跟着笑了起来。

这以后，桃子和妈妈不知道几次来看兔子葵花了。这天，她们来看兔子葵花，只见葵花花盘硕大，追光的花瓣犹如金色的火焰跃动着。十株葵花下竟然有两只兔子在嬉戏，听到她们的脚步声，欢快地跑远了……

（选自《天池小小说》2023 年第 19 期）

报喜

丁大成

有惊无险，大龙侄呱呱坠地，接生婆沉着冷静地对门外的俺娘说："是个带把的，放牛的，学生！"她一共用了三个形容词。红梅结子，竹又生孙，俺娘喜出望外。因为担心"踩胎生"（医学上叫脚先露）产程不顺，因为激动高兴，大冷的天，俺娘出了一身的汗。她用手将一把脸上的汗，对身边同样紧张高兴的俺大说："得赶紧给亲家报喜！"

放晚学，俺饥肠辘辘地回家，跑进厨房找吃的。俺娘欣喜地对俺说："恭喜你，得了个侄儿。"俺也很高兴，开始做长辈了。听到婴儿的哭声，俺很想去看看大龙侄，可看到大嫂卧室门口系有"奶线"。

按俺们黄檗山的规矩，生小孩后，卧室门把手上要拴一匝细线，叫"系奶线"，意为把小孩吃的奶水系住。有此标识，亲戚邻居不得擅自入室看望母婴，以免惊了奶水，婴儿没奶吃。

俺娘破例带俺进卧室看婴儿，粉嘟嘟的一团。俺娘说："看长得像不像二叔。"躺在被窝里的大嫂脸色虚弱地笑着说："还真有点像。"给俺闹了个大红脸。大嫂吩咐娘给俺泡碗油条吃。

俺嘴上说俺又不是客,可喉咙伸出了爪。红糖水泡油条,是产妇的营养食品。俺娘给俺泡了一碗,真香!

回到厨房,俺娘俺大说起报喜的事。

实至名归,这报喜的任务非新生儿的父亲莫属。可俺家老大还在西北当兵。他是为吃顿饱饭,能找个媳妇去当兵的。因为军人身份这道光环,俺家老大勉强找到个媳妇。俺娘怕夜长梦多,乘老大服兵役期间,经部队同意,完婚。

许多原则上的事可以变通。老大不在家,报喜的事只好另作安排。按规矩,产妇的小叔子、妯娌、小姑子可以替代,大伯哥、长辈、晚辈不可以的。

俺娘对俺说:"你去报喜,你大嫂也是这个主意。"这事尴尬,会被人笑话。俺说:"又不是俺得儿,俺不去。"俺娘说:"侄儿侄儿,侄和儿有啥区别。""反正俺不想去。"大姐已出嫁,俺说:"让二姐去。"俺娘说:"二姐是妮子。"俺黄檗山这旮旯重男轻女。俺说:"叫老三去。"俺娘说:"老三比你小,办事不牢靠。老四、老五更不中用。"俺说:"反正俺不去。"俺大虎着脸说:"反了你啦,这是命令!"俺大当过民兵排长。既然是"组织"命令,俺只好服从,也让俺体会到了啥叫勉为其难。

第二天一早,俺娘叫俺换身干净衣裳,找来礼筐。顾名思义,礼筐是专门送礼用的,比那些装生红薯烂白菜的竹筐做工精细。俺娘往礼筐里放了书、本、笔。要是生个女孩儿,放针线女红。还放了包麻叶果子作见面礼,上面盖块红纸。"晴带雨伞,饱带衣粮",俺娘找来把油纸伞。俺问:"吃的呢?"俺娘说:"十几里路,吃个屁。"

俺用油纸伞柄挑住礼筐,扛在肩上,硬起头皮去报喜,心里牢骚:生个小孩儿,为啥要报喜!莫说那时通信不发达,就是现在有手机,还要背着礼筐去报喜,这是规矩礼仪。

去大嫂娘家十好几里山路。穿行在落木萧萧的树林里,路过几个山湾,好几个吃饱了没事干的闲人盯住礼筐有意无意地说:"秤砣虽小压千斤,小小年纪就得儿!"还有好几个在山上砍柴放牛的也忙里偷闲地这样说,搞得俺语无伦次,尴尬狼狈至极。俺干脆脱下外褂把礼筐盖住。穿着漏棉花的薄袄在寒风中行走,又有闲人好奇:"外褂不穿包的啥宝贝东西?"俺只好加快步伐。

峰回路转,走到快活岭,俺已是气喘吁吁热汗淋漓。俺决定穿上外衣,休息一下。

低头接媳妇,这个礼筐没少给大嫂的娘家送东西。可现在木已成舟,还送啥!俺寒风扫落叶,把一包麻叶果子全送进胃里。新陈代谢,俺解了一次大手,包麻叶的草纸擦了屁股。

说起来俺家和大嫂她娘家有点拐弯亲。她大俺叫表舅,是俺姥的远房侄子。不看打鱼的看拎篓的,大嫂勉强进俺家穷门,也因为这门拐弯亲。大嫂她娘家也是家大口阔,全靠表妗子忙进忙出的。表舅这个人说好听些老实本分,说不好听些是个"半圈"。新石器时代,用石磨加工粮食,就是现在有钢铁机械,俺黄檗山还用石磨磨豆腐。石磨用木头做的磨单子推拉,推拉不当磨不转圈。表妗子经常出外,"半圈"表舅要是搞不懂,耽误事。婴儿出生第九天要"办九天"，大宴宾客，新生儿的姥家是主客，要来"送周米"。俺用笔在作业本上写上字，放在礼筐醒目位置。

紧赶慢赶，赶到大嫂娘家，果然只有表舅一个人在家。表舅看着礼筐，对我说："外甥你坐，俺去找你表妗子。"好半天，表妗子慌慌忙忙跑回来，掀开礼筐的红纸，正应合了一句俗语："像得了外孙样高兴。"表妗子是个人精，看见本子上有行字，喊当小学老师的邻居来看。邻居老师说："你家外孙是神童，将出生就识文断字。"那行字写的是："姥，俺是昨天冬月初十未时下午三点出生。"

（选自《金山》2023 年第 10 期）

送不出去的桃子

呼庆法

今年的桃子，个大、色艳、甜度高。李老冒看着自家后院栽的五棵桃树第一次挂果就结得这么稠实，满树红鲜鲜的桃子压弯了枝条，心中特别欣慰，特别有成就感。

他摘了满满一篮送给了大儿媳妇，又摘了一篮送给了邻村的女儿，又摘了一篮，等在乡里陪读的二儿媳妇来取。三篮，才摘完了一棵树的果实。周边邻居家也都种了桃树，在乡下不是啥稀罕的果子，送人都送不出去。

老冒就挨个想自己的亲戚，县城有自己的两个外甥，还有嫁到外乡的两个侄女，都还是过年时见过面的。大外甥人不错，过年来时，临走还硬塞给他六百元，让他平时买点营养品呢，老冒想到这儿，就掏出手机，拨通了大外甥的号码。

电话那端，大外甥很兴奋，说这几天上班正忙着呢，等过几天有时间了，就来摘桃子。

挂断电话后，老冒又拨通了二外甥的号码，二外甥说最近出差不在家，回来得一个多月呢。

二外甥其实就在家，挂断电话，媳妇问："老舅有啥事？"

"能有啥事，老舅让回去摘桃子。这回去能空手啊，不得给老舅买礼品啊？提箱牛奶、买箱面包，伸手得二三百呢。"二外甥给媳妇唠叨着。

"啧啧，就是呢，现在大街上桃子便宜得很，回去摘桃子，成本可不低，看着便宜，吃的可是金贵的价。"

老冒又给嫁到外乡的大侄女打电话，接通后，老冒就兴奋地喊："春艳，桃子熟了，抽空来摘桃子吧。"

电话那端，春艳犹豫了一下，说："伯，前天我家孩子姑刚给送来一篮桃子，孩子们不怎么喜欢吃，就我一个人，吃不动呢，你就留着让我哥家吃吧。"

"桃子那么多，你哥家也吃不了多少，抽空来摘吧。"

"好的、好的，伯，我有时间就回去。"挂断电话，春艳想，五六十里地，回去摘一篮桃子，还不够开车的油费呢。再说，回去能空手？买礼品不都得花费啊？不划算，不去不去。

老冒又给二侄女秋艳打电话，秋艳回答得很爽快，连连说"好的、好的"。

转眼几天过去了，大外甥没来，二外甥没来，春艳、秋艳也没来。成熟的桃子开始从树上往下掉，掉得老冒心里有点疼。他看着树上的桃子，心里很郁闷，喃喃道："再不来，今年这桃子就要白白烂掉了。"

星期天，老冒坐不住，又给大外甥打手机："云岭，来摘桃吧。"

"舅，好的、好的，我今天加班，抽空过去。"

"那我给你摘好，你没时间就下班来吧！"老冒说。

"哦，那好吧，我今天抽时间去。"云岭挂了手机，媳妇问："大舅又让去摘桃？"

"是啊，三番五次地让去呢，再不去大舅就该生气了。"

"大舅光想着让去摘桃子，他肯定没细想，去摘桃，给大舅带礼物，二舅和大舅家住得又不远，去大舅家了，能不去二舅家？万一碰上了，那多难堪。"媳妇说。

"就是呢，这摘个桃还得备两份礼呢。唉，要不我中午去？都午休呢，肯定碰不到二舅，我摘了桃，就说下午还有事，不停留，早点回来。"云岭说。

炽热的阳光照着闪亮的柏油路，云岭驾车向大舅家驶去。当云岭提着礼品敲开正午睡的老冒的门时，老冒一愣，说："来摘桃子，还带什么礼物？"

云岭摘了桃子走后，老冒看着云岭放下的礼物，眼里闪过一片空茫。

老冒怔怔地坐在那儿。他突然有了一个可怕的想法：等这季桃子摘过后，就把桃树砍掉，只剩一棵就好，来年，再不打电话让外甥、侄女来摘桃子了。

（选自《微型小说月报》2023 年第 11 期）

小蒜煎饼

王 荀

那是周末的上午，你正在书房写小说，一缕阳光透过落地窗照进来，暖暖的很舒服。"嘭嘭嘭——"的敲门声，打乱了你的思绪。谁呀？你站起身，边想边出来开门，看到娘站在门口，一手提着鸡蛋一手提着淘洗干净的小蒜。双手接过娘拎的东西，你微笑着把娘迎进家门。

"小茜和涵涵呢？"娘笑眯眯地问。

"小茜带着涵涵去上早教了。"你说着，给娘沏了一杯茶。小茜是你的妻子，涵涵是你不满三岁的儿子。

娘系上围裙，挽起衣袖，走进厨房，"当当当——"切着小蒜，搅拌面糊，又往面糊中打几个鸡蛋，搅匀，准备摊小蒜煎饼。

小蒜煎饼是你的最爱，啥时候开始喜欢吃这道美食，你已记不清了。只记得小时候，你饿得哇哇直哭，娘就给你摊小蒜煎饼。你吃着娘摊的小蒜煎饼，就不哭了，脸上挂着泪珠却洋溢着笑容。每次过生日，娘问你想吃啥，你总是说想吃小蒜煎饼。娘不论多忙，都要停下手中的活计，背着铁锨，提着竹篮，到田间地头挖小蒜。有了小蒜后，娘先用水淘净泥土杂质，再放到蒸馍箅子上控水，切碎。调面糊的时候，娘说过，要慢慢加水，边加水边搅和，调出的面糊不起疙瘩。面糊的稀稠度应适中，用勺子舀起来，倒下去，以缓慢的直线流下为宜，放一个小时左右醒面后，摊出来的小蒜煎饼才能完整有味。大学毕业后，你在省城参加工作，逢年过节回老家看望娘，还是嚷嚷着要吃小蒜煎饼。好在，老家离省城不远，坐公共汽车一个多小时路程。娘来省城时，常常备好小蒜鸡蛋，给你摊你爱吃的小蒜煎饼。

不大一会儿，小蒜煎饼的清香，就从厨房弥漫开来。

"娘，这么快就做好了。"你还像小时候似的，这样说着，快步来到娘的身旁，把小蒜煎饼切成片，蘸着辣子醋水，吃得有滋有味，两眼直勾勾地看着娘不疾不徐地摊小蒜煎饼。

娘摊小蒜煎饼时，用的是平底浅沿锅，直径有40厘米。娘先往平底锅上擦油，再舀一勺面糊倒进锅里，然后双手端起锅耳朵，上下左右摇匀，再放到灶台上。随着水分蒸发，大约一分钟，娘就摊好了一张小蒜煎饼。

娘在省城住了三天，就要回老家去。"娘，再住几天吧，涵涵离不了你呀。"你拉着娘的手，想留娘。

"不啦，我得赶紧回去。"娘笑呵呵地说，"家里的鸡呀，让邻居招呼喂食，也不是常法。"

"娘，"你突然想起了什么，转身从卧室拿出一把钥匙，放到娘的手上，"再来，就不用敲门了。"

"嗯。"娘把这把钥匙与老家的钥匙串在一起，抬起头来，问道，"你知道娘为啥总给你摊小蒜煎饼吗？"

"我从小就爱吃这个呀。"你不假思索地回答。

"这只是其中之一。"娘无限深情地说，"听老年人讲过，小蒜营养价值特别高。你是高血脂高血糖，多吃小蒜煎饼，对身体有好处。"

这一刻，你的眼睛潮潮的，强抑制着没让泪水流出来。"娘，中秋节放假，我就回去看您。"

"好的。"娘笑得挺开心。

目送娘坐着公共汽车，渐行渐远，小茜瞅你一眼，问道："娘知道你爱吃小蒜煎饼，你知道娘爱吃啥吗？"

"知道呀，娘爱吃红薯油饼。爹活着的时候，娘每次过生日，爹都亲自下厨，给娘烙红薯油饼，娘可爱吃了。"说完这句话，你一下子沉默了，若有所思。

离中秋节越来越近，你和妻子小茜已经做好了回农村老家的准备，到万家乐超市给娘买件紫红色的大衣，一双运动鞋，还有一些生活用品。意想不到的是，在中秋节那天，小茜的单位要组织中秋诗会，涵涵的早教班要举行亲子游戏，你的杂志社约稿还没有完成。看看实在走不开，你就给娘打了个电话，说不回去了。

小茜单位组织的中秋诗会，涵涵早教班举行的亲子游戏，都是中秋节上午的活动。吃过午饭，你没有心思品尝圆圆的月饼，开着车，与小茜、涵涵一起，向老家的方向驶去。

老家门前的广场上，你停好车，看到家门紧锁，心想娘可能在邻居家闲聊，就掏出钥匙打开房门。厨房门后有半篮红薯，你灵机一动，想学着爹的样子，烙红薯油饼，给娘个惊喜。你先把红薯洗净、蒸熟、去皮，搅成薯泥，放到面板上掺面，边掺边揉，直到形成面团，然后切成面块，撒上面粉擀成饼状。

小茜忙着生火，你忙着往平底锅中倒油，油热，就开始放饼。你拿着小铲子，不时地翻动着，正反两面起好多泡泡，吱吱冒着热气，香甜爽口的红薯油饼就烙制而成。看到自己像模像样烙成的红薯油饼，想到娘吃红薯油饼时那种开心的样子，一种自豪感涌上你的心头。

"娘，您在哪儿？"左等右等不见娘回来，你给娘打了个电话。

"娘正在给你摊小蒜煎饼呀。今天是中秋节，万家团圆的日子。你们忙，没有时间回老家，娘就到省城来了。"电话那头，娘格外兴奋，没有一点儿疲惫的样子。

你赶忙用保温饭盒，装起刚烙好的红薯油饼，驱车回省城。看到你们一家三口，娘笑逐颜开，端出香喷喷的小蒜煎饼。你也把自己烙制的红薯油饼端出来，与娘摊的小蒜煎饼放在一起。

你用小蒜煎饼卷着娘事先调制好的绿豆芽、土豆丝、豆腐皮，与小茜、涵涵吃得满口留香。而娘却坐在那儿，不动声色。

"娘，这是您喜欢吃的红薯油饼，我亲手做的，您尝尝吧。"你给娘夹块红薯油饼，放在娘面前的小碟里。

"我胃溃疡，已经有五年不能吃红薯油饼了。"娘向你摆摆手，喃喃地说。

　　看着白发苍苍的娘，你顿感无地自容，脸上热辣辣的，眼里闪着泪光。娘因患胃溃疡，已有五年不吃红薯油饼，作为儿子的你，竟然一点儿也不知情。

　　　　　　　　　　（选自《山西文学》2023 年第 1 期）

鸟窝

许心龙

1

一场呼啸的寒风把田里的桐树活脱脱剥去了一层皮。桐树上那个大盆一样的鸟窝却安然无恙，好像在嘲笑无形的风神。

此鸟窝非一般的鸟窝，他是村支书家的鸟窝，因为它搭在了村支书孙二孩家的桐树上。

冬天里鸟窝当然是空的，鸟儿远走高飞，那精致而骨感的鸟窝却给人留下了希望和遐想。

阳春三月，孙二孩就发现了麦田里这棵桐树上的鸟窝。不久，窝里就有了几只幼鸟，嗷嗷待哺，活力无限，老鸟不时地叼着虫子飞回来。

屋檐下燕子衔泥，是祥瑞。树上有鸟儿垒窝，想必也会有喜事。

果不其然，这年孙二孩的儿子孙文品考上了北京的一所大学。村里另一位考上大学的是孙豪。巧合的是，孙豪的家就在这鸟窝下。看来孙豪也沾了这鸟窝的大光。所以说，这好事和坏事真不绝对，起初孙豪的爹对搭有鸟窝的这根树枝非常有意见，甚至跺脚骂了娘。孙豪的爹之所以骂娘，是因为这根树枝已伸到了他家二楼屋脊上，一有风树枝就来回摆动，屋脊被戳中，砖块松动，有了明显的裂纹，恐怕下雨要渗水。当然，那时候还没有这个吉祥的鸟窝。

可以说，孙豪的爹是恨透了那根多事的树枝，又一时拿它没办法。因为这是村支书家的树枝。你不事先打声招呼，贸然把树枝钩断，那就复杂了！一有风，树就动，树一动，那树枝就戳屋脊，好像是给屋脊挠痒痒，其实是一下一下戳孙豪他爹的脊梁骨！孙豪他爹的拳头握得离老远都能听到咯嘣嘣的响声。

这鸟窝真是孙二孩的宝贝，每天他都要来树下耐心站一会儿，跟检查工作一样。确定没发现啥异样，他这才走开。

其实那根树枝已明显戳动了人家的屋脊，能看不到吗？"俩驴蛋眼只顾看空中的鸟窝了，不知道心里咋想的！"一墙之隔的孙豪爹跺脚骂道。

2

放了寒假的孙文品和孙豪一起玩，遛到树下，看出了异样，眼光从硕大的鸟窝沿着树枝，定格在了屋脊上。

孙豪瞅瞅孙文品，说："鸟窝搭得是好，就是树枝太长了。"

"嗯。"孙文品点点头，"把枝头钩断就好了。"

"钩断枝头？"孙豪说，"那得跟你爸商量吧。"

"商量啥？"孙文品说，"一根树枝的小事，我看没必要。"

"这根树枝可不是一般的树枝，"孙豪说，"听说你爸天天来，跟视察工作一样。"

"我们又不动鸟窝，"孙文品说，"只是把危险的枝头钩断。"

孙豪望一眼屋脊，说："还是回去说一声吧。"

"有长钩子吗？"孙文品伸手问道。

"我回家看看。"孙豪说着转身去了。孙豪很激动，他没想到同学、发小、村支书的儿子恁爽快！他早就发现自家西屋山墙南头竖着一根长长的带剪刀的钩子，那是老爹专门给这根树枝量身定制的。

孙豪一脚迈进门楼，没料到老爹手持钩子，早在门楼下等着！

孙豪惊讶得直想喊叫一声，老爹忙捂住了儿子的嘴。

3

回到家，孙文品给爸爸说了刚才钩断枝头的事。孙文品没想到爸爸没恼火，爸爸还说："我看那屋脊上的枝头早该钩断了。"

"那他咋不钩断呢？"孙文品问道，"屋脊被戳得都有些松动了。"

"死鳖呗！"

"不是您说的那样。"孙文品摇摇头说,"应该是惧怕您。"

"怕不怕是他的事,我总不能去钩断我的枝头吧。"

4

放下钩子,孙豪说:"爹,这回您能睡个踏实觉了。"

"唉!"孙豪爹叹了一声,久久,咕哝出几个字:"鸟窝就是好。"

（选自《百花园》2023 年第 8 期）

鞋底

赵一伟

春桃侧着耳朵听了听，家里没有了响动。东厢房里爹娘的说话声停止了，西厢房里大哥的鼾声也均匀了。春桃悄悄爬起来，从炕头扯起夹袄披在身上。她欠起身子从靠墙的褥子下掏出一样东西，双手抱着贴在胸前。春桃的脸慢慢烫起来，她对着黑暗抿嘴笑了。

他的臂膀是那么结实有力，他的胸膛是那样厚实滚烫，他粗重的气息喷在她的脖颈上。她掐他，捶他，他的双臂就像铁夹子一样把她牢牢钳住。

"回去我就让娘找媒人来提亲……"

想起这句话，春桃心里跟灌满了蜜似的。她偷偷又去了那片高粱地，暄软的土地上果然找到一个大大的、清晰的脚印。春桃抬手扳弯一棵高粱，折断顶端的高粱秸，比着脚印的长度折下。

给爹做鞋子的时候，她存下了做左脚鞋底的袼褙，给大哥做鞋子的时候，她存下了做右脚鞋底的袼褙。她把大哥的鞋样用针别在年画纸上，把那根高粱秸从衣箱底下翻出来。咦？这脚竟然比大哥的还长出一大截。她撇撇嘴，用一截秃了的铅笔开始放大鞋样。她的手有点发抖，画出来的线条就曲里拐弯的。她画的鞋样在村子里可是出了名的，无论男人的、女人的、大人的、小孩子的，她用手一比画，就能流畅地画出一只鞋样来。满村的大姑娘、小媳妇都爱找她帮忙，她家的炕上，经常坐着纳鞋底的大姑娘、小媳妇。

柳叶定亲了，她毫不害臊地开始给对象纳鞋底、做鞋子。接着是秋红、莲香。就连比她小两三岁的秀玲，媒婆也去她家试探过几次了。春桃的心不淡定了，说好的回去就来提亲呢？

都怪爹，明摆着跟媒人撂下话，不拿两百块钱的彩礼别踏她家的门。爹表面上说自己的闺女是人尖子，不但外貌好，庄稼活儿、家务活儿也都是一把好手，这样的好闺女，到了谁家，还不得把他家的日子过得红红火火的。可春桃心里明镜似的，爹是要从她这里把大哥的彩礼钱给找回来。想到这些，春桃就有点恨爹。

秋天过去了，冬天也过去了，春天来的时候，春桃的脸不再像桃花那样粉白，她的脸瘦了一圈。

年前，柳叶和莲香都出嫁了。大年初二，她俩领着新女婿回娘家给长辈们挨家拜年。春桃插上了院门，她不想看见她俩。

只有秀玲还偶尔来找她说话。可有些话，春桃一个字都不能说，即使那些话快要把她的心涨破了。当她把目光不经意落在秀玲纳着的鞋底上时，不由得一怔。秀玲爹的脚没有那么大，秀玲兄弟的脚也没有那么大，秀玲和她妈的脚更没有那么大。

秀玲见春桃定定地看着她手中的鞋底，脸一下子红了："这是他的。"

姑娘们都爱用"他"来代替对象，这样说出口就不至于太难为情。

春桃按着怦怦跳的心，急急地问："他是哪庄的？叫什么？"

"大壮，何大壮，何家湾的。他舅舅不是咱庄的德全叔吗？是德全叔牵的线。就是他家穷得很，他爹前年病死了，还欠了一屁股债……"

春桃只觉后背一阵发冷，牙不由得打起战来。

秀玲不见春桃回应，一抬头，惊道："春桃姐，你怎么啦？"

"我突然肚子疼。"春桃说。

"那我去喊你娘……"秀玲一骨碌下了炕。

春桃在炕上躺了三天，任谁跟她说话，她都一声不吭。她娘害怕了，跑到秀玲家问她们都说了啥。秀玲把当日的情形说了，春桃娘就在心里叨咕：真是女大不中留。

不久，孙家庄的孙喜旺来提亲了，媒人说孙家尽全力也只能拿出一百块的彩礼。春桃爹咽了几口唾沫，一咬牙答应了。

灶膛里的火呼呼地燃烧着，一只鞋底被火钳夹着送进了灶膛里，另一只鞋底也被火钳夹着送进了灶膛里。

雪白的鞋底在火焰的舔舐下迅速变黑，然后慢慢透出红色。烧了一会儿，春桃用火钳把鞋底翻了个面儿，鞋底依然硬板板的。那是千层底啊，比大哥的鞋底足足多了两层。那么厚的鞋底，针都扎不进去。为了纳这双鞋底，不知崩断了多少根钢针，她的手指也不知被针扎了多少个血窟窿。

鞋底终于在火钳的反复翻面和磕碰下，变成了黑黑的、薄薄的一片，再一磕，碎成几小片，落进了噼啪燃烧着的木柴缝里。

再过几天，自己终于也要出嫁了。春桃笑了。两行泪水小溪一样顺着她的脸颊淌下来。

（选自《小说月刊》2023 年第 8 期）

春风有毒

海　峡

春风是有毒的，我对这种毒没有抵抗力，一经风就犯病。今天病得不轻，因为我中午没忍住对暖阳的向往跑进了春风里。

我知道我已经感染了春风的毒，我的眼睛看东西开始恍惚，我开始后悔对暖阳的向往和贪恋。

我强撑着，已经没有办法立刻退回到屋里，我已经走出来太远。我不由自主地闭上了眼，暖阳把我的想象带到了春末的山水间，我一袭黑色纯棉衣裤、黑色宽边帽、黑色斜挎包、黑色骑士靴，我才不管其他人的审美，我知道我的形象能征服自己，是的，我知道在众多人里总有一个自己在审视并欣赏着我，那个自己绝不是我自己，可是我要为这个自己的审美负责。而此时的初春，女人们迫不及待地换上自以为优雅的大衣和裙子时，我却在享受短羽绒加棉裤的温暖舒适。

我不能老闭着眼，即使病了我也要靠眼睛看清路途，我终归是要回家的。

我看到那个超短裙高发髻、脸涂得粉白的女人走过来，主动与我打招呼，似乎与我很熟，我虽然根本不知道她是谁，却应和着夸她漂亮精致。我讨厌着自己的虚伪，也生气我为什么要生病，因为生了病的我分明看到她超短裙里面冻得发青的大腿，假发做的发髻让她漂染得色彩不一的花白头发自惭形秽，还有她满脸的皱纹在厚粉下无地自容。她讪笑着与我攀谈，我坦荡应答她查询似的问题，也反过来问她相同的问题，她却一句也不回答，假装镇静地从怀里掏出一块灰灰的布将自己整个罩着，她以为她这样就隐身了，却不知道我能看到她赤身裸体在春寒里，自艾自怜，瑟瑟发抖。

又有几个人走过来打招呼，初看时都是相熟的人，再看时却根本不认识他们。擦肩时我看到他们一个个都被暖阳融化了皮肉，裸露着内脏。他们的心脏都是红黑相间，或根本说不出是什么颜色，他们的胃肠肥大得很，看上去不像是他们自己的东西。我一边恶心着看到的，一边想低下头看看自己的心脏，却怎么努力都无法把头低下去，因为一直喜欢向上抬头看着暖阳，我的脖子已经僵硬。

我无法看到自己的心脏，只能继续向着暖阳抬着头，除此之外我不知道将如何安放自己的视线。暖阳越发明亮，难以盛装我虔诚的视线，就把我的视线反弹回了坚硬又灰尘遍布的地面。还好，我的视线回到了地面，我一阵欣喜，不只是因为我的脖子不再僵硬，我的头能低下来了，更是因为我看到了那个男孩。

那个男孩到底有几岁呢？初看上去像是刚出生的婴儿，通体粉红，连声音都纯净得不属于这个世界。细看时像个少年，满眼的好奇又充满着朝气，他围在父母身边跑来跑去捡拾着春光。父母像是很累的样子，脚步蹒跚，又因为只顾低头看路，不时会被行人撞到。他将捡拾到的春光放到父母手里，嘱咐他们牵好了，他在父母前面牵起父母手里的春光，招呼父母紧跟着他。他的父母便被他牵引着向前。

他的父母走过我身边时向我微笑着点点头。我问，你们要去哪里？他们思索了一会儿，什么都没来得及说，笑着追赶自己的孩子去了。我不由自主地跟在他们后面，弯腰捡拾着他们手中滑落的春光，路边的乞丐向我伸出手，我把捡拾到的春光递过去，他不接，抱怨我不应该戏弄一个乞丐，把无用的东西给他。我想了想，就掏出些钱给了乞丐，乞丐接了钱迫不及待地一口吞进去，却立马倒在地上不省人事。我将一些春光放在乞丐身上，期待他能活过来，乞丐睁开眼，一把拂开身上的春光，再次闭上眼。他宁肯死也不愿意接受这"没用的东西"。小男孩不顾一切抢在我前面，把手里的春光分了一些硬塞到乞丐的手里，乞丐想松开手扔掉春光，小男孩硬是握紧他的手不让松开。男孩站起身来，乞丐懵懂地被春光牵着站起了身，跟在男孩一家人后面往前走，我这才看到，他躺过的地方，满是蛆虫。乞丐跟在男孩后面越走越快，他追上男孩的父亲，与他合二为一。

我追着他们走，最终走进了我的家。我站在镜子前，这才发现，那个男孩是我自己。

〔选自《小小说月刊》2023 年 2 月（上）〕

风吹麦香

孙　禾

这是七月的夜空。星星像无数个小花朵。

女孩麦香暗自说，爱情是最美丽的，玫瑰代表爱情，所以比星星般的花朵更高更漂亮的，只能是玫瑰。麦香嘴里说这话的时候，声音小得跟蚂蚁似的。

说着说着，女孩麦香就玫瑰花般长大了。

那年七月。麦香认识了春生。

春生是个呆头呆脑、有点木讷的男孩，但麦香喜欢。麦香说，就喜欢他那傻乎乎的样子，谁也管不着。

有一天晚上，春生带麦香从万顷沙乘坐渡船，来到旧镇的一家小餐馆吃饭。麦香吃饭的时候，春生就坐在麦香对面，看着麦香吃。

麦香吃着吃着，忽然想起了小时候，奶奶就经常这样坐在她对面，看着她吃饭。当时奶奶的目光里有慈祥和喜爱，麦香内心充满了被宠爱的感觉。那感觉，只有一个词可以形容——幸福。

于是，麦香就好奇地抬头看春生的眼睛。麦香发现，春生那双虽小但很真诚的眼睛里，竟然也有慈祥。怎么可能？麦香心里想笑，但没好意思笑出来。

那一刻，麦香仿佛回到了从前，像小拨浪鼓似的心里面，立马溢满了被爱的快乐。麦香更相信那句话了，爱情是最美丽的，比星星般的花朵更高更美。

麦香把饭吃得剩下一半的时候，就实在吃不下去了。麦香觉得，应该让小小的胃口留一点儿空间，容下玫瑰花的开放。

春生对麦香笑笑，伸手拿走了麦香吃剩下的那半碗饭，很自然地吃起来。

麦香愣了愣。

在麦香的印象中，只有奶奶和父母才吃过她吃剩下的饭，那是只有一家人才可以做得这么自然的事啊！

麦香吞吞吐吐地对春生说，我是说，你，有一天——会不会娶我——还送我玫瑰？麦香说完，心里面就开始忽上忽下地打起鼓来，像星星般的花朵，有时也会忽明忽暗。

春生仍傻乎乎地吃饭，没说话。

麦香正失望着。春生却忽然抬起头，说，麦香，如果有一天，我们穷得只剩下一碗饭的时候，我一定会让你先吃饱的！麦香想，这真是一个奇怪的誓言啊。

三年后，七月的一天，麦香嫁给了春生。

嫁给春生后的麦香有时还是渴望能收到玫瑰。

麦香对春生说，咱们结婚后我的第一个生日，你一定要送我玫瑰，好吗？麦香几近乞求的眼神，让春生不知所措。

春生望着麦香，笑笑，不说话。

麦香有些伤心，她担心春生把她的生日给忘了。直到麦香生日的那一天，春生一大早就从上班的地方打电话给麦香。春生说，麦香，我今天晚上请假回家，晚上等我做饭啊，我还要送你一件礼物。春生在南边的船厂上班，平时只有周末才能回家。

麦香放下电话，兴奋得要晕倒。她没想到笨拙的春生真的记住了她的生日。麦香望着窗外的天，一直笑。

剩下的一整天时间里，麦香几乎都在设想着春生的礼物是玫瑰。麦香想，一定的。麦香甚至从厨房的壁柜里找来了一只米黄色的花瓶，洗了又洗，擦了又擦，并把它放在了家里最显眼的位置，然后看着花瓶傻笑。

在剩下的时间里，麦香就静静地想象着玫瑰在花瓶里盛开的样子。

晚上，麦香终于等到了门铃响。麦香就飞奔到门口。

门打开了，春生站在门外。

令麦香失望的是，春生和往常一样，手里并没有她期待的玫瑰。

麦香仍不死心。麦香用眼睛使劲地搜索春生的身后，麦香期望奇迹能在春生身后藏着。但没有。春生的身后是楼梯，空荡荡的，好像比以往任何时候都要空荡。

麦香的眼泪差点淌了出来。

就在这时候，春生却突然变戏法似的从口袋里掏出了一只精巧的手电筒。手电筒上印有两行小字：余生路漫漫，天黑好回家。署名：春生@麦香。显然是春生定制的。

麦香盯着手电筒。心里有种说不出的滋味。

木讷的春生说，媳妇，夜晚楼梯口黑，你下夜班回家的时候这个用得着。

然后，春生就把手电筒放到了麦香的衣兜里。麦香觉得，那手电筒刚好装满衣兜，满满的，沉甸甸的，全是幸福。

从那以后，麦香才知道，原来比星星般的花朵更高更美的，不是玫瑰，而是手电筒。从那以后，麦香每天回家都有一束光陪伴，使她不再害怕。

（选自《辽河》2023 年第 11 期）

扁食

郑志刚

小云啊地尖叫了一声，牙齿被硬东西硌了。白净的瓷盘里，原本还有十来个饺子等她品尝，这下顿时没了胃口。小云想知道硌她的到底是啥，没剁碎的脆骨？随着韭菜叶儿混入的什么其他渣渣？总之，这扫了小云冬至食兴的东西，看来要无处遁形了。

阳光不错，隔着玻璃看暖洋洋的，但站到大街上，冷风还是瞬间能把人揉捏成皱皱巴巴的饺子。在小云老家，饺子被呼作扁食，捏扁食是春节期间至为重要的厨务。农村出身的少女小云，从小就跟着母亲擀皮包馅，学会了捏扁食。可以说，将来谁要娶了小云，香喷喷的扁食能享用一辈子。

"谁知道哪个小伙子有这福气哩！"哥哥大钟的唇舌间隐含了一点儿妒和一丝儿醋。他媳妇是在广东打工时认识的，南方妹子，起初对捏扁食毫无兴趣，再加上个头矮，皮肤不够白，不爱笑，说话还叽里咕噜听着费劲，大钟妈很是不满意。这些年，婆媳关系是大钟心头一本难念的经。

县城这套房子，耗尽了大钟两口子打工攒下的钱。当时北方农村正流行盖两层小楼的高墙阔院，大钟原本也打算热辣辣地赶风潮。但老婆揪着他耳朵厉声警告说，如果不到县城买房，就难以实现彻底脱离婆婆笼罩的目的，如果自己的千里远嫁还换不来县城一个小家，那么，就坚决和他拜拜。看着裤腿边一双儿女小脸上的鼻涕与眼泪，大钟最终在村里一片"穷烧"的讥嘲声中，搬入县城新居。

大钟妈怎么也过不来心里那股劲儿，自己拉扯大的儿子，咋会还不如看家护院的一条黄狗忠诚。她觉得四邻八舍都在看自己的笑话，有段时间就缩在老宅里尽量不出门。任大钟再怎么一趟趟请，就是不理去县城新房的茬儿。她不光自己不去，也严禁小云去："敢去你哥家就别回来见我！"小云聪明，能把扁食捏得劲儿，也要试试可否化"粮缘"为"良缘"。她私下没少去哥家串门，每回都不空手。大钟混在县城，三朋四友的来往不断，瞅住机会在一家民办幼儿园，让妹妹当上了幼儿教师。

"小云，捏扁食还怪有意思哩！"双手沾满面粉的嫂子侧了侧脸。一来二去，嫂子被小姑子调教得学会了包饺子的全套活儿。她盘的馅儿盐总是大，大钟每次都吃得皱眉吐舌。小云就不厌其烦地手把手做示范，姑嫂快处成闺蜜了。实际上，这中间还有个关键窍门儿，那就是小云有机会就夸嫂子当初坚持在县城买房有眼光。如今，村里哪家如果没进城购房，连儿媳妇都难找。再看房价，短短两三年间，足足翻了一番。

放不下自尊的大钟妈，一边嘴上埋怨闺女偷偷巴结儿媳妇，一边在村里享受"县城买房头一家"的恭维。她觉得一双儿女都在县城站稳了脚,工作体面,收入不少,关系融洽,自己脸上有光。于是,冬至这天,总算半推半就地坐上了儿子、儿媳、女儿合力回村邀请共赴"饺子宴"的车。

（选自《郑州日报》2023 年 12 月 25 日）

胡琴缘

顾晓蕊

阿林吹着轻灵的口哨，飞快地骑着自行车，穿过长长的小巷。他心底涌起一阵狂喜，只想赶紧回到家中，把这个好消息告诉父亲。

他的家在青石镇，一条安静的巷子深处。琴师胡月坐在院里，轻倚在藤椅上，膝上放着一把胡琴，摇晃着头，眼睛半睁半闭，咿咿呀呀地拉着琴。

进到院里，阿林急促地大声说道："爹，有人看上这老房子，说要收了去，给咱换一套新房。"他晃晃手里的钥匙，又说："她还说只要我们愿意，马上就可以搬家。"

父亲惊愕得身子一倾，琴声戛然而止。父亲瘸了一条腿，行走不便，近年又患上眼疾，眼前像蒙了雾。他侧耳听着，显然有些意外。

身后青砖黛瓦的老屋，居住已有几十年，父亲沉思片刻，而后疑惑地摇摇头，倔声回道："我不同意！房子老旧破败，要它有何用？我想见见那个人，当面问清楚。"

阿林抬手一拍脑袋，方才只顾高兴了，细想一下，这事确

345

实有点怪。

在此不久前，回家的路上，阿林刚走到巷子口，遇到一位中年妇人向他问路，她问琴师胡月的家在哪里。阿林惊异地看着她，端庄的衣着，淡雅的妆容，她潭水般的眼眸中，有一抹淡淡的愁绪。

当得知他是琴师的儿子，妇人的眼睛猛然一亮，声音变得有些激动，又问他老家在哪里，家中还有何人。阿林长叹一声，讲起父亲曲折的前半生。

父亲自小居住在百里之外的南沟村，因家中突遭变故，双亲早逝，初中毕业就被迫辍学，随身携带着一把胡琴，进城到建筑工地打工。

他白天辛苦做活儿，到了晚上，在清冷的月光下拉琴。悠扬的胡琴声，陪他挨过最难的日子。就这样过了好几年，有一天，他在施工时不慎从高处坠落，当即昏了过去。

他被工友送到医院，苏醒过来时，发现残了一条腿。那之后为了谋生，他开始游走四方，转遍大街小巷，成了一位流浪艺人。

他一瘸一拐地走着，一路辗转来到青石镇。这天，他坐在凳子上，胡琴往腿上一架，乐声从琴弦上流泻出来。那琴声低沉哀婉，时而如泉水涓涓，时而如瀑布飞溅，漾起层层伤愁的水波。

洁净的琴声，淌进一位小镇女子的心田。她名叫丁兰，自幼丧母，跟着父亲生活。她的父亲是胡琴制作手艺人，丁兰从小看父亲弹琴制琴，故而被这琴声深深打动。

她走上前与他攀谈起来，知道他苦难的身世，不禁幽幽一叹。面对她深深的同情与叹惋，他还以微笑。再后来，他留在小镇，与丁兰结婚成家，跟岳父学起了制琴。

次年，他们有了儿子胡阿林。阿林渐渐长大，外公和母亲却不幸相继去世，留父子二人相依为命。阿林在镇上开了家店铺，父亲制作胡琴，他挂在店里出售。

做一把胡琴，要几十道工序。琴筒、琴杆、蒙皮等选料由阿林四处收集，精心挑选，开料、制作、抛光由父亲手工打造，细细雕琢完成。父亲做的胡琴音色纯正，浑厚圆润，在当地声名渐起。

"有些事也是听俺爹讲的，可惜他近年眼睛患疾，大夫说一两年内会失明。而我又缺乏灵慧与耐心，制琴技艺恐要失传。嗐！"阿林无奈地轻叹道。

妇人听闻，显得惊诧震动，提出去家中看看。阿林领着妇人到院门外，她探身望了望，怔怔站定，而后神色突变，忽地湿了眼眶，推说还有些事，便转身离去了。

几天后，妇人到店中找到阿林，递给他一把明晃晃的钥匙。阿林又惊又喜，这才急忙回家告诉父亲。

翌日傍晚，妇人跟随阿林走进小院，来到胡月面前，俯身颤声道："我是小芬啊，你还记得吗？我是你小学同桌。"他听后连连点头道："声音没变，小芬，还真是你啊！"

阿林顿时怔住了，惊异地望着他们说："原来你们早就认识。"妇人转过头来，欣然一笑，跟他讲起一段往事。

时光倒转至四十余年前，尚在读小学的小芬家境贫寒，上午听课时，她经常饿得浑身无力，软软地伏在桌上。

胡月知晓实情后，每天早晨吃过早饭，离开家时书包里塞个窝窝头，到校后悄悄递给小芬。母亲发觉后问起来，胡月只说是课间觉得饿。

胡月的父亲是位乡村说书人，胡月自幼学拉胡琴。有一天放学后，在小操场上，小芬听胡月拉琴。晚风中的琴声，宛如烟雨般潇潇落下，飘入她的心扉，腾起蒙蒙水雾。

她听得沉醉，一曲终了，好奇地问："这是什么曲子？"他说："曲名《江南好》。"她又追问："江南在哪里？"他歪头想想，回道："在很远的地方，是像天堂一样美的地方。"

两年后，家中境况有所好转，小芬跟着家人离开村庄，去外地念书。大学毕业后，小芬去了向往的水韵江南，从打工做起，后来拥有了自己的公司。

其间，她多次回家乡打探胡月的下落，却都无果。无意间听人说起，相距几百里外的青石镇，有位民间手工制琴人名叫胡月。她心中一震，一路寻访到小镇。

还有件她未曾说出的心事，便是那日得悉胡月近况，原想给他一些帮助，又担心他不肯接受，才有了这番误会。

她这次来，又有一个新想法。她望向胡月，认真而郑重地说："我想同您商量下，我们公司要推进非遗文化发展，恳请你们父子俩来做技术指导，将胡琴制作技艺传承下去。"

见胡月面露喜色，她接着说："在你失明之前，我还想为你录制琴曲，将乐谱保留下来，你看行吗？"

在灿烂的夕阳下，小院陷入一阵沉寂。片刻之后，三双手紧紧地交握在一起。

（选自《小说月刊》2023 年第 8 期）

我和丽莎的相识

许　焕

傍晚的雨愈下愈大。窗外的雷声也由远及近响了起来，这可真是个糟糕的天气。丽莎不由自主地抿了一口滚烫的咖啡。咖啡的淡苦味让丽莎稍稍恢复了暴风雨前的宁静，这是她一直喜欢并欣赏的味道。至于丽莎为什么痴迷于这种味道，我不得而知。弥漫的苦涩味，让人窒息。这种味道对于我来说就如同品尝云贵人深爱的鱼腥草，一瞬间就丧失了欣赏的勇气。

我和丽莎的相识要追溯到几个月前的洗衣机事件。那是一件因为语言问题造成的"小事故"。回忆此事件，大致是洗衣机出现故障，停止转动，她的衣服从里面取不出来了。碰巧那天我在那儿洗衣服，她连忙跑到我的面前用手势比画起来。

"怎么了？"我疑惑起来。在学校里我见过不少外国人，似乎因为国别文化的差异，极少能看到本土学生和国外人畅聊起来。这突然的手势让我感到惊奇。

丽莎用手比画着，她指了指身后的洗衣机。我注意到她因着急而涨红的脸，金色的头发在直挺的鼻梁上散绕成几处细弯。很明显，在没遇到我之前，她就已经花费很大力气了。我甚至能想象，她试图用手去掰开那早已自动上了锁的机门。

我把浅蓝色的水桶放在洗衣机旁边，分析起故障来。此刻，我觉得我是一位相当"专业"的技术维修工。电源开着呢！电源是没有问题的。筒自洁有问题吗？我尝试去按了一下按钮，嘀的一声也是没有问题的。这就奇怪了，难道自动洗衣机也有累的时候吗？它是不是想歇歇呢？我不禁为自己内心的天真笑了起来。与其说是笑，倒不如说是一种无力感的释放。

我明显感到丽莎就半俯在我身后，她急促地呼吸着。自动洗衣机的玻璃上映出满头大汗的我与呆滞的丽莎。我只好再次蹲下来，继续研究这台毫无人情味的机器。

"你的蓝牙开了吗？"我突然意识到此次事件的关键点，"如果蓝牙没有开的话，这台机器是转不了的。"

她面无表情地摇了摇头。哦，她是听不懂我说话的，我这才意识到。最终，在翻译软件的帮助下，她若有所思地点了点头。丽莎明白了，要把自己手机里的蓝牙打开，才可以正常启动设备。于是我操作着丽莎的手机，连上蓝牙，启动设备，接着摁下提前结束的按钮。丽莎终于打开机门，顺利地将衣服取了出来。这次，丽莎的脸上洋溢着微笑。

我们两个人用翻译软件，有一搭没一搭地聊了起来。科技智能还是有点人情味的，我暗想。身旁的桂树趁着柔风婆娑起来，一股桂香在空气中绽开了。美丽的花，在九月里与自然的呼吸同频共振。

"你叫什么名字？"丽莎将这句翻译出来的中文递到了我

面前。

"South West。"我将翻译过的英文递给了丽莎。

"很好听的名字,很高兴认识你。或许你可以教我中文,它是一门很精妙的语言。"

"可以的,你也可以教我学习英文。"

"是学习上的好朋友。"

"很赞成你说的话。"

…………

这就是我和丽莎的相遇。后来丽莎告诉我,她是爱尔兰人,刚来中国的留学生。她介绍并翻译着,我才意识到她是个在学术领域成就斐然的人。看来,衡量任何事物都要有多重角度。横看成岭侧成峰,你永远不能通过一件事情去盲目判定一个人,尤其是陌生人。我想那是非常不公平的评判标准。

自那之后,丽莎经常约我去东湖边的一家咖啡馆。咖啡馆很小,一般很少有人在那个极其狭窄的地方喝咖啡,大多打包拎走,在别处悠闲自得了。丽莎倒相反,她常待在店里最靠近窗的位置,或是看书,或是听音乐。我每次都能看到她的金色发丝轻垂到肩上,月牙状的耳钉散发着自由的美。曾经涨红的脸早被另一种难以形容的温柔覆盖了。

我坐在丽莎的对面,就连点的东西也与丽莎十分对立,我通常只点一杯甜饮。有时我还能看到丽莎读的书,蓝色的封皮,应该是本纯英文的书。我可真是羡慕丽莎。她手里的那本英文书,除颜色之外,我想我大都不认识,更不要提什么意境了。

难道，语言真就是两个人之间的障碍吗？我看着那蓝色的封皮，顿时想起了我那浅蓝色的水桶。我开始喘息起来，甚至涨红了脸。

"South West，你在想什么？"对面，丽莎扭过头用熟练的中文认真地对我说。风从外面吹了进来，打翻了窗帘旁的一只玻璃杯。我一度怀疑自己出现了幻听。要知道，在此之前丽莎从来没对我讲过中文。

"你是要看书吗？我还有一本。"丽莎将腿脚边的蓝色帆布袋拎了起来。几秒钟后，一本英汉互译词典出现在了我面前。

"原来，你在偷偷学中文啊。"我惊讶得叫起来。

"不，South West，我要纠正一下你的话，我是悄悄地学。"丽莎捂着嘴笑了。我愣住了，呆望着地板上的玻璃杯。

"它碎了。"

"碎了好，禁锢没了。"

"那它不是死了吗？"

"不，它嗅到了自由。"

窗外，雨下个不停，潮湿的空气里早已渗满了那股熟悉的淡苦涩香味。

（选自《微型小说选刊》2023 年第 23 期）